Chéri

❈

La Fin de Chéri

Œuvres de Colette

Collection présentée par Pierre Kyria

1 *Claudine à l'école – Claudine à Paris – Claudine en ménage*

2 *Claudine s'en va – La Retraite sentimentale – La Maison de Claudine*

3 *L'Ingénue libertine – La Vagabonde – L'Entrave*

4 *Chéri – La Fin de Chéri*

5 *Le Blé en herbe – La Naissance du jour – Mitsou*

6 *La Seconde – Duo – Le Toutounier*

7 *Gigi – Julie de Carneilhan – Le Képi*

8 *Sido – Le Pur et l'Impur – L'Étoile Vesper – Le Fanal bleu*

9 *La Chatte – Dialogues de bêtes – La Paix chez les bêtes*

10 *Mes apprentissages – La Treille muscate* – Suivi de *Colette, une vie, une œuvre*.

COLETTE

de l'académie Goncourt

Chéri

❋

La Fin de Chéri

France Loisirs
123, boulevard de Grenelle, Paris

Une édition du Club France Loisirs, Paris,
réalisée avec l'autorisation des Éditions Fayard
et des Éditions Flammarion.

ISBN : 2-7242-9077-1

Avant-propos

Après une prépublication dans *La Vie parisienne, Chéri* paraît, chez Fayard en 1920, sous la signature « Colette (Colette Willy) ». Mais, le héros qui donne son titre au roman — le seul, dans l'œuvre de Colette qui porte le nom d'un personnage masculin — emprunte son existence à un projet ancien métamorphosé. En effet, l'écrivain avait consacré, en 1911, plusieurs nouvelles à un protagoniste appelé « Clouk », assez laid et ridicule, en tout cas tout le contraire d'un séducteur, et baptisé de ce nom « à cause d'un petit bruit de clapet, insupportable, qu'à chaque aspiration on entendait dans sa narine enrhumée ». Colette commentera cette transformation, même si le personnage de Clouk survivra à celui de Chéri : « Chéri couvait d'abord dans la peau de "Clouk". Ce beau jeune homme, le croirait-on, je l'ai enfanté laid, un peu avorté, souffreteux, affligé de végétations adénoïdes. Mais j'ai senti confusément que je ne m'attacherais pas à cet enfant quasi scrofuleux. Bafoué, sentimental, poltron, Clouk s'éveilla d'un sommeil de quelques mois, rejeta comme un serpent qui mue sa blême petite défroque, s'élança lustré, méchant, méconnaissable, et j'écrivis les premiers états de "Chéri" sans savoir d'abord que quelques nouvelles succinctes, placides, mûriraient en deux romans assez amers. »

Deux romans, en effet, car six ans après la publication de *Chéri*, Colette fera paraître *la Fin de Chéri*. Elle avait d'abord songé à une pièce de théâtre avant de se décider, en 1919, pour un roman. Colette a alors quarante-six ans, elle assure la direction littéraire du *Matin* alors que son mari, Henry de Jouvenel, dit « Sidi », s'oriente de plus en plus vers la politique.

Le roman — si l'on omet le séjour à Honfleur qui va marquer le début des relations de Chéri et de Léa et le voyage de noces de Chéri en Italie dont rien ne nous est dit — se passe à Paris et dans un secteur bourgeois assez délimité : l'avenue Bugeaud, pour l'hôtel particulier de Léa, le boulevard d'Inkermann, à Neuilly-sur-Seine, pour celui de Mme Peloux, la mère de Chéri, et l'avenue Henri-Martin où le jeune homme et son épouse s'installeront. L'unité de temps renforce cette unité de lieu puisque l'action se déroule du printemps 1912 au printemps 1913.

Fils d'une ancienne danseuse à la conduite légère, Frédéric Peloux, dit Chéri, est un enfant du hasard sinon de l'amour, un bâtard qui a reçu en legs un très grand pouvoir de séduction. Élevé à la diable, « tour à tour oublié et adoré, entre les femmes de chambre décolorées et les longs valets sardoniques », il va prendre conscience qu'il possède un atout irrésistible et entend mener une existence de dandy, oisive, soumise à ses caprices, à un constant souci d'élégance et d'avantages matériels. Sa mère ne manque pas de fortune et, sous ses airs détachés, Chéri sait aussi compter et escompter. Quant aux femmes, sa conduite est arrêtée comme il l'expose à sa mère : « Vous ne voudriez pas, Madame Peloux, que fait comme vous m'avez fait, je dépasse avec elles l'hommage du bibelot artistique — et encore ! » Pas de confusion sentimentale chez ce « bel ami » qui cache, sous sa froide désinvolture, une secrète désespérance et le sentiment de son inutilité ainsi que le montrera la suite de son destin. C'est ce bel indifférent que les femmes, extasiées, appellent « ma gosse » et « mon vice » que Léa va emmener se refaire une santé en Normandie et pour le sortir de ses épuisantes sorties nocturnes. Léa est une nature généreuse, solide, pleine de bon sens. Elle finit « une carrière heureuse de courtisane bien rentée » ; c'est une « bonne fille, à qui la vie a épargné les catastrophes flatteuses et les nobles chagrins ». Consciente des approches de la vieillesse, elle entend soumettre sa vie à une certaine discipline comme elle s'entend à proscrire l'anarchie de sa vie domestique : elle aime « l'ordre, le beau linge, les vins mûris, la cuisine réfléchie ».

Léa ne cherche pas à débaucher Chéri mais simplement à remettre un peu d'ordre dans sa vie dissipée. Elle lui suggère de l'accompagner « en tout bien tout honneur », ce qui provoque l'enthousiasme du jeune homme qui réagit comme un gosse trop adulé par les cajoleries féminines : « Pas de femmes... Chouette... Léa, dis, es-tu un frère ? Oui ? Eh bien, partons, les femmes... J'en suis revenu. » Ainsi va se tisser une relation sensuelle, complice, qui échappe à toute situation graveleuse entre Chéri et une femme qui a vingt-quatre ans de plus que lui et qui sera tout aussi bien un « frère », une sœur, une nurse, une mère, tout autant qu'une maîtresse, en tout cas une irremplaçable « Nounoune » qui va le marquer pour toujours.

La beauté et le relief de ce roman tiennent dans cette troublante relation qui échappe au stéréotype de la liaison gigolo-femme mûrissante pour imposer un champ clos où chacun joue franc jeu sa part de vérité. Lucide, Léa se rendra compte qu'elle ne peut espérer de son jeune amant plus que ce que lui accorde sa nature froide : « Elle attendait en vain, pour la première fois de sa vie, ce qui ne lui avait jamais manqué : la confiance, la détente, les aveux, la sincérité, l'indiscrète expansion d'un jeune amant — ces heures de nuit totale où la gratitude quasi filiale d'un adolescent verse sans retenue des larmes, des confidences, des rancunes, au sein chaleureux d'une mûre amie. Ainsi l'évoque-t-elle comme son « nourrisson méchant », comme « un Chinois ou Nègre », dénonçant par là son côté inatteignable, avant d'accuser « ce cœur dur de Chéri, dur et tardif comme les bourgeons du chêne ». La jeune Edmée que Chéri a épousée par intérêt et qui le touche peu fera le même constat : « Il y a des moments où il ressemble à un sauvage... Il ne connaît ni les plantes, ni les animaux, et il a parfois l'air de ne pas même connaître l'humanité... » De son côté, Chéri sait d'instinct qu'aucune femme ne pourrait le comprendre mieux, combattre davantage l'angoisse secrète qui l'habite, que Léa : et de fait, il ne pourra l'oublier, sera même tenté de la retrouver. Mais l'ennemi irrémédiable qui guette dans l'ombre des échanges de ce couple insolite, c'est le temps. Léa le sait et elle saura prendre les devants, laissant Chéri aller vers un mariage qu'elle pressent voué à l'échec, quoi qu'il puisse lui en coûter. Elle aura le mot de la fin, d'une cruelle vérité : « Je t'ai aimé comme si nous devions l'un et l'autre mourir l'heure d'après, lui avait-elle dit. Parce que je suis née vingt-quatre ans avant toi, j'étais condamnée et je t'entraînais avec moi. »

Au travers des particularités de ses héros et des rapports qui les lient, *Chéri* expose, sans défaillance, avec autant de rigueur que de sensualité diffuse, l'ambiguïté des complicités humaines, leur force comme leur cruauté, leur éclat comme leur échec sous la dure férule du passage du temps. Et la vérité implicite du roman est que rien ne dure de ce qui est trop extrême.

Colette eut conscience de la réussite de son roman. « Pour la première fois, écrira-t-elle dans *l'Étoile Vesper*, je me sentais intimement sûre d'avoir écrit un roman dont je n'aurais pas à rougir ni à douter. » André Gide lui écrivit une lettre enthousiaste : « De quel admirable sujet vous vous êtes emparée ! et avec quelle intelligence, quelle maîtrise, quelle compréhension des secrets les moins avoués de la chair !... D'un bout à l'autre du livre, pas une faiblesse, pas une redondance, pas un lieu commun. (...) Quelle sûreté de trait ! quel naturel dans les dialogues. Et les personnages secondaires, merveilleux ! » La presse fut largement favorable. « *Chéri*, notera Henry Bataille, demeurera comme une œuvre adorable et prendra peut-être rang parmi ces joyaux qui reflètent le mieux le sentiment d'une époque... » Henri de Régnier, dans *le Figaro*, avancera : « Rarement, milieu, personnages, sentiments, furent peints avec une pareille sûreté de main et par des moyens plus simples et plus francs. » André Billy, dans L'*Œuvre*, reconnaîtra dans le héros du roman « un type social exceptionnel, rarissime », et Benjamin Crémieux, dans *la Nouvelle Revue française*, affirmera : « Tout dans ce livre pourrait se donner en modèle : la composition, et notamment l'exposition du sujet dans les vingt premières pages, l'étude des caractères, la vérité des dialogues, la qualité du style. » Il y eut pourtant des réticences. Paul Souday, dans *le Temps*, avoue son scepticisme, trouve peu intéressante la passion de Chéri et de Léa qui semble l'effaroucher et constate : « Ici, Mme Colette a quitté les voies du naturalisme et du même coup celles du vrai. »

Jean de Pierrefeu, de même, dans *le Journal des débats*, juge que Colette « s'encanaille » et déplore son « art de la sensation », « équivoque et épuisant ». Mais, au travers de ces critiques moralisatrices, on sent bien que c'est le thème traité qui conduit à juger l'œuvre avec sévérité.

Le succès de *Chéri* ne se démentit pas. Colette, avec Léopold Marchand, adaptera l'œuvre pour la scène et la pièce fut créée au théâtre Michel le 13 décembre 1921 ; Colette joua même le rôle de Léa pour la 100e. Cette pièce fut notamment reprise en 1949, au théâtre de la Madeleine avec Jean Marais et Valentine Tessier et, en 1982, au théâtre des Variétés, avec Michèle Morgan et Jean-Pierre Bouvier. Pierre Billon porta l'œuvre à l'écran en 1950 avec Jean Desailly dans le rôle de Chéri et Marcelle Chantal dans celui de Léa.

Si la réalité dépasse la fiction, elle peut aussi l'imiter et la mûrissante Colette allait connaître avec son beau-fils, un tout jeune homme, une aventure qui, toutes proportions gardées, rappelait celle de *Chéri* et dont elle tirera *le Blé en herbe*.

Six ans après *Chéri*, Colette va donner un épilogue dramatique aux rapports de Léa et de Frédéric Peloux : *La Fin de Chéri*, publié en 1926, chez Flammarion, sous la signature « Colette ». L'année précédente, l'écrivain a divorcé d'Henry de Jouvenel alors qu'elle connaît une liaison avec son jeune beau-fils, Bertrand de Jouvenel, âgé d'une vingtaine d'années. Puis elle rencontre Maurice Goudeket, le « conteur nocturne », le « noir garçon » qui sera son troisième et dernier mari. La différence d'âge est flagrante : Colette a cinquante-deux ans, Maurice Goudeket, trente-six. Alors qu'elle joue *Chéri* en tournée, la composition de ce nouveau roman semble avoir été difficile. En septembre 1925, elle écrit ainsi à Marguerite Moreno : « Ma chère créature, si je n'écris pas, c'est que je travaille. Cette *Fin de Chéri* sera la mienne, tant elle m'emm...nuie. Mais j'y travaille terriblement. (...) Je ne donne pas une ligne à un journal avant la fin de *la Fin de Chéri*. Ce roman va être assez sombre, et tout nu. Pas un mot rare, pas un cabochon... Je prends une aversion de la guirlande qui m'étonne moi-même. » Le 22 octobre, elle précise à l'intention de la même correspondante : « Il faut maintenant que je finisse *la Fin de Chéri*. Mon Dieu que c'est difficile ! J'en ai deux cent quarante pages de mon écriture. C'est beaucoup. Ce n'est pas tout. Si je ne t'écris pas ces jours-ci, sache que je travaille bien et avec désolation. » Même constat auprès de son amie Hélène Picard, le 18 novembre 1925 : « (...) je travaille amèrement. Oh ! m... pour *la Fin de Chéri*. Qu'il crève, celui-là ! »

L'action se situe en 1919. Chéri est revenu de la guerre. Il erre, désemparé, ne reconnaissant plus le monde qui a été le sien. Plus rien ne compte des pouvoirs frivoles auxquels il sacrifiait. Il ne voit partout que des gens pressés de s'enrichir, tout lui est suspect, vide de sens. Sa femme, qu'il n'a jamais aimée, s'éloigne de lui, très occupée par l'hôpital militaire où l'on accueille les blessés de la Grande Guerre. Pour combattre cette « neurasthénie », sa mère lui aménage une entrevue avec Léa qui a changé d'adresse et de vie. Il découvre alors une vieille femme, épaissie, « sans sexe », retranchée dans une sorte de placidité que rien ne peut menacer. « Une saine vieille femme à bajoues larges et à menton doublé », « une figure rouge, d'un rouge un peu blet qui dédaigne à présent la poudre, et rit d'une bouche pleine d'or », bref, « Nounoune » n'est plus qu'un « vieil homme » — hors de sa portée. « Je croyais qu'elle était à moi, et je ne m'apercevais pas que j'étais seulement un de ses amants... » constatera Chéri. Commentant ce roman et le précédent dans un entretien avec Frédéric Lefèvre paru dans *les Nouvelles littéraires* en mars 1926, Colette précisera : « Dans *Chéri* et *la Fin de Chéri*, j'ai simplement voulu dire que lorsqu'une femme d'un certain âge a une liaison avec un très jeune homme, elle risque moins que lui d'en demeurer marquée ineffaçablement. Lui, il a beau faire, à travers toutes les liaisons qui suivront, il ne pourra manquer d'évoquer le souvenir de la vieille maîtresse. » Et de fait, pour Chéri, le souvenir de Léa est impérissable. Prenant refuge chez Copine, une ex-opiomane, il retrouve dans les portraits de Léa qui tapissent l'appartement le rappel d'une vie à jamais brisée et il n'y résistera pas : Chéri meurt aussi de ne s'être jamais aimé.

L'aspect sombre de ce roman frappa la critique. Henri de Régnier, dans *le Figaro*, établit un parallèle entre Hamlet et le héros de ce « récit à la fois attachant et répulsif, subtil et brutal ». Ce relief dramatique n'alla pas sans déconcerter les commentateurs. Dans *le Temps*, Paul Souday, tout en saluant « le remarquable talent de Mme Colette, qui occupe aujourd'hui le premier rang de l'impressionnisme » considérait que « deux romans pour un héros de cette espèce, c'est décidément beaucoup. (...) Paix à son ombre falote ! ». François Mauriac, dans *la Revue hebdomadaire* soulignait un « parti pris de ne rien voir, de ne rien connaître que les mouvements de la chair » et André Billy, dans *L'Œuvre*, jugeait que « sans le génie de Colette, Chéri serait d'une stupidité à peine supportable », voyant dans ce personnage « un cas pathologique ». Mais Edmond Jaloux, dans *les Nouvelles littéraires*, a su souligner ce que ce roman apportait, à travers un cas d'espèce, de valeur générale et humaine : « Chéri souffre obscurément de ne pas être heureux et il ne pouvait être heureux que par Léa. Nous n'avons pas à juger ici le bonheur de Chéri. (...) Donc Chéri souffre. (...) Il ne cherche pas de laissés-pour-compte de l'illusion, ni d'*ersatz* du rêve. (...) Il a vécu de Léa, puis du fantôme de Léa, maintenant il ne peut plus vivre du tout, et il se tue. Toute cette dernière partie du livre de Mme Colette est absolument admirable, tout se passe dans une demi-ombre, tout se fait à demi-mots et la profondeur de cette détresse nous apparaît dans un brouillard, avec une magnifique et cruelle lucidité. Peut-être Mme Colette n'a-t-elle rien écrit de plus beau, de plus intense et de plus tragique que ces dernières pages. » Chéri reste, en effet, l'une des figures les plus extrêmes de ce combat que Colette n'a cessé de mettre en scène dans son œuvre : l'amour.

P. K.

Chéri

— Léa ! Donne-le-moi, ton collier de perles ! Tu m'entends, Léa ? Donne-moi ton collier !

Aucune réponse ne vint du grand lit de fer forgé et de cuivre ciselé, qui brillait dans l'ombre comme une armure.

— Pourquoi ne me le donnerais-tu pas, ton collier ? Il me va aussi bien qu'à toi, — et même mieux !

Au claquement du fermoir, les dentelles du lit s'agitèrent, deux bras nus, magnifiques, fins au poignet, élevèrent deux belles mains paresseuses.

— Laisse ça, Chéri, tu as assez joué avec ce collier.

— Je m'amuse... Tu as peur que je te le vole ?

Devant les rideaux roses traversés de soleil, il dansait, tout noir, comme un gracieux diable sur fond de fournaise. Mais quand il recula vers le lit, il redevint tout blanc, du pyjama de soie aux babouches de daim.

— Je n'ai pas peur, répondit du lit la voix douce et basse. Mais tu fatigues le fil du collier. Les perles sont lourdes.

— Elles le sont, dit Chéri avec considération. Il ne s'est pas moqué de toi, celui qui t'a donné ce meuble.

Il se tenait devant un miroir long, appliqué au mur entre les deux fenêtres, et contemplait son image de très beau et très jeune homme, ni grand ni petit, le cheveu bleuté comme un plumage de merle. Il ouvrit son vêtement de nuit sur une poitrine mate et dure, bombée en bouclier, et la même étincelle rose joua sur ses dents, sur le blanc de ses yeux sombres et sur les perles du collier.

— Ôte ce collier, insista la voix féminine. Tu entends ce que je te dis ?

Immobile devant son image, le jeune homme riait tout bas :

— Oui, oui, j'entends. Je sais si bien que tu as peur que je te le prenne !

— Non. Mais si je te le donnais, tu serais capable de l'accepter.

Il courut au lit, s'y jeta en boule :

— Et comment ! Je suis au-dessus des conventions, moi. Moi je trouve idiot qu'un homme puisse accepter d'une femme une perle en épingle, ou deux pour des boutons, et se croie déshonoré si elle lui en donne cinquante...

— Quarante-neuf.

— Quarante-neuf, je connais le chiffre. Dis-le donc que ça me va mal ? Dis-le donc que je suis laid ?

Il penchait sur la femme couchée un rire provocant qui montrait des dents toutes petites et l'envers mouillé de ses lèvres. Léa s'assit sur le lit :

— Non, je ne le dirai pas. D'abord parce que tu ne le croirais pas. Mais tu ne peux donc pas rire sans froncer ton nez comme ça ? Tu seras bien content quand tu auras trois rides dans le coin du nez, n'est-ce pas ?

Il cessa de rire immédiatement, tendit la peau de son front, ravala le dessous de son menton avec une habileté de vieille coquette. Ils se regardaient d'un air hostile ; elle, accoudée parmi ses lingeries et ses dentelles, lui, assis en amazone au bord du lit. Il pensait : « Ça lui va bien de me parler des rides que j'aurai. » Et elle : « Pourquoi est-il laid quand il rit, lui qui est la beauté même ? » Elle réfléchit un instant et acheva tout haut sa pensée :

— C'est que tu as l'air si mauvais quand tu es gai... Tu ne ris que par méchanceté ou par moquerie. Ça te rend laid. Tu es souvent laid.

— Ce n'est pas vrai ! cria Chéri, irrité.

La colère nouait ses sourcils à la racine du nez, agrandissait les yeux pleins d'une lumière insolente, armés de cils, entrouvrait l'arc dédaigneux et chaste de la bouche. Léa sourit de le voir tel qu'elle l'aimait, révolté puis soumis, mal enchaîné, incapable d'être libre ; — elle posa une main sur la jeune tête qui secoua impatiemment le joug. Elle murmura, comme on calme une bête :

— Là... là... Qu'est-ce que c'est... qu'est-ce que c'est donc...

Il s'abattit sur la belle épaule large, poussant du front, du nez, creusant sa place familière, fermant déjà les yeux et cherchant son somme protégé des longs matins, mais Léa le repoussa :

— Pas de ça, Chéri ! Tu déjeunes chez notre Harpie nationale et il est midi moins vingt.

— Non ? Je déjeune chez la patronne ? Toi aussi ?

Léa glissa paresseusement au fond du lit.

— Pas moi, j'ai vacances. J'irai prendre le café à deux heures et demie — ou le thé à 6 heures — ou une cigarette à huit heures moins le quart... Ne t'inquiète pas, elle me verra toujours assez... Et puis, elle ne m'a pas invitée.

Chéri, qui boudait debout, s'illumina de malice :

— Je sais, je sais pourquoi ! Nous avons du monde bien ! Nous avons la belle Marie-Laure et sa poison d'enfant !

Les grands yeux bleus de Léa, qui erraient, se fixèrent :

— Ah ! oui ! Charmante, la petite. Moins que sa mère, mais charmante... Ôte donc ce collier, à la fin.

— Dommage, soupira Chéri en le dégrafant. Il ferait bien dans la corbeille.

Léa se souleva sur un coude :

— Quelle corbeille ?

— La mienne, dit Chéri avec une importance bouffonne. MA corbeille de MES bijoux de MON mariage...

Il bondit, retomba sur ses pieds après un correct entrechat-six, enfonça la portière d'un coup de tête et disparut en criant :

— Mon bain, Rose ! Tant que ça peut ! Je déjeune chez la patronne !

— C'est ça, songea Léa. Un lac dans la salle de bains, huit serviettes à la nage, et des raclures de rasoir dans la cuvette. Si j'avais deux salles de bains...

Mais elle s'avisa, comme les autres fois, qu'il eût fallu supprimer une penderie, rogner sur le boudoir à coiffer, et conclut comme les autres fois :

— Je patienterai bien jusqu'au mariage de Chéri.

Elle se recoucha sur le dos et constata que Chéri avait jeté, la veille, ses chaussettes sur la cheminée, son petit caleçon sur le bonheur-du-jour, sa cravate au cou d'un buste de Léa. Elle sourit malgré elle à ce chaud désordre masculin et referma à demi ses grands yeux tranquilles, d'un bleu jeune et qui avaient gardé tous leurs cils châtains. À quarante-neuf ans, Léonie Vallon, dite Léa de Lonval, finissait une carrière heureuse de courtisane bien rentée, et de bonne fille à qui la vie a épargné les catastrophes flatteuses et les nobles chagrins. Elle cachait la date de sa naissance ; mais elle avouait volontiers, en laissant tomber sur Chéri un regard de condescendance voluptueuse, qu'elle atteignait l'âge de s'accorder quelques petites douceurs. Elle aimait l'ordre, le beau linge, les vins mûris, la cuisine réfléchie. Sa jeunesse de blonde adulée, puis sa maturité de demi-mondaine riche n'avaient accepté ni l'éclat fâcheux, ni l'équivoque, et ses amis se souvenaient d'une journée de Drags, vers 1895, où Léa répondit au secrétaire du *Gil Blas* qui la traitait de « chère artiste » :

— Artiste ? Oh ! vraiment, cher ami, mes amants sont bien bavards...

Ses contemporaines jalousaient sa santé imperturbable, les jeunes femmes, que la mode de 1912 bombait déjà du dos et du ventre, raillaient le poitrail avantageux de Léa, — celles-ci et celles-là lui enviaient également Chéri.

— Eh, mon Dieu ! disait Léa, il n'y a pas de quoi. Qu'elles le prennent. Je ne l'attache pas, et il sort tout seul.

En quoi elle mentait à demi, orgueilleuse d'une liaison, — elle disait quelquefois : adoption, par penchant à la sincérité — qui durait depuis six ans.

— La corbeille... redit Léa. Marier Chéri... Ce n'est pas possible, — ce n'est pas... humain... Donner une jeune fille à Chéri, — pourquoi pas jeter une biche aux chiens ? Les gens ne savent pas ce que c'est que Chéri.

Elle roulait entre ses doigts, comme un rosaire, son collier jeté sur le lit. Elle le quittait la nuit, à présent, car Chéri, amoureux des belles perles et qui les caressait le matin, eût remarqué trop souvent que le cou de Léa, épaissi, perdait sa blancheur et montrait, sous la peau, des muscles détendus. Elle l'agrafa sur sa nuque sans se lever et prit un miroir sur la console de chevet.

— J'ai l'air d'une jardinière, jugea-t-elle sans ménagement. Une maraîchère. Une maraîchère normande qui s'en irait aux champs de patates avec un collier. Cela me va comme une plume d'autruche dans le nez, — et je suis polie.

Elle haussa les épaules, sévère à tout ce qu'elle n'aimait plus en elle : un teint vif, sain, un peu rouge, un teint de plein air, propre à enrichir la franche couleur des prunelles bleues cerclées de bleu plus sombre. Le nez fier trouvait grâce encore devant Léa ; « le nez de Marie-Antoinette ! » affirmait la mère de Chéri, qui n'oubliait jamais d'ajouter : « ... et dans deux ans, cette bonne Léa aura le menton de Louis XVI. » La bouche aux dents serrées, qui n'éclatait presque jamais de rire, souriait souvent, d'accord avec les grands yeux aux clins lents et rares, sourire cent fois loué, chanté, photographié, sourire profond et confiant qui ne pouvait lasser.

Pour le corps, « on sait bien », disait Léa, « qu'un corps de bonne qualité dure longtemps ». Elle pouvait le montrer encore, ce grand corps blanc teinté de rose, doté des longues jambes, du dos plat qu'on voit aux nymphes des fontaines d'Italie ; la fesse à fossette, le sein haut suspendu pouvaient tenir, disait Léa, « jusque bien après le mariage de Chéri ».

Elle se leva, s'enveloppa d'un saut-de-lit et ouvrit elle-même les rideaux. Le soleil de midi entra dans la chambre rose, gaie, trop parée et d'un luxe qui datait, dentelles doubles aux fenêtres, faille feuille-de-rose aux murs, bois dorés, lumières électriques voilées de rose et de blanc, et meubles anciens tendus de soies modernes. Léa ne renonçait pas à cette chambre douillette ni à son lit, chef-d'œuvre considérable, indestructible, de cuivre, d'acier forgé, sévère à l'œil et cruel aux tibias.

— Mais non, mais non, protestait la mère de Chéri, ce n'est pas si laid que cela. Je l'aime, moi, cette chambre. C'est une époque, ça a son chic. Ça fait Païva.

Léa souriait à ce souvenir de la « Harpie nationale » tout en relevant ses cheveux épars. Elle se poudra hâtivement le visage en entendant deux portes claquer et le choc d'un pied chaussé contre un meuble délicat. Chéri revenait en pantalon et chemise, sans faux col, les oreilles blanches de talc et l'humeur agressive.

— Où est mon épingle ? boîte de malheur ! On barbote les bijoux à présent ?

— C'est Marcel qui l'a mise à sa cravate pour aller faire le marché, dit Léa gravement.

Chéri, dénué d'humour, butait sur la plaisanterie comme une fourmi sur un morceau de charbon. Il arrêta sa promenade menaçante et ne trouva à répondre que :

— C'est charmant !... et mes bottines ?

— Lesquelles ?

— De daim !

Léa, assise à sa coiffeuse, leva des yeux trop doux :

— Je ne te le fais pas dire, insinua-t-elle d'une voix caressante.

— Le jour où une femme m'aimera pour mon intelligence, je serai bien fichu, riposta Chéri. En attendant, je veux mon épingle et mes bottines.

— Pour quoi faire ? On ne met pas d'épingle avec un veston, et tu es déjà chaussé.

Chéri frappa du pied.

— J'en ai assez, personne ne s'occupe de moi, ici ! J'en ai assez !

Léa posa son peigne.

— Eh bien ! va-t'en.

Il haussa les épaules, grossier :

— On dit ça !

— Va-t'en. J'ai toujours eu horreur des invités qui bêchent la cuisine et qui collent le fromage à la crème contre les glaces. Va chez ta sainte mère, mon enfant, et restes-y.

Il ne soutint pas le regard de Léa, baissa les yeux, protesta en écolier :

— Enfin, quoi, je ne peux rien dire ? Au moins, tu me prêtes l'auto pour aller à Neuilly ?

— Non.

— Parce que ?

— Parce que je sors à 2 heures et que Philibert déjeune.

— Où vas-tu, à 2 heures ?

— Remplir mes devoirs religieux. Mais si tu veux 3 F pour un taxi ?... Imbécile, reprit-elle doucement, je vais peut-être prendre le café chez Mme Mère, à 2 heures. Tu n'es pas content ?

Il secouait le front comme un petit bélier.

— On me bourre, on me refuse tout, on me cache mes affaires, on me...

— Tu ne sauras donc jamais t'habiller tout seul ?

Elle prit des mains de Chéri le faux col qu'elle boutonna, la cravate qu'elle noua.

— Là !... Oh ! cette cravate violette... Au fait, c'est bien bon pour la belle Marie-Laure et sa famille... Et tu voulais encore une perle, là-dessus ? Petit rasta... Pourquoi pas des pendants d'oreilles ?...

Il se laissait faire, béat, mou, vacillant, repris d'une paresse et d'un plaisir qui lui fermaient les yeux...

— Nounoune chérie... murmura-t-il.

Elle lui brossa les oreilles, rectifia la raie, fine et bleuâtre, qui divisait les cheveux noirs de Chéri, lui toucha les tempes d'un doigt mouillé de parfum et baisa rapidement, parce qu'elle ne put s'en défendre, la bouche tentante qui respirait si près d'elle. Chéri ouvrit les yeux, les lèvres, tendit les mains... Elle l'écarta :

— Non ! une heure moins le quart ! File et que je ne te revoie plus !

— Jamais ?

— Jamais ! lui jeta-t-elle en riant avec une tendresse emportée.

Seule, elle sourit orgueilleusement, fit un soupir saccadé de convoitise matée, et écouta les pas de Chéri dans la cour de l'hôtel. Elle le vit ouvrir et refermer la grille, s'éloigner de son pas ailé, tout de suite salué par l'extase de trois trottins qui marchaient bras sur bras :

— Ah ! maman !... c'est pas possible, il est en toc !... On demande à toucher ?

Mais Chéri, blasé, ne se retourna même pas.

— Mon bain, Rose ! La manucure peut s'en aller ; il est trop tard. Le costume tailleur bleu, le nouveau, le chapeau bleu, celui qui est doublé de blanc, et les petits souliers à pattes... non, attends...

Léa, les jambes croisées, tâta sa cheville nue et hocha la tête :

— Non, les bottines lacées en chevreau bleu. J'ai les jambes un peu enflées aujourd'hui. C'est la chaleur.

La femme de chambre, âgée, coiffée de tulle, leva sur Léa un regard entendu :

— C'est... c'est la chaleur, répéta-t-elle docilement, en haussant les épaules, comme pour dire : « Nous savons... Il faut bien que tout s'use... »

Chéri parti, Léa redevint vive, précise, allégée. En moins d'une heure, elle fut baignée, frottée d'alcool parfumé au santal, coiffée, chaussée. Pendant que le fer à friser chauffait, elle trouva le temps d'éplucher le livre de comptes du maître d'hôtel, d'appeler le valet de chambre Émile pour lui montrer, sur un miroir, une buée bleue. Elle darda autour d'elle un œil assuré, qu'on ne trompait presque jamais, et déjeuna dans une solitude joyeuse, souriant au vouvray sec et aux fraises de juin servies avec leurs queues sur un plat de Rubelles, vert comme une rainette mouillée. Un beau mangeur dut choisir autrefois, pour cette salle à manger rectangulaire, les grandes glaces Louis XVI et les meubles anglais de la même époque, dressoirs aérés, desserte haute sur pieds, chaises maigres et solides, le tout d'un bois presque noir, à guirlandes minces. Les miroirs et de massives pièces d'argenterie recevaient le jour abondant, les reflets verts des arbres de l'avenue Bugeaud, et Léa scrutait, tout en mangeant, la poudre rouge demeurée aux ciselures d'une fourchette, fermait un œil pour mieux juger le poli des bois sombres. Le maître d'hôtel, derrière elle, redoutait ces jeux.

— Marcel, dit Léa, votre encaustique colle, depuis une huitaine.

— Madame croit ?

— Elle croit. Rajoutez-y de l'essence en fondant au bain-marie, ce n'est rien à refaire. Vous avez monté le vouvray un peu tôt. Tirez les persiennes dès que vous aurez desservi, nous tenons la vraie chaleur.

— Bien, Madame. M. Ch... M. Peloux dîne ?

— Je pense... Pas de crème surprise ce soir, qu'on nous fasse seulement des sorbets au jus de fraises. Le café au boudoir.

En se levant, grande et droite, les jambes visibles sous la jupe plaquée aux cuisses, elle eut le loisir de lire, dans le regard contenu du maître d'hôtel, le « Madame est belle » qui ne lui déplaisait pas.

« Belle... » se disait Léa en montant au boudoir. Non. Plus maintenant. À présent il me faut le blanc du linge près du visage, le rose très pâle pour les dessous et les déshabillés. Belle... Peuh... je n'en ai plus guère besoin...

Pourtant, elle ne s'accorda point de sieste dans le boudoir aux soies peintes, après le café et les journaux. Et ce fut avec un visage de bataille qu'elle commanda à son chauffeur :

— Chez Mme Peloux.

Les allées du Bois, sèches sous leur verdure neuve de juin que le vent fane, la grille de l'octroi, Neuilly, le boulevard d'Inkermann... « Combien de fois l'ai-je fait, ce trajet-là ? » se demanda Léa. Elle compta, puis se lassa de compter, et épia, en retenant ses pas sur le gravier de Mme Peloux, les bruits qui venaient de la maison.

— Ils sont dans le hall, dit-elle.

Elle avait remis de la poudre avant d'arriver et tendu sur son menton la voilette bleue, un grillage fin comme un brouillard. Et elle répondit au valet qui l'invitait à traverser la maison :

— Non, j'aime mieux faire le tour par le jardin.

Un vrai jardin, presque un parc, isolait, toute blanche, une vaste villa de grande banlieue parisienne. La villa de Mme Peloux s'appelait « une propriété à la campagne » dans le temps où Neuilly était encore aux environs de Paris. Les écuries, devenues garages, les communs avec leurs chenils et leurs buanderies en témoignaient, et aussi les dimensions de la salle de billard, du vestibule, de la salle à manger.

— Mme Peloux en a là pour de l'argent, redisaient dévotement les vieilles parasites qui venaient, en échange d'un dîner et d'un verre de fine, tenir en face d'elle les cartes du bésigue et du poker. Et elles ajoutaient : « Mais où Mme Peloux n'a-t-elle pas d'argent ? »

En marchant sous l'ombre des acacias, entre des massifs embrasés de rhododendrons et des arceaux de roses, Léa écoutait un murmure de voix, percé par la trompette nasillarde de Mme Peloux et l'éclat de rire sec de Chéri.

« Il rit mal, cet enfant », songea-t-elle. Elle s'arrêta un instant, pour entendre mieux un timbre féminin nouveau, faible, aimable, vite couvert par la trompette redoutable.

« Ça, c'est la petite », se dit Léa.

Elle fit quelques pas rapides et se trouva au seuil d'un hall vitré, d'où Mme Peloux s'élança en criant :

— Voici notre belle amie !

Ce tonnelet, Mme Peloux, en vérité Mlle Peloux, avait été danseuse, de dix à seize ans. Léa cherchait parfois sur Mme Peloux ce qui pouvait rappeler l'ancien petit Éros blond et potelé, puis la nymphe à fossettes, et ne retrouvait que les grands yeux implacables, le nez délicat et dur, et encore une manière coquette de poser les pieds en « cinquième » comme les sujets du corps de ballet.

Chéri, ressuscité du fond d'un rocking, baisa la main de Léa avec une grâce involontaire, et gâta son geste par un :

— Flûte ! tu as encore mis une voilette, j'ai horreur de ça.

— Veux-tu la laisser tranquille ! intervint Mme Peloux. On ne demande pas à une femme pourquoi elle a mis une voilette ! Nous n'en ferons jamais rien, dit-elle tendrement à Léa.

Deux femmes s'étaient levées dans l'ombre blonde du store de paille. L'une, en mauve, tendit assez froidement sa main à Léa, qui la contempla des pieds à la tête.

— Mon Dieu, que vous êtes belle, Marie-Laure, il n'y a rien d'aussi parfait que vous !

Marie-Laure daigna sourire. C'était une jeune femme rousse, aux yeux bruns, qui émerveillait sans geste et sans paroles. Elle désigna, comme par coquetterie, l'autre jeune femme :

— Mais reconnaîtrez-vous ma fille Edmée ? dit-elle.

Léa tendit vers la jeune fille une main qu'on tarda à prendre :

— J'aurais dû vous reconnaître, mon enfant, mais une pensionnaire change vite, et Marie-Laure ne change que pour déconcerter chaque fois davantage. Vous voilà libre de tout pensionnat ?

— Je crois bien, je crois bien, s'écria Mme Peloux. On ne peut pas laisser sous le boisseau éternellement ce charme, cette grâce, cette merveille de dix-neuf printemps !

— Dix-huit, dit suavement Marie-Laure.

— Dix-huit, dix-huit !... Mais oui, dix-huit ! Léa, tu te souviens ? Cette enfant faisait sa première communion l'année où Chéri s'est sauvé du collège, tu sais bien ? Oui, mauvais garnement, tu t'étais sauvé et nous étions aussi affolées l'une que l'autre !

— Je me souviens très bien, dit Léa, et elle échangea avec Marie-Laure un petit signe de tête — quelque chose comme le « touché » des escrimeurs loyaux.

— Il faut la marier, il faut la marier ! continua Mme Peloux qui ne répétait jamais moins de deux fois une vérité première. Nous irons tous à la noce !

Elle battit l'air de ses petits bras et la jeune fille la regarda avec une frayeur ingénue.

« C'est bien une fille pour Marie-Laure, songeait Léa très attentive. Elle a, en discret, tout ce que sa mère a d'éclatant. Des cheveux mousseux, cendrés, comme poudrés, des yeux inquiets qui se cachent, une bouche qui se retient de parler, de sourire... Tout à fait ce qu'il fallait à Marie-Laure, qui doit la haïr quand même... »

Mme Peloux interposa entre Léa et la jeune fille un sourire maternel :

— Ce qu'ils ont déjà camaradé dans le jardin, ces deux enfants-là !

Elle désignait Chéri, debout devant la paroi vitrée et fumant. Il tenait son fume-cigarette entre les dents et rejetait la tête en arrière pour éviter la fumée. Les trois femmes regardèrent le jeune homme qui, le front renversé, les cils mi-clos, les pieds joints et immobiles, semblait pourtant une figure ailée, planante et dormante dans l'air... Léa ne se trompa point à l'expression effarée, vaincue, des yeux de la jeune fille. Elle se donna le plaisir de la faire tressaillir en lui touchant le bras. Edmée frémit tout entière, retira son bras et dit farouchement tout bas :

— Quoi ?...

— Rien, répondit Léa. C'est mon gant qui était tombé.

— Allons, Edmée ! ordonna Marie-Laure avec nonchalance.

La jeune fille, muette et docile, marcha vers Mme Peloux qui battit des ailerons :

— Déjà ? Mais non ! On va se revoir ! on va se revoir !

— Il est tard, dit Marie-Laure. Et puis, vous attendez beaucoup de gens, le dimanche après-midi. Cette enfant n'a pas l'habitude du monde...

— Oui, oui, cria tendrement Mme Peloux, elle a vécu si enfermée, si seule !

Marie-Laure sourit, et Léa la regarda pour dire : « À vous ! »

— ... Mais nous reviendrons bientôt.

— Jeudi, jeudi ! Léa, tu viens déjeuner aussi, jeudi ?

— Je viens, répondit Léa.

Chéri avait rejoint Edmée au seuil du hall, où il se tenait auprès d'elle, dédaigneux de toute conversation. Il entendit la promesse de Léa et se retourna :

— C'est ça. On fera une balade, proposa-t-il.

— Oui, oui, c'est de votre âge, insista Mme Peloux attendrie. Edmée ira avec Chéri sur le devant, il nous mènera, et nous irons au fond, nous autres. Place à la jeunesse ! Place à la jeunesse ! Chéri, mon amour, veux-tu demander la voiture de Marie-Laure ?

Encore que ses petits pieds ronds chavirassent sur les graviers, elle emmena ses visiteuses jusqu'au tournant d'une allée, puis les abandonna à Chéri. Quand elle revint, Léa avait retiré son chapeau et allumé une cigarette.

— Ce qu'ils sont jolis, tous les deux ! haleta Mme Peloux. Pas, Léa ?

— Ravissants, souffla Léa avec un jet de fumée. Mais c'est cette Marie-Laure !...

Chéri rentrait :

— Qu'est-ce qu'elle a fait, Marie-Laure ? demanda-t-il.

— Quelle beauté !

— Ah !... Ah !... approuva Mme Peloux, c'est vrai, c'est vrai... qu'elle a été bien jolie !

Chéri et Léa rirent en se regardant.

— « A été ! » souligna Léa. Mais c'est la jeunesse même ! Elle n'a pas un pli ! Et elle peut porter du mauve tendre, cette sale couleur que je déteste et qui me le rend !

Les grands yeux impitoyables et le nez mince se détournèrent d'un verre de fine :

— La jeunesse même ! la jeunesse même ! glapit Mme Peloux. Pardon ! pardon ! Marie-Laure a eu Edmée en 1895, non, 14. Elle avait à ce moment-là fichu le camp avec un professeur de chant et plaqué Khalil-Bey qui lui avait donné le fameux diamant rose que... Non ! non !... Attends !... C'est d'un an plus tôt !...

Elle trompettait fort et faux. Léa mit une main sur son oreille et Chéri déclara, sentencieux :

— Ça serait trop beau, un après-midi comme ça, s'il n'y avait pas la voix de ma mère.

Elle regarda son fils sans colère, habituée à son insolence, s'assit dignement, les pieds ballants, au fond d'une bergère trop haute pour ses jambes courtes. Elle chauffait dans sa main un verre d'eau-de-vie. Léa, balancée dans un rocking, jetait de temps en temps les yeux sur Chéri, Chéri vautré sur un rotin frais, son gilet ouvert, une cigarette à demi éteinte à la lèvre, une mèche sur le sourcil — et elle le traitait flatteusement, tout bas, de belle crapule.

Ils demeuraient côte à côte, sans effort pour plaire ni parler, paisibles et en quelque sorte heureux. Une longue habitude l'un de l'autre les rendait au silence, ramenait Chéri à la veulerie et Léa à la sérénité. À cause de la chaleur qui augmentait, Mme Peloux releva jusqu'aux genoux sa jupe étroite, montra ses petits mollets de matelot, et Chéri arracha rageusement sa cravate, geste que Léa blâma d'un : « Tt... tt... » de langue.

— Oh ! laisse-le, ce petit, protesta, comme du fond d'un songe, Mme Peloux. Il fait si chaud... Veux-tu un kimono, Léa ?

— Non, merci. Je suis très bien.

Ces abandons de l'après-midi l'écœuraient. Jamais son jeune amant ne l'avait surprise défaite, ni le corsage ouvert, ni en pantoufles dans le jour. « Nue, si on veut », disait-elle, « mais pas dépoitraillée. » Elle reprit son journal illustré et ne le lut pas. « Cette mère Peloux et son fils », songeait-elle, « mettez-les devant une table bien servie ou menez-les à la campagne — crac : la mère ôte son corset et le fils son gilet. Des natures de bistrots en vacances. » Elle leva les yeux vindicativement sur le bistrot incriminé et vit qu'il dormait, les cils rabattus sur ses joues blanches, la bouche close. L'arc délicieux de la lèvre supérieure, éclairé par en dessous, retenait à ses sommets deux points de lumière argentée, et Léa s'avoua qu'il ressemblait beaucoup plus à un dieu qu'à un marchand de vins. Sans se lever, elle cueillit délicatement entre les doigts de Chéri une cigarette fumante, et la jeta au cendrier. La main du dormeur se détendit et laissa tomber comme des fleurs lasses ses doigts fuselés, armés d'ongles cruels, mais non point féminine, mais un peu plus belle qu'on ne l'eût voulu, main que Léa avait cent fois baisée sans servilité, baisée pour le plaisir, pour le parfum...

Elle regarda, par-dessus son journal, du côté de Mme Peloux. « Dort-elle aussi ? » Léa aimait que la sieste de la mère et du fils lui donnât, à elle bien éveillée, une heure de solitude morale parmi la chaleur, l'ombre et le soleil.

Mais Mme Peloux ne dormait point. Elle se tenait bouddhique dans sa bergère, regardant droit devant elle et suçant sa fine champagne avec une application de nourrisson alcoolique.

« Pourquoi ne dort-elle pas ? se demanda Léa. C'est dimanche. Elle a bien déjeuné. Elle attend les vieilles frappes de son jour à 5 heures. Par conséquent, elle devrait dormir. Si elle ne dort pas, c'est qu'elle fait quelque chose de mal. »

Elles se connaissaient depuis vingt-cinq ans. Intimité ennemie de femmes légères qu'un homme enrichit puis délaisse, qu'un autre homme ruine — amitié hargneuse de rivales à l'affût de la première ride et du cheveu blanc. Camaraderie de femmes positives, habiles aux jeux financiers, mais l'une avare et l'autre sybarite... Ces liens comptent. Un autre lien plus fort venait les unir sur le tard : Chéri.

Léa se souvenait de Chéri enfant, merveille aux longues boucles. Tout petit, il ne s'appelait pas encore Chéri, mais seulement Fred.

Chéri, tour à tour oublié et adoré, grandit entre les femmes de chambre décolorées et les longs valets sardoniques. Bien qu'il eût mystérieusement apporté, en naissant, l'opulence, on ne vit nulle miss, nulle fraulein auprès de Chéri, préservé à grands cris de « ces goules »...

« Charlotte Peloux, femme d'un autre âge ! » disait familièrement le vieux, tari, expirant et indestructible baron de Berthellemy, « Charlotte Peloux, je salue en vous la seule femme de mœurs légères qui ait osé élever son fils en fils de grue ! Femme d'un autre âge, vous ne lisez pas, vous ne voyagez jamais, vous vous occupez de votre seul prochain, et vous faites élever votre enfant par les domestiques. Comme c'est pur ! comme c'est About ! comme c'est même Gustave Droz ! et dire que vous n'en savez rien ! »

Chéri connut donc toutes les joies d'une enfance dévergondée. Il recueillit, zézayant encore, les bas racontars de l'office. Il partagea les soupers clandestins de la cuisine. Il eut les bains de lait d'iris dans la baignoire de sa mère, et les débarbouillages hâtifs avec le coin d'une serviette. Il endura l'indigestion de bonbons, et les crampes d'inanition quand on oubliait son dîner. Il s'ennuya, demi-nu et enrhumé, aux fêtes des Fleurs où Charlotte Peloux l'exhibait, assis dans des roses mouillées ; mais il lui arriva de se divertir royalement à douze ans, dans une salle de tripot clandestin où une dame américaine lui donnait pour jouer des poignées de louis et l'appelait « petite chef-d'œuvre ». Vers le même temps, Mme Peloux donna à son fils un abbé précepteur qu'elle remercia au bout de dix mois « parce que », avoua-t-elle, « cette robe noire que je voyais partout traîner dans la maison, ça me faisait comme si j'avais recueilli une parente pauvre — et Dieu sait qu'il n'y a rien de plus attristant qu'une parente pauvre chez soi ! »

À quatorze ans, Chéri tâta du collège. Il n'y croyait pas. Il défiait toute geôle et s'échappa. Non seulement Mme Peloux trouva l'énergie de l'incarcérer à nouveau, mais encore, devant les pleurs et les injures de son fils, elle s'enfuit, les mains sur les oreilles, en criant : « Je ne veux pas voir ça ! Je ne veux pas voir ça ! » Cri si sincère qu'en effet elle s'éloigna de Paris, accompagnée d'un homme jeune mais peu scrupuleux, pour revenir deux ans plus tard, seule. Ce fut sa dernière faiblesse amoureuse.

Elle retrouva Chéri grandi trop vite, creux, les yeux fardés de cerne, portant des complets d'entraîneur et parlant plus gras que jamais. Elle se frappa les seins et arracha Chéri à l'internat. Il cessa tout à fait de travailler, voulut chevaux, voitures, bijoux, exigea des mensualités rondes et, au moment que sa mère se frappa les seins en poussant des appels de paonne, il l'arrêta par ces mots :

— Mame Peloux, ne vous bilez pas. Ma mère vénérée, s'il n'y a que moi pour te mettre sur la paille, tu risques fort de mourir bien au chaud sous ton couvre-pieds américain. Je n'ai pas de goût pour le conseil judiciaire. Ta galette, c'est la mienne. Laisse-moi faire. Les amis, ça se rationne avec des dîners et du champagne.Quant à ces dames, vous ne voudriez pourtant pas, Mame Peloux, que fait comme vous m'avez fait, je dépasse avec elles l'hommage du bibelot artistique, — et encore !

Il pirouetta, tandis qu'elle versait de douces larmes et se proclamait la plus heureuse des mères. Quand Chéri commença d'acheter des automobiles, elle trembla de nouveau, mais il lui recommanda : « L'œil à l'essence, s'il vous plaît, Mame Peloux ! » et vendit ses chevaux. Il ne dédaignait pas d'éplucher les livres des deux chauffeurs ; il calculait vite, juste, et les chiffres qu'il jetait sur le papier juraient, élancés, renflés, agiles, avec sa grosse écriture assez lente.

Il passa dix-sept ans, en tournant au petit vieux, au rentier tatillon. Toujours beau, mais maigre, le souffle raccourci. Plus d'une fois Mme Peloux le rencontra dans l'escalier de la cave, d'où il revenait de compter les bouteilles dans les casiers.

— Crois-tu ! disait Mme Peloux à Léa, c'est trop beau !

— Beaucoup trop, répondait Léa, ça finira mal. Chéri, montre ta langue ?

Il la tirait avec une grimace irrévérencieuse, et d'autres vilaines manières qui ne choquaient point Léa, amie trop familière, sorte de marraine-gâteau qu'il tutoyait.

— C'est vrai, interrogeait Léa, qu'on t'a vu au bar avec la vieille Lili, cette nuit, assis sur ses genoux ?

— Ses genoux ! gouaillait Chéri. Y a longtemps qu'elle n'en a plus, de genoux ! Ils sont noyés.

— C'est vrai, insistait Léa plus sévère, qu'elle t'a fait boire du gin au poivre ? Tu sais que ça fait sentir mauvais de la bouche ?

Un jour Chéri, blessé, avait répondu à l'enquête de Léa :

— Je ne sais pas pourquoi tu me demandes tout ça, tu as bien dû voir ce que je faisais, puisque tu y étais, dans le petit cagibi du fond, avec Patron le boxeur !

— C'est parfaitement exact, répondit Léa impassible. Il n'a rien du petit claqué, Patron, tu sais ? Il a d'autres séductions qu'une petite gueule de quatre sous et des yeux au beurre noir.

Cette semaine-là, Chéri fit grand bruit la nuit à Montmartre et aux Halles, avec des dames qui l'appelaient « ma gosse » et « mon vice », mais il n'avait le feu nulle part, il souffrait de migraines et toussait de la gorge. Et Mme Peloux, qui confiait à sa masseuse, à Mme Ribot, sa corsetière, à la vieille Lili, à Berthellemy-le-Desséché, ses angoisses nouvelles : « Ah ! pour nous autres mères, quel calvaire, la vie ! » passa avec aisance de l'état de plus-heureuse-des-mères à celui de mère-martyre.

Un soir de juin, qui rassemblait sous la serre de Neuilly Mme Peloux, Léa et Chéri, changea les destins du jeune homme et de la femme mûre. Le hasard dispersant pour un soir les « amis » de Chéri — un petit liquoriste en gros, le fils Boster, et le vicomte Desmond, parasite à peine majeur, exigeant et dédaigneux — ramenait Chéri à la maison maternelle où l'habitude conduisait aussi Léa.

Vingt années, un passé fait de ternes soirées semblables, le manque de relations, cette défiance aussi, et cette veulerie qui isolent vers la fin de leur vie les femmes qui n'ont aimé que d'amour, tenaient l'une devant l'autre, encore un soir, en attendant un autre soir, ces deux femmes, l'une à l'autre suspectes. Elles regardaient toutes deux Chéri taciturne, et Mme Peloux, sans force et sans autorité pour soigner son fils, se bornait à haïr un peu Léa, chaque fois qu'un geste penchait, près de la joue pâle, de l'oreille transparente de Chéri, la nuque blanche et la joue sanguine de Léa. Elle eût bien saigné ce cou robuste de femme, où les colliers de Vénus commençaient de meurtrir la chair, pour teindre de rose le svelte lys verdissant, — mais elle ne pensait pas même à conduire son bien-aimé aux champs.

— Chéri, pourquoi bois-tu de la fine ? grondait Léa.

— Pour ne pas faire affront à Mame Peloux qui boirait seule, répondait Chéri.

— Qu'est-ce que tu fais, demain ?

— Sais pas, et toi ?

— Je vais partir pour la Normandie.

— Avec ?

— Ça ne te regarde pas.

— Avec notre brave Spéleïeff ?

— Penses-tu, il y a deux mois que c'est fini, tu retardes. Il est en Russie, Spéleïeff.

— Mon Chéri, où as-tu la tête ! soupira Mme Peloux. Tu oublies le charmant dîner de rupture que nous a offert Léa le mois dernier. Léa, tu ne m'as pas donné la recette des langoustines qui m'avaient tellement plu !

Chéri se redressa, fit briller ses yeux :

— Oui, oui, des langoustines avec une sauce crémeuse, oh ! j'en voudrais !

— Tu vois, reprocha Mme Peloux, lui qui a si peu d'appétit, il aurait mangé des langoustines...

— La paix ! commanda Chéri. Léa, tu vas sous les ombrages avec Patron ?

— Mais non, mon petit ; Patron et moi, c'est de l'amitié. Je pars seule.

— Femme riche, jeta Chéri.

— Je t'emmène, si tu veux, on ne fera que manger, boire, dormir...

— C'est où, ton patelin ?

Il s'était levé et planté devant elle.

— Tu vois Honfleur ? la Côte de Grâce ? Oui ?... Assieds-toi, tu es vert. Tu sais bien, sur la Côte de Grâce, cette porte charretière devant laquelle nous disions toujours en passant, ta mère et moi...

Elle se tourna du côté de Mme Peloux : Mme Peloux avait disparu. Ce genre de fuite discrète, cet évanouissement étaient si peu en accord avec les coutumes de Charlotte Peloux, que Léa et Chéri se regardèrent en riant de surprise. Chéri s'assit contre Léa.

— Je suis fatigué, dit-il.

— Tu t'abîmes, dit Léa.

Il se redressa, vaniteux :

— Oh ! tu sais, je suis encore assez bien.

— Assez bien... peut-être pour d'autres... mais pas... pas pour moi, par exemple.

— Trop vert ?

— Juste le mot que je cherchais. Viens-tu à la campagne, en tout bien tout honneur ? Des bonnes fraises, de la crème fraîche, des tartes, des petits poulets grillés... Voilà un bon régime, et pas de femmes !

Il se laissa glisser sur l'épaule de Léa et ferma les yeux.

— Pas de femmes... Chouette... Léa, dis, es-tu un frère ? Oui ? Eh bien partons, les femmes... j'en suis revenu... Les femmes... je les ai vues.

Il disait ces choses basses d'une voix assoupie, dont Léa écoutait le son plein et doux et recevait le souffle tiède sur son oreille. Il avait saisi le long collier de Léa et roulait les grosses perles entre ses doigts. Elle passa son bras sous la tête de Chéri et le rapprocha d'elle, sans arrière-pensée, confiante dans l'habitude qu'elle avait de cet enfant, et elle le berça.

— Je suis bien, soupira-t-il. T'es un frère, je suis bien...

Elle sourit comme sous une louange très précieuse. Chéri semblait s'endormir. Elle regardait de tout près les cils brillants, comme mouillés, rabattus sur la joue, et cette joue amaigrie qui portait les traces d'une fatigue sans bonheur. La lèvre supérieure, rasée du matin, bleuissait déjà, et les lampes roses rendaient un sang factice à la bouche...

— Pas de femmes ! déclara Chéri comme en songe. Donc... embrasse-moi !

Surprise, Léa ne bougea pas.

— Embrasse-moi, je te dis !

Il ordonnait, les sourcils joints, et l'éclat de ses yeux soudain rouverts gêna Léa comme une lumière brusquement rallumée. Elle haussa les épaules et mit un baiser sur le front tout proche. Il noua ses bras au cou de Léa et la courba vers lui.

Elle secoua la tête, mais seulement jusqu'à l'instant où leurs bouches se touchèrent ; alors, elle demeura tout à fait immobile et retenant son souffle comme quelqu'un qui écoute. Quand il la lâcha, elle le détacha d'elle, se leva, respira profondément et arrangea sa coiffure qui n'était pas défaite. Puis elle se retourna un peu pâle et les yeux assombris, et sur un ton de plaisanterie :

— C'est intelligent ! dit-elle.

Il gisait au fond d'un rocking et se taisait en la couvrant d'un regard actif, si plein de défi et d'interrogations qu'elle dit, après un moment :

— Quoi ?

— Rien, dit Chéri, je sais ce que je voulais savoir.

Elle rougit, humiliée, et se défendit adroitement :

— Tu sais quoi ? que ta bouche me plaît ? Mon pauvre petit, j'en ai embrassé de plus vilaines. Qu'est-ce que ça te prouve ? Tu crois que je vais tomber à tes pieds et crier : prends-moi ! Mais tu n'as donc connu que des jeunes filles ? Penser que je vais perdre la tête pour un baiser !...

Elle s'était calmée en parlant et voulait montrer son sang-froid.

— Dis, petit, insista-t-elle en se penchant sur lui, crois-tu que ce soit quelque chose de rare dans mes souvenirs, une bonne bouche ?

Elle lui souriait de haut, sûre d'elle, mais elle ne savait pas que quelque chose demeurait sur son visage, une sorte de palpitation très faible, de douleur attrayante, et que son sourire ressemblait à celui qui vient après une crise de larmes.

— Je suis bien tranquille, continua-t-elle. Quand même je te rembrasserais, quand même nous...

Elle s'arrêta et fit une moue de mépris.

— Non, décidément, je ne nous vois pas dans cette attitude-là.

— Tu ne nous voyais pas non plus dans celle de tout à l'heure, dit Chéri sans se presser. Et pourtant, tu l'as gardée un bon bout de temps. Tu y penses donc, à l'autre ? Moi, je ne t'en ai rien dit.

Ils se mesurèrent en ennemis. Elle craignit de montrer un désir qu'elle n'avait pas eu le temps de nourrir ni de dissimuler, elle en voulut à cet enfant, refroidi en un moment et peut-être moqueur.

— Tu as raison, concéda-t-elle légèrement. N'y pensons pas. Je t'offre, nous disions donc, un pré pour t'y mettre au vert, et une table... La mienne, c'est tout dire.

— On peut voir, répondit Chéri. J'amènerais la Renouhard découverte ?

— Naturellement, tu ne la laisserais pas à Charlotte.

— Je paierai l'essence, mais tu nourriras le chauffeur.

Léa éclata de rire.

— Je nourrirai le chauffeur ! Ah ! ah ! fils de Mme Peloux, va ! Tu n'oublies rien... Je ne suis pas curieuse, mais je voudrais entendre ce que ça peut être entre une femme et toi, une conversation amoureuse !

Elle tomba assise et s'éventa. Un sphinx, de grands moustiques à longues pattes tournaient autour des lampes, et l'odeur du jardin, à cause de la nuit venue, devenait une odeur de campagne. Une bouffée d'acacia entra, si distincte, si active, qu'ils se retournèrent tous deux comme pour la voir marcher.

— C'est l'acacia à grappes rosées, dit Léa à demi-voix.

— Oui, dit Chéri. Mais comme il en a bu, ce soir, de la fleur d'oranger !

Elle le contempla, admirant vaguement qu'il eût trouvé cela. Il respirait le parfum en victime heureuse, et elle se détourna, craignant soudain qu'il ne l'appelât ; mais il l'appela quand même, et elle vint.

Elle vint à lui pour l'embrasser, avec un élan de rancune et d'égoïsme et des pensées de châtiment : « Attends, va... C'est joliment vrai que tu as une bonne bouche, cette fois-ci, je vais en prendre mon content, parce que j'en ai envie, et je te laisserai, tant pis, je m'en moque, je viens... »

Elle l'embrassa si bien qu'ils se délièrent ivres, assourdis, essoufflés, tremblant comme s'ils venaient de se battre... Elle se remit debout devant lui qui n'avait pas bougé, qui gisait toujours au fond du fauteuil, et elle le défiait tout bas : « Hein ?... Hein ?... » et elle s'attendait à être insultée. Mais il lui tendit les bras, ouvrit ses belles mains incertaines, renversa une tête blessée et montra entre ses cils l'étincelle double de deux larmes, tandis qu'il murmurait des paroles, des plaintes, tout un chant animal et amoureux où elle distinguait son nom, des « chérie... », des « viens... », des « plus te quitter... », un chant qu'elle écoutait penchée et pleine d'anxiété, comme si elle lui eût, par mégarde, fait très mal.

QUAND Léa se souvenait du premier été en Normandie, elle constatait avec équité : « Des nourrissons méchants, j'en ai eu de plus drôles que Chéri. De plus aimables aussi et de plus intelligents. Mais tout de même, je n'en n'ai pas eu comme celui-là. »

— C'est rigolo, confiait-elle, à la fin de cet été de 1906, à Berthellemy-le-Desséché, il y a des moments où je crois que je couche avec un Nègre ou un Chinois.

— Tu as déjà eu un Chinois et un Nègre ?

— Jamais.

— Alors ?

— Je ne sais pas. Je ne peux pas t'expliquer. C'est une impression.

Une impression qui lui était venue lentement, en même temps qu'un étonnement qu'elle n'avait pas toujours su cacher. Les premiers souvenirs de leur idylle n'abondaient qu'en images de mangeaille fine, de fruits choisis, en soucis de fermière gourmette. Elle revoyait, plus pâle au grand soleil, un Chéri exténué qui se traînait sous les charmilles normandes, s'endormait sur les margelles chaudes des pièces d'eau. Léa le réveillait pour le gaver de fraises, de crème, de lait mousseux et de poulets de grain. Comme assommé, il suivait d'un grand œil vide, à dîner, le vol des éphémères autour de la corbeille de roses, regardait sur son poignet l'heure d'aller dormir, tandis que Léa, déçue et sans rancune, songeait aux promesses que n'avait pas tenues le baiser de Neuilly et patientait bonnement :

« Jusqu'à la fin août, si on veut, je le garde à l'épinette. Et puis, à Paris, ouf ! je le rends à ses chères études... »

Elle se couchait miséricordieusement de bonne heure pour que Chéri, réfugié contre elle, poussant du front et du nez, creusant égoïstement la bonne place de son sommeil, s'endormît. Parfois, la lampe éteinte, elle suivait une flaque de lune miroitante sur le parquet. Elle écoutait, mêlés au clapotis du tremble et aux grillons qui ne s'éteignent ni nuit ni jour, les grands soupirs de chien de chasse qui soulevaient la poitrine de Chéri.

« Qu'est-ce que j'ai donc que je ne dors pas ? se demandait-elle vaguement. Ce n'est pas la tête de ce petit sur mon épaule, j'en ai porté de plus lourdes... Comme il fait beau... Pour demain matin, je lui ai commandé une bonne bouillie. On lui sent déjà moins les côtes. Qu'est-ce que j'ai donc que je ne dors pas ? Ah ! oui, je me rappelle, je vais faire venir Patron le boxeur, pour entraîner ce petit. Nous avons le temps, Patron d'un côté, moi de l'autre, de bien épater Mme Peloux... »

Elle s'endormait, longue dans les draps frais, bien à plat sur le dos, la tête noire du nourrisson méchant couchée sur son sein gauche. Elle s'endormait, réveillée quelquefois — mais si peu ! — par une exigence de Chéri, vers le petit jour.

Le deuxième mois de retraite avait en effet amené Patron, sa grande valise, ses petits haltères d'une livre et demie et ses trousses noires, ses gants de quatre onces, ses brodequins de cuir lacés sur les doigts de pieds ;

— Patron à la voix de jeune fille, aux longs cils, couvert d'un si beau cuir bruni, comme sa valise, qu'il n'avait pas l'air nu quand il retirait sa chemise. Et Chéri, tour à tour hargneux, veule, ou jaloux de la puissance sereine de Patron, commençait l'ingrate et fructueuse gymnastique des mouvements lents et réitérés.

— Un... sss... deux... sss... je vous entends pas respirer... trois... sss... Je le vois, votre genou qui triche ... sss...

Le couvert de tilleuls tamisait le soleil d'août. Un tapis rouge épais, jeté sur le gravier, fardait de reflets violets les deux corps nus du moniteur et de l'élève. Léa suivait des yeux la leçon, très attentive. Pendant les quinze minutes de boxe, Chéri, grisé de ses forces neuves, s'emballait, risquait des coups traîtres et rougissait de colère. Patron recevait les swings comme un mur et laissait tomber sur Chéri, du haut de sa gloire olympique, des oracles plus pesants que son poing célèbre.

— Heu là ! que vous avez l'œil gauche curieux. Si je ne l'aurais pas empêché, il venait voir comment qu'il est cousu, mon gant gauche.

— J'ai glissé, rageait Chéri.

— Ça ne provient pas de l'équilibre, poursuivait Patron. Ça provient du moral. Vous ne ferez jamais un boxeur.

— Ma mère s'y oppose, quelle tristesse !

— Même si votre mère ne s'y opposerait pas, vous ne feriez pas un boxeur, parce que vous êtes méchant. La méchanceté, ça ne va pas avec la boxe. Est-ce pas, Madame Léa ?

Léa souriait et goûtait le plaisir d'avoir chaud, de demeurer immobile et d'assister aux jeux des deux hommes nus, jeunes, qu'elle comparait en silence : « Est-il beau, ce Patron ! Il est beau comme un immeuble. Le petit se fait joliment. Des genoux comme les siens, ça ne court pas les rues, et je m'y connais.

Les reins aussi sont... non, seront merveilleux... Où diable la mère Peloux a-t-elle pêché... Et l'attache du cou ! une vraie statue. Ce qu'il est mauvais ! Il rit, on jurerait un lévrier qui va mordre... » Elle se sentait heureuse et maternelle, et baignée d'une tranquille vertu. « Je le changerais bien pour un autre », se disait-elle devant Chéri nu l'après-midi sous les tilleuls, ou Chéri nu le matin sur la couverture d'hermine, ou Chéri nu le soir au bord du bassin d'eau tiède. « Oui, tout beau qu'il est, je le changerais bien, s'il n'y avait pas une question de conscience. » Elle confiait son indifférence à Patron.

— Pourtant, objectait Patron, il est d'un bon modèle. Vous lui voyez déjà des muscles comme à des types qui ne sont pas d'ici, des types de couleur, malgré qu'il n'y a pas plus blanc. Des petits muscles qui ne font pas d'épate. Vous ne lui verrez jamais des biceps comme des cantaloups.

— Je l'espère bien, Patron ! Mais je ne l'ai pas engagé pour la boxe, moi !

— Évidemment, acquiesçait Patron en abaissant ses longs cils. Il faut compter avec le sentiment.

Il supportait avec gêne les allusions voluptueuses non voilées et le sourire de Léa, cet insistant sourire des yeux qu'elle appuyait sur lui quand elle parlait de l'amour.

— Évidemment, reprenait Patron, s'il ne vous donne pas toutes satisfactions...

Léa riait :

— Toutes, non... mais je puise ma récompense aux plus belles sources du désintéressement, comme vous, Patron.

— Oh ! moi...

Il craignait et souhaitait la question qui ne manquait pas de suivre :

— Toujours le même, Patron ? Vous vous obstinez ?

— Je m'obstine, Madame Léa, j'ai encore eu une lettre de Liane, au courrier de midi. Elle dit qu'elle est seule, que je n'ai pas de raisons de m'obstiner, que ses deux amis sont éloignés.

— Alors ?

— Alors, je pense que ce n'est pas vrai... Je m'obstine parce qu'elle s'obstine. Elle a honte, qu'elle dit, d'un homme qui a un métier, surtout un métier qui oblige de se lever à bon matin, de faire son entraînement tous les jours, de donner des leçons de boxe et de gymnastique raisonnée. Pas plus tôt qu'on se retrouve, pas plus tôt que c'est la scène. « On croirait vraiment », qu'elle crie, « que je ne suis pas capable de nourrir l'homme que j'aime ! » C'est d'un beau sentiment, je ne contredis pas, mais ce n'est pas dans mes idées. Chacun a ses bizarreries. Comme vous dites si bien, Madame Léa : c'est une affaire de conscience.

Ils causaient à demi-voix sous les arbres ; lui pudique et nu, elle vêtue de blanc, les joues colorées d'un rose vigoureux. Ils savouraient leur amitié réciproque, née d'une inclination pareille vers la simplicité, vers la santé, vers une sorte de gentilhommerie du monde bas. Pourtant Léa ne se fût point choquée que Patron reçût, d'une belle Liane haut cotée, des cadeaux de poids. « Donnant, donnant. » Et elle essayait de corrompre, avec des arguments d'une équité antique, la « bizarrerie » de Patron. Leurs causeries lentes, qui réveillaient un peu chaque fois les deux mêmes dieux, — l'amour, l'argent — s'écartaient de l'argent et de l'amour pour revenir à Chéri, à sa blâmable éducation, à sa beauté « inoffensive au fond », disait Léa ; à son caractère « qui n'en est pas un », disait Léa. Causeries où se satisfaisaient leur besoin de confiance et leur répugnance pour des mots nouveaux ou des idées nouvelles, causeries troublées par l'apparition saugrenue de Chéri qu'ils croyaient endormi ou roulant sur une route chaude, Chéri qui surgissait, demi-nu mais armé d'un livre de comptes et le stylo derrière l'oreille.

— Voyez accolade ! admirait Patron. Il a tout du caissier.

— Qu'est-ce que je vois ? s'écriait de loin Chéri, 320 F d'essence ? On la boit ! nous sommes sortis quatre fois depuis quinze jours ! et 77 F d'huile !

— L'auto va au marché tous les jours, répondait Léa. À propos, ton chauffeur a repris trois fois du gigot à déjeuner, il paraît. Tu ne trouves pas que ça excède un peu nos conventions ?... Quand tu ne digères pas une addition, tu ressembles à ta mère.

À court de riposte, il demeurait un moment incertain, oscillant sur ses pieds fins, balancé par cette grâce volante de petit Mercure qui faisait pâmer et glapir Mme Peloux : « Moi à dix-huit ans ! Des pieds ailés, des pieds ailés ! » Il cherchait une insolence et frémissait de tout son visage, la bouche entrouverte, le front en avant, dans une attitude tendue qui rendait évidente et singulière l'inflexion satanique des sourcils relevés sur la tempe.

— Ne cherche pas, va, disait bonnement Léa. Oui, tu me hais. Viens m'embrasser. Beau démon. Ange maudit. Petit serin...

Il venait, vaincu par le son de la voix et offensé par les paroles. Patron, devant le couple, laissait de nouveau fleurir la vérité sur ses lèvres pures :

— Pour un physique avantageux, vous avez un physique avantageux. Mais moi, quand je vous regarde, Monsieur Chéri, il me semble que si j'étais une femme, je me dirais : « Je repasserai dans une dizaine d'années. »

— Tu entends, Léa, il dit dans une dizaine d'années, insinuait Chéri en écartant de lui la tête penchée de sa maîtresse. Qu'est-ce que tu en penses ?

Mais elle ne daignait pas entendre et tapotait, de la main, le jeune corps qui lui devait sa vigueur renaissante, n'importe où, sur la joue, sur la jambe, sur la fesse, avec un plaisir irrévérencieux de nourrice.

— Quel contentement ça vous donne, d'être méchant ? demandait alors Patron à Chéri.

Chéri enveloppait l'Hercule lentement, tout entier, d'un regard barbare, impénétrable, avant de répondre :

— Ça me console. Tu ne peux pas comprendre.

À la vérité, Léa n'avait, au bout de trois mois d'intimité, rien compris à Chéri. Si elle parlait encore, à Patron qui ne venait plus que le dimanche, à Berthellemy-le-Desséché qui arrivait sans qu'elle l'invitât mais s'en allait deux heures après, de « rendre Chéri à ses chères études », c'était par une sorte de tradition, et comme pour s'excuser de l'avoir gardé si longtemps. Elle se fixait des délais, chaque fois dépassés. Elle attendait.

— Le temps est si beau... et puis sa fugue à Paris l'a fatigué, la semaine dernière... Et puis, il vaut mieux que je me donne une bonne indigestion de lui...

Elle attendait en vain, pour la première fois de sa vie, ce qui ne lui avait jamais manqué : la confiance, la détente, les aveux, la sincérité, l'indiscrète expansion d'un jeune amant, — ces heures de nuit totale où la gratitude quasi filiale d'un adolescent verse sans retenue des larmes, des confidences, des rancunes, au sein chaleureux d'une mûre et sûre amie.

— Je les ai tous eus, songeait-elle obstinée, j'ai toujours su ce qu'ils valaient, ce qu'ils pensaient et ce qu'ils voulaient. Et ce gosse-là, ce gosse-là... Ce serait un peu fort.

Robuste à présent, fier de ses dix-neuf ans, gai à table, impatient au lit, il ne livrait rien de lui que lui-même, et restait mystérieux comme une courtisane. Tendre ? oui, si la tendresse peut percer dans le cri involontaire, le geste des bras refermés. Mais la « méchanceté » lui revenait avec la parole, et la vigilance à se dérober. Combien de fois, vers l'aube, Léa tenant dans ses bras son amant contenté, assagi, l'œil mi-fermé avec un regard, une bouche, où la vie revenait comme si chaque matin et chaque étreinte le recréaient plus beau que la veille, combien de fois, vaincue elle-même à cette heure-là par l'envie de conquérir et la volupté de confesser, avait-elle appuyé son front contre le front de Chéri :

— Dis... parle... dis-moi...

Mais nul aveu ne montait de la bouche arquée, et guère d'autres paroles que des apostrophes boudeuses ou enivrées, avec ce nom de « Nounoune » qu'il lui avait donné quand il était petit et qu'aujourd'hui il lui jetait du fond de son plaisir, comme un appel au secours.

— Oui, je t'assure, un Chinois ou un Nègre, confiait-elle à Anthime de Berthellemy ; et elle ajoutait : « Je ne peux pas t'expliquer », nonchalante et malhabile à définir l'impression, confuse et forte, que Chéri et elle ne parlaient pas la même langue.

Septembre finissait quand ils revinrent à Paris. Chéri retournait à Neuilly pour « épater », dès le premier soir, Mme Peloux. Il brandissait des chaises, cassait des noix d'un coup de poing, sautait sur le billard et jouait au cow-boy dans le jardin, aux trousses des chiens de garde épouvantés.

— Ouf, soupirait Léa en rentrant seule dans sa maison de l'avenue Bugeaud. Que c'est bon, un lit vide !

Mais le lendemain soir, pendant qu'elle savourait son café de dix heures en se défendant de trouver la soirée longue et la salle à manger vaste, l'apparition soudaine de Chéri, debout dans le cadre de la porte, Chéri venu sur ses pieds ailés et muets, lui arrachait un cri nerveux. Ni aimable, ni loquace, il accourait à elle.

— Tu n'es pas fou ?

Il haussait les épaules, il dédaignait de se faire comprendre : il accourait à elle. Il ne la questionnait pas : « Tu m'aimes ? Tu m'oubliais déjà ? » Il accourait à elle.

Un moment après, ils gisaient au creux du grand lit de Léa, tout forgé d'acier et de cuivre. Chéri feignait le sommeil, la langueur, pour pouvoir mieux serrer les dents et fermer les yeux, en proie à une fureur de mutisme. Mais elle l'écoutait quand même, couchée contre lui, elle écoutait avec délices la vibration légère, le tumulte lointain et comme captif dont résonne un corps qui nie son angoisse, sa gratitude et son amour.

— Pourquoi ta mère ne me l'a-t-elle pas appris elle-même hier soir en dînant ?

— Elle trouve plus convenable que ce soit moi.

— Non ?

— Qu'elle dit.

— Et toi ?

— Et moi, quoi ?

— Tu trouves ça aussi plus convenable ?

Chéri leva sur Léa un regard indécis.

— Oui.

Il parut penser et répéta :

— Oui, c'est mieux, voyons.

Pour ne le point gêner, Léa détourna les yeux vers la fenêtre. Une pluie chaude noircissait ce matin d'août et tombait droite sur les trois platanes, déjà roussis, de la cour plantée. « On croirait l'automne », remarqua Léa, et elle soupira.

— Qu'est-ce que tu as ? demanda Chéri.

Elle le regarda, étonnée :

— Mais je n'ai rien, je n'aime pas cette pluie.

— Ah ! bon, je croyais...

— Tu croyais ?

— Je croyais que tu avais de la peine.

Elle ne put s'empêcher de rire franchement.

— Que j'avais de la peine parce que tu vas te marier ? Non, écoute... tu es... tu es drôle...

Elle éclatait rarement de rire, et sa gaieté vexa Chéri. Il haussa les épaules et alluma une cigarette avec sa grimace habituelle, le menton trop tendu, la lèvre inférieure avancée.

— Tu as tort de fumer avant le déjeuner, dit Léa.

Il répliqua quelque chose d'impertinent qu'elle n'entendit pas, occupée qu'elle était tout à coup d'écouter le son de sa propre voix et l'écho de son conseil quotidien, machinal, répercuté jusqu'au fond de cinq années écoulées... « Ça me fait comme la perspective dans les glaces », songea-t-elle. Puis elle remonta d'un petit effort vers la réalité et la bonne humeur.

— Une chance que je passe bientôt la consigne à une autre, pour le tabac à jeun ! dit-elle à Chéri.

— Celle-là, elle n'a pas voix au chapitre, déclara Chéri. Je l'épouse, n'est-ce pas ? Qu'elle baise la trace de mes pieds divins, et qu'elle bénisse sa destinée. Et ça va comme ça.

Il exagéra la saillie de son menton, serra les dents sur son fume-cigarette, écarta les lèvres et ne réussit à ressembler ainsi, dans son pyjama de soie immaculé, qu'à un prince asiatique, pâli dans l'ombre impénétrable des palais.

Léa, nonchalante dans son saut-de-lit rose, d'un rose qu'elle nommait « obligatoire », remuait des pensées qui la fatiguaient et qu'elle se décida à jeter, une à une, contre le calme feint de Chéri :

— Enfin, cette petite, pourquoi l'épouses-tu ?

Il s'accouda des deux bras à une table, imita inconsciemment le visage composé de Mme Peloux :

— Tu comprends, ma chère...

— Appelle-moi Madame, ou Léa. Je ne suis ni ta femme de chambre, ni un copain de ton âge.

Elle parlait sec, redressée dans son fauteuil, sans élever la voix. Il voulut riposter, brava la belle figure un peu meurtrie sous la poudre, et les yeux qui le couvraient d'une lumière si bleue et si franche, puis il mollit et céda d'une manière qui ne lui était pas habituelle :

— Nounoune, tu me demandes de t'expliquer... N'est-ce pas, il faut faire une fin. Et puis, il y a de gros intérêts en jeu.

— Lesquels ?

— Les miens, dit-il sans sourire. La petite a une fortune personnelle.

— De son père ?

Il bascula, les pieds en l'air.

— Ah ! je ne sais pas. T'en as des questions ! Je pense. La belle Marie-Laure ne prélève pas quinze cents billets sur sa cassette particulière, hein ? Quinze cents billets, et des bijoux de monde bien.

— Et toi ?

— Moi, j'ai plus, dit-il avec orgueil.

— Alors, tu n'as pas besoin d'argent.

Il hocha sa tête lisse où le jour courut en moires bleues.

— Besoin, besoin... tu sais bien que nous ne comprenons pas l'argent de la même façon. C'est une chose sur laquelle nous ne nous entendons pas.

— Je te rends cette justice que tu m'as épargné ce sujet de conversation pendant cinq ans.

Elle se pencha, mit une main sur le genou de Chéri :

— Dis-moi, petit, qu'est-ce que tu as économisé sur tes revenus, depuis cinq ans ?

Il bouffonna, rit, roula aux pieds de Léa, mais elle l'écarta du pied.

— Sincèrement, dis... Cinquante mille par an, ou soixante ? Dis-le donc, soixante ? soixante-dix ?

Il s'assit sur le tapis, renversa sa tête sur les genoux de Léa.

— Je ne les vaux donc pas ?

Il s'étalait en plein jour, tournait la nuque, ouvrait tout grands ses yeux qui semblaient noirs, mais dont Léa connaissait la sombre couleur brune et rousse.

Elle toucha de l'index, comme pour désigner et choisir ce qu'il y avait de plus rare dans tant de beauté, les sourcils, les paupières, les coins de la bouche. Par moments, la forme de cet amant qu'elle méprisait un peu lui inspirait une sorte de respect. « Être beau à ce point-là, c'est une noblesse », pensait-elle.

— Dis-moi, petit... Et la jeune personne, dans tout ça ? Comment est-elle avec toi ?

— Elle m'aime. Elle m'admire. Elle ne dit rien.

— Et toi, comment es-tu avec elle ?

— Je ne suis pas, répondit-il avec simplicité.

— Jolis duos d'amour, dit Léa rêveuse.

Il se releva à demi, s'assit en tailleur :

— Je trouve que tu t'occupes beaucoup d'elle, dit-il sévèrement. Tu ne penses donc pas à toi, dans ce cataclysme ?

Elle regarda Chéri avec un étonnement qui la rajeunissait, les sourcils hauts et la bouche entrouverte.

— Oui, toi, Léa. Toi, la victime. Toi, le personnage sympathique dans la chose, puisque je te plaque.

Il avait un peu pâli et semblait, en rudoyant Léa, se blesser lui-même. Léa sourit :

— Mais, mon chéri, je n'ai pas l'intention de rien changer à mon existence. Pendant une huitaine, je retrouverai de temps en temps dans mes tiroirs une paire de chaussettes, une cravate, un mouchoir... Et quand je dis une huitaine... ils sont très bien rangés, tu sais, mes tiroirs. Ah ! et puis je ferai remettre à neuf la salle de bains. J'ai une idée de pâte de verre...

Elle se tut et prit une mine gourmande, en dessinant du doigt dans l'air un plan vague. Chéri ne désarmait pas son regard vindicatif.

— Tu n'es pas content ? Qu'est-ce que tu voudrais ? Que je retourne en Normandie cacher ma douleur ? Que je maigrisse ? Que je ne me teigne plus les cheveux ? Que Mme Peloux accoure à mon chevet ?

Elle imita la trompette de Mme Peloux en battant des avant-bras :

— « L'ombre d'elle-même ! l'ombre d'elle-même ! La malheureuse a vieilli de cent ans ! de cent ans ! » C'est ça que tu voudrais ?

Il l'avait écoutée avec un sourire brusque et un frémissement des narines qui était peut-être de l'émotion :

— Oui, cria-t-il.

Léa posa sur les épaules de Chéri ses bras polis, nus et lourds :

— Mon pauvre gosse ! Mais j'aurais dû déjà mourir quatre ou cinq fois, à ce compte-là ! Perdre un petit amant... Changer un nourrisson méchant...

Elle ajouta plus bas, légère :

— J'ai l'habitude.

— On le sait, dit-il âprement. Et je m'en fous ! Ça, oui, je m'en fous bien, de ne pas avoir été ton premier amant ! Ce que j'aurais voulu, ou plutôt ce qui aurait été... convenable... propre... c'est que je sois le dernier.

Il fit tomber, d'un tour d'épaules, les bras superbes.

— Au fond, ce que j'en dis, n'est-ce pas, c'est pour toi.

— Je comprends parfaitement. Toi, tu t'occupes de moi, moi je m'occupe de ta fiancée, tout ça, c'est très bien, très naturel. On voit que ça se passe entre grands cœurs.

Elle se leva, attendant qu'il répondît quelque goujaterie, mais il se tut et elle souffrit de voir pour la première fois, sur le visage de Chéri, une sorte de découragement.

Elle se pencha, mit ses mains sous les aisselles de Chéri :

— Allons, viens, habille-toi. Je n'ai que ma robe à mettre, je suis prête en dessous, qu'est-ce que tu veux qu'on fasse par un temps pareil, sinon aller chez

Schwabe te choisir une perle ? Il faut bien que je te fasse un cadeau de noces.

Il bondit, avec un visage étincelant :

— Chouette ! Oh, chic, une perle pour la chemise ! une un peu rosée, je sais laquelle !

— Jamais de la vie, une blanche, quelque chose de mâle, voyons ! Moi aussi, je sais laquelle. Encore la ruine ! Ce que je vais en faire, des économies, sans toi !

Chéri reprit son air réticent :

— Ça, ça dépend de mon successeur.

Léa se retourna au seuil du boudoir et montra son plus gai sourire, ses fortes dents de gourmande, le bleu frais de ses yeux habilement bistrés :

— Ton successeur ? Quarante sous et un paquet de tabac ! Et un verre de cassis le dimanche, c'est tout ce que ça vaut ! Et je doterai tes gosses !

Ils devinrent tous deux très gais, pendant les semaines qui suivirent. Les fiançailles officielles de Chéri les séparaient chaque jour quelques heures, parfois une ou deux nuits. « Il faut donner confiance », affirmait Chéri. Léa, que Mme Peloux écartait de Neuilly, cédait à la curiosité et posait cent questions à Chéri important, lourd de secrets qu'il répandait dès le seuil, et jouait à l'escapade chaque fois qu'il retrouvait Léa :

— Mes amis ! criait-il un jour en coiffant de son chapeau le buste de Léa. Mes amis, qu'est-ce qu'on voit au Peloux's Palace depuis hier !

— Ôte ton chapeau de là, d'abord. Et puis n'invoque pas ta vermine d'amis ici. Qu'est-ce qu'il y a encore ?

Elle grondait, en riant d'avance.

— Y a le feu, Nounoune ! Le feu parmi ces dames ! Marie-Laure et Mame Peloux qui se peignent au-dessus de mon contrat !

— Non ?

— Si ! c'est un spectacle magnifique. (Gare les hors-d'œuvre que je te fasse les bras de Mame Peloux...) « Le régime dotal ! le régime dotal ! Pourquoi pas le conseil judiciaire ? C'est une insulte personnelle ! personnelle ! La situation de fortune de mon fils !... Apprenez, Madame... »

— Elle l'appelait Madame ?

— Large comme un parapluie. « Apprenez, Madame, que mon fils n'a pas un sou de dettes depuis sa majorité, et la liste des valeurs achetées depuis mil neuf cent dix représente... » Représente ci, représente ça, représente mon nez, représente mon derrière... Enfin, Catherine de Médicis en plus diplomate, quoi !

Les yeux bleus de Léa brillaient de larmes de rire.

— Ah ! Chéri ! tu n'as jamais été si drôle depuis que je te connais. Et l'autre, la belle Marie-Laure ?

— Elle, oh ! terrible, Nounoune. Cette femme-là doit avoir un quarteron de cadavres derrière elle. Toute en vert jade, ses cheveux roux, sa peau... enfin, dix-huit ans, et le sourire. La trompette de ma mère vénérée ne lui a pas fait bouger un cil. Elle a attendu la fin de la charge pour répondre : « Il vaudrait peut-être mieux, chère Madame, ne pas mentionner trop haut les économies réalisées par votre fils pendant les années mil neuf cent dix et suivantes... »

— Pan, dans l'œil !... dans le tien. Où étais-tu, pendant ce temps-là ?

— Moi ? Dans la grande bergère.

— Tu étais là ?

Elle cessa de rire et de manger.

— Tu étais là ? et qu'est-ce que tu as fait ?

— Un mot spirituel... naturellement. Mame Peloux empoignait déjà un objet de prix pour venger mon honneur, je l'ai arrêtée, sans me lever : « Mère adorée, de la douceur. Imite-moi, imite ma charmante belle-mère, qui est tout miel... et tout sucre. » C'est là-dessus que j'ai eu la communauté réduite aux acquêts.

— Je ne comprends pas.

— Les fameuses plantations de canne que le pauvre petit prince Ceste a laissées par testament à Marie-Laure...

— Oui...

— Faux testament. Famille Ceste très excitée ! Procès possible ! Tu saisis ?

Il jubilait.

— Je saisis, mais comment connais-tu cette histoire ?

— Ah ! voilà. La vieille Lili vient de s'abattre de tout son poids sur le cadet Ceste, qui a dix-sept ans et des sentiments pieux...

— La vieille Lili ? quelle horreur !

— ... et le cadet Ceste lui a murmuré cette idylle, parmi des baisers...

— Chéri ! j'ai mal au cœur !

— ... et la vieille Lili m'a repassé le tuyau au jour de maman, dimanche dernier. Elle m'adore, la vieille Lili ! Elle est pleine de considération pour moi, parce que je n'ai jamais voulu coucher avec elle !

— Je l'espère bien, soupira Léa. C'est égal...

Elle réfléchissait et Chéri trouva qu'elle manquait d'enthousiasme.

— Hein, dis, je suis épatant ? Dis ?

Il se penchait au-dessus de la table et la nappe blanche, la vaisselle où jouait le soleil l'éclairaient comme une rampe.

— Oui...

« C'est égal », songeait-elle, « cette empoisonneuse de Marie-Laure l'a proprement traité de barbeau... »

— Il y a du fromage à la crème, Nounoune ?

— Oui...

« ... et il n'a pas plus sauté en l'air que si elle lui jetait une fleur... »

— Nounoune, tu me donneras l'adresse ? l'adresse des cœurs à la crème, pour mon nouveau cuisinier que j'ai engagé pour octobre ?

— Penses-tu ! on les fait ici. Un cuisinier, voyez sauce aux moules et vol-au-vent !

« ... il est vrai que depuis cinq ans, j'entretiens à peu près cet enfant... Mais il a tout de même trois cent mille francs de rente. Voilà. Est-on un barbeau quand on a trois cent mille francs de rente ? Ça ne dépend pas du chiffre, ça dépend de la mentalité... Il y a des types à qui j'aurais pu donner un demi-million et qui ne seraient pas pour cela des barbeaux... Mais, Chéri ? et pourtant, je ne lui ai jamais donné d'argent... Tout de même... »

— Tout de même, éclata-t-elle... elle t'a traité de maquereau !

— Qui ça ?

— Marie-Laure !

Il s'épanouit et eut l'air d'un enfant :

— N'est-ce pas ? n'est-ce pas, Nounoune, c'est bien ça qu'elle a voulu dire ?

— Il me semble !

Chéri leva son verre empli d'un vin de Château-Chalon, coloré comme de l'eau-de-vie :

— Vive Marie-Laure ! Quel compliment, hein ! Et qu'on m'en dise autant quand j'aurai ton âge, je n'en demande pas plus !

— Si ça suffit à ton bonheur...

Elle l'écouta distraitement jusqu'à la fin du déjeuner. Habitué aux demi-silences de sa sage amie, il se contenta des apostrophes maternelles et quotidiennes : « Prends le pain le plus cuit... Ne mange pas tant de mie fraîche... Tu n'as jamais su choisir un fruit... », tandis que, maussade en secret, elle se gourmandait : « Il faudrait pourtant que je sache ce que je veux ! Qu'est-ce que j'aurais voulu ? Qu'il se dresse en pied : "Madame, vous m'insultez ! Madame, je ne suis pas ce que vous croyez !" » Au fond, je suis responsable. Je l'ai élevé à la coque, je l'ai gavé de tout... À qui l'idée serait-elle venue qu'il aurait un jour l'envie de jouer au père de famille ? Elle ne m'est pas venue, à moi ! En admettant qu'elle me soit venue, comme dit Patron : « Le sang, c'est le sang ! » Même s'il avait accepté les propositions de Gladys, il n'aurait fait qu'un tour, le sang de Patron, si on avait parlé de marée à portée de ses oreilles. Mais Chéri, il a du sang de Chéri, lui. Il a... »

— Qu'est-ce que tu disais, petit ? s'interrompit-elle, je n'écoutais pas.

— Je disais que jamais, tu m'entends, jamais rien ne m'aura fait rigoler comme mon histoire avec Marie-Laure !

« Voilà, acheva Léa en elle-même, lui, ça le fait rigoler. »

Elle se leva d'un mouvement las, Chéri passa un bras sous sa taille, mais elle l'écarta.

— C'est quel jour, ton mariage, déjà ?

— Lundi en huit.

Il semblait si innocent et si détaché qu'elle s'effara :

— C'est fantastique !

— Pourquoi fantastique, Nounoune ?

— Tu n'as réellement pas l'air d'y songer !

— Je n'y songe pas, dit-il d'une voix tranquille. Tout est réglé. Cérémonie à 2 heures, comme ça on ne s'affole pas pour le grand déjeuner. Five-o'clock chez Charlotte Peloux. Et puis les sleepings, l'Italie, les lacs...

— Ça se reporte donc, les lacs ?

— Ça se reporte. Des villas, des hôtels, des autos, des restaurants... Monte-Carlo, quoi !

— Mais elle, il y a elle...

— Bien sûr, il y a elle. Il n'y a pas beaucoup elle, mais il y a elle.

— Et il n'y a plus moi.

Chéri n'attendait pas la petite phrase et le laissa voir. Un tournoiement maladif des prunelles, une décoloration soudaine de la bouche le défigurèrent. Il reprit haleine avec précaution pour qu'elle ne l'entendît pas respirer et redevint pareil à lui-même :

— Nounoune, il y aura toujours toi.

— Monsieur me comble.

— Il y aura toujours toi, Nounoune... — il rit maladroitement — dès que j'aurai besoin que tu me rendes un service.

Elle ne répondit rien. Elle se pencha pour ramasser une fourche d'écaille tombée et l'enfonça dans ses cheveux en chantonnant. Elle prolongea sa chanson avec complaisance devant un miroir, fière de se dompter si aisément, d'escamoter la seule minute émue de leur séparation, fière d'avoir retenu les mots qu'il ne faut pas dire : « Parle... mendie, exige, suspends-toi... tu viens de me rendre heureuse... »

MME PELOUX avait dû parler beaucoup et longtemps, avant l'entrée de Léa. Le feu de ses pommettes ajoutait à l'éclat de ses grands yeux qui n'exprimaient jamais que le guet, l'attention indiscrète et impénétrable. Elle portait ce dimanche-là une robe d'après-midi noire à jupe très étroite, et personne ne pouvait ignorer que ses pieds étaient très petits ni qu'elle avait le ventre remonté dans l'estomac. Elle s'arrêta de parler, but une gorgée dans le calice mince qui tiédissait dans sa paume et pencha la tête vers Léa avec une langueur heureuse.

— Crois-tu qu'il fait beau ? Ce temps ! ce temps ! Dirait-on qu'on est en octobre ?

— Ah ! non !... Pour sûr que non ! répondirent deux voix serviles.

Un fleuve de sauges rouges tournait mollement le long de l'allée, entre des rives d'asters d'un mauve presque gris. Des papillons souci volaient comme en été, mais l'odeur des chrysanthèmes chauffés au soleil entrait dans le hall ouvert. Un bouleau jaune tremblait au vent, au-dessus d'une roseraie de bengale qui retenait les dernières abeilles.

— Et qu'est-ce que c'est, clama Mme Peloux soudain lyrique, qu'est-ce que c'est que ce temps, à côté de celui qu'*ils* doivent avoir en Italie !

— Le fait est... Vous pensez... répondirent les voix serviles.

Léa tourna la tête vers les voix en fronçant les sourcils :

— Si au moins elles ne parlaient pas, murmura-t-elle.

Assises à une table de jeu, la baronne de la Berche et Mme Aldonza jouaient au piquet. Mme Aldonza, une très vieille danseuse, aux jambes emmaillotées, souffrait de rhumatisme déformant, et portait de travers sa perruque d'un noir laqué. En face d'elle et la dominant d'une tête et demie, la baronne de la Berche carrait d'inflexibles épaules de curé paysan, un grand visage que la vieillesse virilisait à faire peur. Elle n'était que poils dans les oreilles, buissons dans le nez et sur la lèvre, phalanges velues...

— Baronne, vous ne coupez pas à mon quatre-vingt-dix, chevrota Mme Aldonza.

— Marquez, marquez, ma bonne amie. Ce que je veux, moi, c'est que tout le monde soit content.

Elle bénissait sans trêve et cachait une cruauté sauvage. Léa la considéra comme pour la première fois, avec dégoût, et ramena son regard vers Mme Peloux.

« Au moins, Charlotte a une apparence humaine, elle... »

— Qu'est-ce que tu as, ma Léa ? Tu n'as pas l'air dans ton assiette ? interrogea tendrement Mme Peloux.

Léa cambra sa belle taille et répondit :

— Mais si, ma Lolotte... Il fait si bon chez toi que je me laisse vivre..., tout en songeant : « Attention... la férocité est là aussi... » et elle mit sur son visage une impression de bien-être complaisant, de rêverie repue, qu'elle souligna en soupirant :

— J'ai trop mangé... je veux maigrir, là ! Demain, je commence un régime.

Mme Peloux battit l'air et minauda :

— Le chagrin ne te suffit donc pas ?

— Ah ! Ah ! Ah ! s'esclaffèrent Mme Aldonza et la baronne de la Berche. Ah ! Ah ! Ah !

Léa se leva, grande dans sa robe d'automne d'un vert sourd, belle sous son chapeau de satin bordé de loutre, jeune parmi ces décombres qu'elle parcourut d'un œil doux :

— Ah ! là là, mes enfants... donnez-m'en douze, de ces chagrins-là, que je perde un kilo !

— T'es épatante, Léa, lui jeta la baronne dans une bouffée de fumée.

— Madame Léa, après vous ce chapeau-là, quand vous le jetterez ? mendia la vieille Aldonza. Madame Charlotte, vous vous souvenez, votre bleu ? Il m'a fait deux ans. Baronne, quand vous aurez fini de faire de l'œil à Mme Léa, vous me donnerez des cartes ?

— Voilà, ma mignonne, en vous les souhaitant heureuses !

Léa se tint un moment sur le seuil du hall, puis descendit dans le jardin. Elle cueillit une rose de Bengale qui s'effeuilla, écouta le vent dans le bouleau, les tramways de l'avenue, le sifflet d'un train de ceinture. Le banc où elle s'assit était tiède et elle ferma les yeux, laissant le soleil lui chauffer les épaules. Quand elle rouvrit les yeux, elle tourna la tête précipitamment vers la maison, avec la certitude qu'elle allait voir Chéri debout sur le seuil du hall, appuyé de l'épaule à la porte...

« Qu'est-ce que j'ai ? » se demanda-t-elle.

Des éclats de rire aigus, un petit brouhaha d'accueil dans le hall, la mirent debout, un peu tremblante.

« Est-ce que je deviendrais nerveuse ? »

— Ah ! les voilà, les voilà, trompettait Mme Peloux.

Et la forte voix de basse de la baronne scandait :

— Le p'tit ménage ! Le p'tit ménage !

Léa frémit, courut au seuil et s'arrêta : elle avait, devant elle, la vieille Lili et son amant adolescent, le prince Ceste, qui venaient d'arriver.

Peut-être soixante-dix ans, un embonpoint d'eunuque corseté, — on avait coutume de dire de la vieille

Lili qu'« elle passait les bornes » sans préciser de quelles bornes il s'agissait. Une éternelle gaieté enfantine éclairait son visage, rond, rose, fardé, où les gros yeux et la très petite bouche, fine et rentrée, coquetaient sans honte. La vieille Lili suivait la mode, scandaleusement. Une jupe à raies, bleu révolution et blanc, contenait le bas de son corps, un petit spencer bleu béait sur un poitrail nu, à peau gaufrée de dindon coriace ; un renard argenté ne cachait pas le cou nu, en pot de fleurs, un cou large comme un ventre et qui avait aspiré le menton...

— C'est effroyable, pensa Léa. Elle ne pouvait détacher son regard de quelque détail particulièrement sinistre, le « breton » de feutre blanc, par exemple, gaminement posé en arrière sur la perruque de cheveux courts châtain rosé, ou bien le collier de perles, tantôt visible et tantôt enseveli dans une profonde ravine qui s'était autrefois nommée « collier de Vénus »...

— Léa, Léa, ma petite copine ! s'écria la vieille Lili en se hâtant vers Léa. Elle marchait difficilement sur des pieds tout ronds et enflés, ligotés de cothurnes et de barrettes à boucles de pierreries, et s'en congratula la première :

— Je marche comme un petit canard ! c'est un genre bien à moi ! Guido, ma folie, tu reconnais Mme de Lonval ? Ne la reconnais pas trop, ou je te saute aux yeux...

Un enfant mince à figure italienne, vastes yeux vides, menton effacé et faible, baisa vite la main de Léa et rentra dans l'ombre, sans mot dire. Lili le happa au passage et lui plaqua la tête contre son poitrail grenu, en prenant l'assistance à témoin.

— Savez-vous ce que c'est, Madame, savez-vous ce que c'est ? C'est mon grand amour, ça, Mesdames !

— Tiens-toi, Lili, conseilla la voix mâle de Mme de la Berche.

— Pourquoi donc ? Pourquoi donc ? dit Charlotte Peloux.

— Par propreté, dit la baronne.

— Baronne, tu n'es pas aimable ! Sont-ils gentils, tous les deux ! Ah ! soupira-t-elle, ils me rappellent mes enfants.

— J'y pensais, dit Lili avec un rire ravi. C'est notre lune de miel aussi, à nous deux Guido ! On vient pour savoir des nouvelles de l'autre jeune ménage ! On vient pour se faire raconter tout.

Mme Peloux devint sévère :

— Lili, tu ne comptes pas sur moi pour te raconter des grivoiseries, n'est-ce pas ?

— Si, si, si, s'écria Lili en battant des mains. Elle essaya de sautiller, mais parvint seulement à soulever un peu ses épaules et ses hanches. C'est comme ça qu'on m'a, c'est comme ça qu'on me prend ! Le péché de l'oreille ! On ne me corrigera pas. Cette petite canaille-là en sait quelque chose !

L'adolescent muet, mis en cause, n'ouvrit pas les lèvres. Ses prunelles noires allaient et venaient sur le blanc de ses yeux comme des insectes effarés. Léa, figée, regardait.

— Mme Charlotte nous a raconté la cérémonie, bêla Mme Aldonza. Sous la fleur d'oranger la jeune dame Peloux était un rêve.

— Une madone ! Une madone ! rectifia Charlotte Peloux de tous ses poumons, soulevée par un saint délire. Jamais, jamais on n'avait vu un spectacle pareil ! Mon fils marchait sur des nuées ! Sur des nuées !... Quel couple ! Quel couple !

— Sous la fleur d'oranger... tu entends, ma folie ? murmura Lili... Dis donc, Charlotte, et notre belle-mère ? Marie-Laure ?

L'œil impitoyable de Mme Peloux étincela.

— Oh ! elle... Déplacée, absolument déplacée... Tout en noir collant, comme une anguille qui sort de l'eau ; les seins, le ventre, on lui voyait tout ! tout !

— Mâtin ! grommela la baronne de la Berche avec une furie militaire.

— Et cet air de se moquer du monde, cet air d'avoir tout le temps du cyanure dans sa poche et un demi-setier de chloroforme dans son réticule ! Enfin, déplacée, voilà le mot ! Elle a donné l'impression de n'avoir que cinq minutes à elle — à peine la bouche essuyée : « Au revoir, Edmée, au revoir, Fred » et la voilà partie !

La vieille Lili haletait, assise sur le bord d'un fauteuil, sa petite bouche d'aïeule, aux coins plissés, entrouverte :

— Et les conseils ? jeta-t-elle.

— Quels conseils ?

— Les conseils, — ô ma folie, tiens-moi la main ! — les conseils à la jeune mariée ? Qui les lui a donnés ?

Charlotte Peloux la toisa d'un air offensé.

— Ça se faisait peut-être de ton temps, mais c'est un usage tombé.

Gaillarde, la vieille se mit les poings sur les hanches :

— Tombé ? tombé ou non, qu'est-ce que t'en peux savoir, ma pauvre Charlotte ? On se marie si peu, dans ta famille !

— Ah ! Ah ! Ah ! s'esclaffèrent imprudemment les deux ilotes...

Mais un seul regard de Mme Peloux les consterna.

— La paix, la paix, mes petits anges ! Vous avez chacune votre paradis sur la terre, que voulez-vous de plus ?

Et Mme de la Berche étendit une forte main de gendarme pacificateur entre les têtes congestionnées de ces dames. Mais Charlotte Peloux flairait la bataille comme un cheval de sang :

— Tu me cherches, Lili, tu n'auras pas de mal à me trouver ! Je te dois le respect et pour cause, sans quoi...

Lili tremblait de rire du menton aux cuisses :

— Sans quoi, tu te marierais rien que pour me donner un démenti ? C'est pas difficile de se marier, va ! Moi, j'épouserais bien Guido, s'il était majeur !

— Non ? fit Charlotte qui en oublia sa colère.

— Mais !... Princesse Ceste, ma chère ! la *piccola principessa ! Piccola principessa !* c'est comme ça qu'il m'appelle, mon petit prince !

Elle pinçait sa jupe et tournait, découvrant une gourmette d'or à la place probable de sa cheville.

— Seulement, poursuivit-elle mystérieusement, son père...

Elle s'essoufflait, et appela du geste l'enfant muet qui parla bas et précipitamment, comme s'il récitait :

— Mon père, le duc de Parese, veut me mettre au couvent si j'épouse Lili...

— Au couvent ! glapit Charlotte Peloux. Au couvent, un homme !

— Un homme au couvent ! hennit en basse profonde Mme de la Berche. Sacrebleu, que c'est excitant !

— C'est des sauvages, lamenta Aldonza en joignant ses mains informes.

Léa se leva si brusquement qu'elle fit tomber un verre plein.

— C'est du verre blanc, constata Mme Peloux avec satisfaction. Tu vas porter bonheur à mon jeune ménage. Où cours-tu ? il y a le feu chez toi ?

Léa eut la force d'esquisser un petit rire cachottier :

— Le feu, peut-être... Chut ! pas de questions ! mystère...

— Non ? du nouveau ? pas possible !

Charlotte Peloux piaulait de convoitise :

— Aussi, je te trouvais un drôle d'air...

— Oui, oui ! dites tout ! jappèrent les trois vieilles.

Les paumes à bourrelets de Lili, les moignons déformés de la mère Aldonza, les doigts durs de Charlotte Peloux avaient saisi ses mains, ses manches, son sac de mailles d'or. Elle s'arracha à toutes ces pattes et réussit à rire encore avec un air taquin :

— Non, c'est trop tôt, ça gâterait tout ! c'est mon secret !...

Et elle s'élança dans le vestibule. Mais la porte s'ouvrit devant elle et un ancêtre desséché, une sorte de momie badine la prit dans ses bras :

— Léa, ma belle, embrasse ton petit Berthellemy, ou tu ne passeras pas !

Elle cria de peur et d'impatience, souffleta les os gantés qui la tenaient, et s'enfuit.

Ni dans les avenues de Neuilly, ni dans les allées du Bois, bleues sous un rapide crépuscule, elle ne s'accorda le loisir de penser. Elle grelottait légèrement et remonta la glace de l'automobile. La vue de sa maison nette, de sa chambre rose et de son boudoir, trop meublé et fleuri, la réconfortèrent :

— Vite, Rose, une flambée dans ma chambre !

— Le calo est pourtant à soixante-dix comme en hiver : Madame a eu tort de ne prendre qu'une bête de cou. Les soirées sont traîtres.

— La boule dans le lit tout de suite, et pour dîner une grande tasse de chocolat bien réduit, un jaune d'œuf battu dedans, et des rôties, du raisin... Vite, mon petit, je gèle, j'ai pris froid dans ce bazar de Neuilly...

Couchée, elle serra les dents et les empêcha de claquer. La chaleur du lit détendit ses muscles contractés, mais elle ne s'abandonna point encore et le livre de comptes du chauffeur Philibert l'occupa jusqu'au chocolat, qu'elle but bouillant et mousseux. Elle choisit un à un les grains de chasselas en balançant la grappe attachée à son bois, une longue grappe, d'ambre vert devant la lumière...

Puis, elle éteignit sa lampe de chevet, s'étendit à sa mode favorite, bien à plat sur le dos, et se laissa aller.

« Qu'est-ce que j'ai ? »

Elle fut reprise d'anxiété, de grelottement. L'image d'une porte vide l'obsédait : la porte du hall flanquée de deux touffes de sauges rouges.

« C'est maladif, se dit-elle, on ne se met pas dans cet état-là pour une porte. »

Elle revit aussi les trois vieilles, le cou de Lili, la couverture beige que Mme Aldonza traînait partout avec elle depuis vingt ans.

« À laquelle des trois me faudra-t-il ressembler, dans dix ans ? »

Mais cette perspective ne l'épouvanta pas. Pourtant, son anxiété augmentait. Elle erra d'image en image, de souvenir en souvenir, cherchant à s'écarter de la porte vide encadrée de sauges rouges. Elle s'ennuyait dans son lit et tremblait légèrement. Soudain un malaise, si vif qu'elle le crut d'abord physique, la souleva, lui tordit la bouche, et lui arracha, avec une respiration rauque, un sanglot et un nom :

— Chéri !

Des larmes suivirent, qu'elle ne put maîtriser tout de suite. Dès qu'elle reprit de l'empire sur elle-même, elle s'assit, s'essuya le visage, ralluma la lampe.

« Ah ! bon, fit-elle. Je vois. »

Elle prit dans la console de chevet un thermomètre, le logea sous son aisselle.

« Trente-sept. Donc, ce n'est pas physique. Je vois. C'est que je souffre. Il va falloir s'arranger. »

Elle but, se leva, lava ses yeux enflammés, se poudra, tisonna les bûches, se recoucha. Elle se sentait circonspecte, pleine de défiance contre un ennemi qu'elle ne connaissait pas : la douleur. Trente ans de vie facile, aimable, souvent amoureuse, parfois cupide, venaient de se détacher d'elle et de la laisser, à près de cinquante ans, jeune et comme nue. Elle se moqua d'elle-même, ne perçut plus sa douleur et sourit :

« Je crois que j'étais folle, tout à l'heure. Je n'ai plus rien. »

Mais un mouvement de son bras gauche, involontairement ouvert et arrondi pour recevoir et abriter une tête endormie, lui rendit tout son mal et elle s'assit d'un saut.

— Eh bien ! ça va être joli, dit-elle à voix haute, sévèrement.

Elle regarda l'heure et vit qu'il était à peine 11 heures. Au-dessus d'elle, le pas feutré de la vieille Rose passa, gagna l'escalier de l'étage mansardé, s'éteignit. Léa résista à l'envie d'appeler à son aide cette vieille fille déférente.

— Ah ! non, pas d'histoires à l'office, n'est-ce pas ?

Elle se releva, se vêtit chaudement d'une robe de soie ouatée, se chauffa les pieds. Puis elle entrouvrit une fenêtre, tendit l'oreille pour écouter elle ne savait quoi. Un vent humide et plus doux avait amené des nuages, et le Bois tout proche, encore feuillu, murmurait par bouffées. Léa referma la fenêtre, prit un journal dont elle lut la date :

« Vingt-six octobre. Il y a un mois juste que Chéri est marié. »

Elle ne disait jamais « qu'Edmée est mariée ».

Elle imitait Chéri et n'avait pas encore compté pour vivante cette jeune ombre de femme. Des yeux châtains, des cheveux cendrés, très beaux, un peu crépus, — le reste fondait dans le souvenir comme les contours d'un visage qu'on a vu en songe.

« Ils font l'amour en Italie, à cette heure-ci, sans doute. Et ça, ce que ça m'est égal... »

Elle ne fanfaronnait pas. L'image qu'elle se fit du jeune couple, les attitudes familières qu'elle évoqua, le visage même de Chéri, évanoui pour une minute, la ligne blanche de la lumière entre ses paupières sans force, tout cela n'agitait en elle ni curiosité, ni jalousie. En revanche, la convulsion animale la reprit, la courba, devant une encoche de la boiserie gris perle, la marque d'une brutalité de Chéri...

« La belle main qui a laissé ici sa trace s'est détournée de toi à jamais... »

— Ce que je parle bien ! Vous allez voir que le chagrin va me rendre poétique !

Elle se promena, s'assit, se recoucha, attendit le jour. Rose, à 8 heures, la trouva assise à son bureau et écrivant, spectacle qui inquiéta la vieille femme de chambre.

— Madame est malade ?

— Couci-couça, Rose. L'âge, tu sais... Vidal veut que je change d'air. Tu viens avec moi ? L'hiver s'annonce mauvais, ici, on va aller manger un peu de cuisine à l'huile, au soleil.

— Où ça donc ?

— Tu es trop curieuse. Fais seulement sortir les malles. Tape-moi bien mes couvertures de fourrure...

— Madame emmène l'auto ?

— Je crois. Je suis même sûre. Je veux toutes mes commodités, Rose. Songe donc, je pars toute seule : c'est un voyage d'agrément.

Pendant cinq jours, Léa courut Paris, écrivit, télégraphia, reçut des dépêches et des lettres méridionales. Et elle quitta Paris, laissant à Mme Peloux une courte lettre qu'elle avait pourtant recommencée trois fois :

Ma chère Charlotte,

Tu ne m'en voudras pas si je pars sans te dire au revoir, et en gardant mon petit secret. Je ne suis qu'une grande folle !... Bah ! la vie est courte, au moins qu'elle soit bonne.

Je t'embrasse bien affectueusement. Tu feras mes amitiés au petit quand il reviendra.

Ton incorrigible,

Léa.

P.-S. — Ne te dérange pas pour venir interviewer mon maître d'hôtel ou le concierge, personne ne sait rien chez moi.

— SAIS-TU bien, mon trésor aimé, que je ne trouve pas que tu aies très bonne mine ?

— C'est la nuit en chemin de fer, répondit brièvement Chéri.

Mme Peloux n'osait pas dire toute sa pensée. Elle trouvait son fils changé.

« Il est... oui, il est fatal », décréta-t-elle ; et elle acheva tout haut avec enthousiasme :

— C'est l'Italie !

— Si tu veux, concéda Chéri.

La mère et le fils venaient de prendre ensemble leur petit déjeuner et Chéri avait daigné saluer de quelques blasphèmes flatteurs son « café au lait de concierge », un café au lait gras, blond et sucré que l'on confiait une seconde fois à un feu doux de braise, après y avoir rompu des tartines grillées et beurrées qui recuisaient à loisir et masquaient le café d'une croûte succulente.

Il avait froid dans son pyjama de laine blanche et serrait ses genoux dans ses bras. Charlotte Peloux, coquette pour son fils, inaugurait un saut-de-lit souci et un bonnet du matin, serré aux tempes, qui donnait à la nudité de son visage une importance sinistre.

Comme son fils la regardait, elle minauda :

— Tu vois, j'adopte le genre aïeule ! Bientôt la poudre. Ce bonnet-là, tu l'aimes ? Il fait dix-huitième, pas ? Du Barry ou Pompadour ? De quoi ai-je l'air ?

— Vous avez l'air d'un vieux forçat, lui asséna Chéri. C'est pas des choses à faire, ou bien on prévient.

Elle gémit, puis s'esclaffa :

— Ah ! ah ! tu l'as, la dent dure !

Mais il ne riait pas et regardait dans le jardin la neige mince, tombée la nuit sur les gazons. Le gonflement spasmodique, presque insensible, de ses muscles maxillaires trahissait seul sa nervosité. Mme Peloux intimidée imita son silence. Un trille étouffé de sonnette résonna.

— C'est Edmée qui sonne pour son petit déjeuner, dit Mme Peloux.

Chéri ne répondit pas.

— Qu'est-ce qu'il a donc, le calorifère ? il fait froid, ici, dit-il au bout d'un moment.

— C'est l'Italie, répéta Mme Peloux avec lyrisme. Tu reviens ici avec du soleil plein les yeux, plein le cœur ! Tu tombes dans le pôle ! dans le pôle ! Les dahlias n'ont pas fleuri huit jours ! Mais sois tranquille, mon amour adoré. Ton nid s'avance. Si l'architecte n'avait pas eu une paratyphoïde, ce serait fini. Je l'avais prévenu ; si je ne lui ai pas dit vingt fois, je ne lui ai pas dit une : « Monsieur Savaron... »

Chéri, qui était allé à la fenêtre, se retourna brusquement :

— Elle est datée de quand, cette lettre ?

Mme Peloux ouvrit de grands yeux de petit enfant :

— Quelle lettre ?

— Cette lettre de Léa que tu m'as montrée tout à l'heure.

— Elle n'est pas datée, mon amour, mais je l'ai reçue la veille de mon dernier dimanche d'octobre.

— Bon. Et vous ne savez pas qui c'est ?...

— Qui c'est, ma merveille ?

— Oui, enfin, le type avec qui elle est partie ?

Le visage nu de Mme Peloux se fit malicieux :

— Non, figure-toi ! Personne ne sait ! La vieille Lili est en Sicile et aucune de ces dames n'a eu vent de la chose ! Un mystère, un mystère angoissant ! Pourtant, tu me connais, j'ai bien recueilli ici et là quelques petits renseignements...

La prunelle noire de Chéri bougea sur le blanc de son œil.

— Quels potins ?

— Il s'agirait d'un jeune homme... chuchota Mme Peloux. Un jeune homme... peu recommandable, tu m'entends !... Très bien de sa personne, par exemple !

Elle mentait, choisissant la conjecture la plus basse. Chéri haussa les épaules :

— Ah ! là là... très bien de sa personne ! Cette pauvre Léa, je vois ça d'ici, un petit costaud de l'école à Patron, avec du poil noir sur les poignets et les mains humides... Tiens, je me recouche, tu me donnes sommeil.

Traînant ses babouches, il regagna sa chambre, en s'attardant aux longs corridors et aux paliers larges de la maison qu'il lui semblait découvrir. Il buta contre une armoire ventrue et s'étonna :

— Du diable, si je me souvenais qu'il y avait une armoire là... Ah ! si, je me rappelle vaguement... Et ce type-là, qui ça peut-il être ?

Il interrogeait un agrandissement photographique, pendu funèbre dans son cadre de bois noir, auprès d'une faïence polychrome que Chéri ne reconnaissait pas non plus.

Mme Peloux n'avait pas déménagé depuis vingt-cinq ans et maintenait en leur place toutes les erreurs successives de son goût saugrenu et thésaurisateur. « Ta maison, c'est la maison d'une fourmi qui serait dingo », lui reprochait la vieille Lili, gourmande de tableaux et surtout de peintres avancés. À quoi Mme Peloux répliquait :

— Pourquoi toucher à ce qui est bien ?

Un corridor vert d'eau — vert couloir d'hôpital, disait Léa — s'écaillait-il ? Charlotte Peloux le faisait repeindre en vert, et cherchait jalousement, pour changer le velours grenat d'une chaise longue, le même velours grenat...

Chéri s'arrêta sur le seuil d'un cabinet de toilette ouvert. Le marbre rouge d'une table lavabo encastrait des cuvettes blanches à initiales, et deux appliques électriques soutenaient des lys en perles. Chéri remonta ses épaules jusqu'à ses oreilles comme s'il souffrait d'un courant d'air :

— Bon Dieu, c'est laid, ce bazar !

Il repartit à grands pas. La fenêtre, au bout du corridor qu'il arpentait, se parait d'une bordure de petits vitraux rouges et jaunes.

— Il me fallait encore ça, grommela-t-il. Il tourna à gauche et ouvrit une porte — la porte de son ancienne chambre — d'une main rude, sans frapper. Un petit cri jaillit du lit où Edmée achevait de déjeuner.

Chéri referma la porte et contempla sa jeune femme sans s'approcher du lit.

— Bonjour, lui dit-elle en souriant. Comme tu as l'air étonné de me voir !

Le reflet de la neige l'éclairait d'une lumière bleue et égale. Elle portait défaits ses cheveux crépelés, d'un châtain cendré, qui ne couvraient pas tout à fait ses épaules basses et élégantes. Avec ses joues blanches et rosées comme son vêtement de nuit, sa bouche d'un rose que la fatigue pâlissait, elle était un tableau frais, inachevé et un peu lointain.

— Dis-moi bonjour, Fred, insista-t-elle.

Il s'assit auprès de sa femme et la prit dans ses bras. Elle se renversa doucement, entraînant Chéri. Il s'accouda pour regarder de tout près, au-dessous de lui, cette créature si neuve que la lassitude ne défleurissait pas. La paupière inférieure, renflée et pleine, sans un coup d'ongle, semblait l'émerveiller, et aussi la suavité argentée de la joue.

— Quel âge as-tu ? demanda-t-il soudain.

Edmée ouvrit ses yeux qu'elle avait tendrement fermés. Chéri vit la couleur noisette des prunelles, les petites dents carrées que le rire découvrait :

— Oh ! voyons... j'aurai dix-neuf ans le cinq janvier, tâche d'y penser !...

Il retira son bras avec brusquerie et la jeune femme glissa au creux du lit comme une écharpe détachée.

— Dix-neuf ans, c'est prodigieux ! Sais-tu que j'en ai plus de vingt-cinq ?

— Mais oui, je le sais, Fred...

Il prit sur la table de chevet un miroir d'écaille blonde et s'y mira :

— Vingt-cinq ans !

Vingt-cinq ans, un visage de marbre blanc et qui semblait invincible. Vingt-cinq ans, mais au coin externe de l'œil, puis au-dessous de l'œil, doublant finement le dessin à l'antique de la paupière, deux lignes, visibles seulement en pleine lumière, deux incisions, faites d'une main si redoutable et si légère... Il posa le miroir :

— Tu es plus jeune que moi, dit-il à Edmée, ça me choque.

— Pas moi !

Elle avait répondu d'une voix mordante et pleine de sous-entendus. Il ne s'y arrêta point.

— Tu sais pourquoi j'ai de beaux yeux ? lui demanda-t-il avec un grand sérieux.

— Non, dit Edmée. Peut-être parce que je les aime ?

— Poésie, dit Chéri qui haussa les épaules. C'est parce que j'ai l'œil fait comme une sole.

— Comme une...

— Comme une sole.

Il s'assit près d'elle pour la démonstration.

— Tiens, ici, le coin qui est près du nez, c'est la tête de la sole. Et puis ça remonte en haut, c'est le dos de la sole, tandis qu'en dessous ça continue plus droit : le ventre de la sole. Et puis le coin de l'œil bien allongé vers la tempe, c'est la queue de la sole.

— Ah ?

— Oui, si j'avais l'œil en forme de limande, c'est-à-dire aussi ouvert d'en bas qu'en haut, j'aurais l'air bête. Voilà. Toi qui es bachelière, tu savais ça, toi ?

— Non, j'avoue...

Elle se tut et demeura interdite, car il avait parlé sentencieusement, avec une force superflue, comme certains extravagants.

« Il y a des moments, pensait-elle, où il ressemble à un sauvage. Un être de la jungle ? Mais il ne connaît ni les plantes ni les animaux, et il a parfois l'air de ne pas même connaître l'humanité... »

Chéri, assis contre elle, la tenait d'un bras par les épaules et maniait de sa main libre les perles petites, très belles, très rondes, toutes égales, du collier d'Edmée. Elle respirait le parfum dont Chéri usait avec excès et fléchissait, enivrée, comme une rose dans une chambre chaude.

— Fred... Viens dormir... on est fatigués...

Il ne parut pas entendre. Il fixait sur les perles du collier un regard obstiné et anxieux.

— Fred...

Il tressaillit, se leva, quitta furieusement son pyjama et se jeta tout nu dans le lit, cherchant la place de sa tête sur une jeune épaule où la clavicule fine pointait encore. Edmée obéissait de tout son corps, creusait son flanc, ouvrait son bras. Chéri ferma les yeux et devint immobile. Elle se tenait éveillée avec précaution, un peu essoufflée sous le poids, et le croyait endormi. Mais au bout d'un instant il se retourna d'un saut en imitant le grognement d'un dormeur inconscient, et se roula dans le drap à l'autre bord du lit.

« C'est son habitude », constata Edmée.

Elle devait s'éveiller tout l'hiver dans cette chambre carrée à quatre fenêtres. Le mauvais temps retardait l'achèvement d'un hôtel neuf, avenue Henri-Martin, et aussi les caprices de Chéri qui voulut une salle de bains noire, un salon chinois, un sous-sol aménagé en piscine et un gymnase. Aux objections de l'architecte, il répondait : « Je m'en fous. Je paye, je veux être servi. Je ne regarde pas au prix. » Mais, parfois, il épluchait âprement un devis, affirmant qu'« on ne faisait pas le poil au fils Peloux ». De fait, il discourait prix de séries, Fibrociment, et stuc coloré avec une aisance inattendue, une mémoire précise des chiffres qui forçaient la considération des entrepreneurs.

Il consultait peu sa jeune femme, bien qu'il fît parade, pour elle, de son autorité et qu'il prît soin de masquer, à l'occasion, son incertitude par des ordres brefs. Elle découvrit que s'il savait d'instinct jouer avec les couleurs, il méprisait les belles formes et les caractéristiques des styles.

— Tu t'embarrasses d'un tas d'histoires, toi, chose... heu... Edmée. Une décision pour le fumoir ? Tiens, en v'là une : bleu pour les murs, un bleu qui n'a peur de rien. Un tapis violet, d'un violet qui fout le camp devant le bleu des murs. Et puis, là-dedans, ne crains pas le noir, ni l'or pour les meubles et les bibelots.

— Oui, tu as raison, Fred. Mais ce sera un peu impitoyable, ces belles couleurs. Il va manquer la grâce, la note claire, le vase blanc ou la statue...

— Que non, interrompait-il assez roidement. Le vase blanc, ce sera moi tout nu. Et n'oublions pas un coussin, un machin, un fourbi quelconque rouge potiron, pour quand je me baladerai tout nu dans le fumoir.

Elle caressait, secrètement séduite et révoltée, de telles images qui transformaient leur demeure future en une sorte de palais équivoque, de temple à la gloire de Chéri. Mais elle ne luttait pas, quémandait avec douceur « un petit coin », pour un mobilier minuscule et précieux, au point sur fond blanc, cadeau de Marie-Laure.

Cette douceur qui cachait une volonté si jeune et déjà si bien exercée lui valut de camper quatre mois chez sa belle-mère, et de déjouer, quatre mois durant, l'affût constant, les pièges tendus quotidiennement à sa sérénité, à sa gaieté encore frileuse, à sa diplomatie ; Charlotte Peloux, exaltée par la proximité d'une victime si tendre, perdait un peu la tête et gaspillait les flèches, mordait à tort et à travers...

— Du sang-froid, Madame Peloux, jetait de temps en temps Chéri. Qui boufferez-vous l'hiver prochain, si je ne vous arrête pas ?

Edmée levait sur son mari des yeux où la peur et la gratitude tremblaient ensemble et essayait de ne pas trop penser, de ne pas trop regarder Mme Peloux. Un soir, Charlotte lança à trois reprises et comme à l'étourdie, par-dessus les chrysanthèmes du surtout, le nom de Léa au lieu de celui d'Edmée. Chéri baissa ses sourcils sataniques :

— Madame Peloux, je crois que vous avez des troubles de mémoire. Une cure d'isolement vous paraît-elle nécessaire ?

Charlotte Peloux se tut pendant une semaine, mais jamais Edmée n'osa demander à son mari : « C'est à cause de moi, que tu t'es fâché ? C'est bien moi que tu défendais ? Ce n'est pas l'autre femme, celle d'avant moi ? »

Son enfance, son adolescence lui avaient appris la patience, l'espoir, le silence, le maniement aisé des armes et des vertus des prisonniers. La belle Marie-Laure n'avait jamais grondé sa fille : elle se bornait à la punir. Jamais une parole dure, jamais une parole tendre. La solitude, puis l'internat, puis encore la solitude de quelques vacances, la relégation fréquente dans une chambre parée ; enfin la menace du mariage, de n'importe quel mariage, dès que l'œil de la mère trop belle discerna sur la fille l'aube d'une autre beauté, beauté timide, comme opprimée, d'autant plus touchante... Au prix de cette mère d'ivoire et d'or insensibles, la ronde méchanceté de Charlotte Peloux n'était que roses...

— Tu as peur de ma mère vénérée ? lui demanda un soir Chéri.

Edmée sourit, fit une moue d'insouciance.

— Peur ? non. On tressaute pour une porte qui claque, mais on n'a pas peur. On a peur du serpent qui passe dessous...

— Fameux serpent, Marie-Laure, hein ?

— Fameux.

Il attendit une confidence qui ne vint pas et serra d'un bras les minces épaules de sa femme, en camarade :

— On est quelque chose comme orphelins, nous, pas ?

— Oui, on est orphelins ! On est si gentils !

Elle se colla contre lui. Ils étaient seuls dans le hall. Mme Peloux, comme disait Chéri, préparait en haut ses poisons du lendemain. La nuit encore froide derrière les vitres mirait les meubles et les lampes comme un étang. Edmée se sentait tiède et protégée, confiante aux bras de cet inconnu. Elle leva la tête et cria de saisissement, car il renversait vers le lustre un visage magnifique et désespéré, en fermant les yeux sur deux larmes, retenues et scintillantes entre ses cils...

— Chéri, Chéri ! Qu'est-ce que tu as ?

Malgré elle, elle lui avait donné ce petit nom trop caressant, qu'elle ne voulait jamais prononcer. Il obéit à l'appel avec égarement, et ramena son regard sur elle.

— Chéri ! mon Dieu, j'ai peur... Qu'est-ce que tu as ?...

Il l'écarta un peu, la tint par les bras en face de lui.

— Ah ! ah ! cette petite... cette petite... De quoi donc as-tu peur ?

Il lui livrait ses yeux de velours, plus beaux pour une larme, paisibles, grands ouverts, indéchiffrables. Edmée allait le supplier de se taire quand il parla :

— Ce qu'on est bêtes !... C'est cette idée qu'on est orphelins... C'est idiot. C'est tellement vrai...

Il reprit son air d'importance comique et elle respira, assurée qu'il ne parlerait pas davantage. En commençant d'éteindre soigneusement les candélabres, il se tourna vers Edmée avec une vanité très naïve, ou très retorse :

— Tiens, pourquoi est-ce que je n'aurais pas un cœur, moi aussi ?

— Qu'est-ce que tu fais là ?

Bien qu'il l'eût interpellée presque bas, le son de la voix de Chéri atteignit Edmée au point qu'elle plia en avant comme s'il l'eût poussée. Debout, près d'un bureau grand ouvert, elle posait les deux mains sur des papiers épars.

— Je range... dit-elle d'une voix molle.

Elle leva une main qui s'arrêta en l'air comme engourdie. Puis elle sembla s'éveiller et cessa de mentir :

— Voilà, Fred... Tu m'avais dit que pour notre emménagement prochain, tu avais horreur de t'occuper toi-même de ce que tu veux emporter : cette chambre, ces meubles... J'ai voulu, de bonne foi, ranger, trier... et puis, le poison est venu, la tentation, les mauvaises pensées — la mauvaise pensée... Je te demande pardon. J'ai touché à des choses qui ne m'appartiennent pas.

Elle tremblait bravement et attendait. Il se tenait le front penché, les mains fermées, dans une attitude menaçante, mais il ne paraissait pas voir sa femme. Il avait le regard si voilé qu'elle garda, de cette heure-là, le souvenir d'un colloque avec un homme aux yeux pâles...

— Ah ! oui, dit-il enfin. Tu cherchais... Tu cherchais des lettres d'amour.

Elle ne nia pas.

— Tu cherchais mes lettres d'amour !

Il rit, de son rire maladroit et contraint. Edmée rougit, blessée :

— Tu me trouves bête, évidemment. Tu n'es pas homme à ne pas les avoir mises en sûreté ou brûlées. Et puis, enfin, cela ne me regardait pas. Je n'ai que ce que je mérite. Tu ne m'en garderas pas trop rancune, Fred ?

Elle priait avec un peu d'effort et se faisait jolie exprès, les lèvres tendues, le haut du visage dissimulé dans l'ombre des cheveux mousseux. Mais Chéri ne changeait pas d'attitude et elle remarqua, pour la première fois, que son beau teint sans nuance prenait la transparence d'une rose blanche d'hiver, et que l'ovale des joues avait maigri.

— Des lettres d'amour... répéta-t-il. C'est crevant.

Il fit un pas et prit à poignée des papiers qu'il effeuilla. Cartes postales, factures de restaurants, lettres de fournisseurs, télégrammes des petites copines rencontrées une nuit, pneumatiques d'amis pique-assiette, trois lignes, cinq lignes ; — quelques pages étroites, sabrées de l'écriture coupante de Mme Peloux...

Chéri se retourna vers sa femme :

— Je n'ai pas de lettres d'amour.

— Oh ! protesta-t-elle, pourquoi veux-tu...

— Je n'en ai pas, interrompit-il. Tu ne peux pas comprendre. Je ne m'en étais pas aperçu. Je ne peux pas avoir de lettres d'amour, puisque...

Il s'arrêta.

— Ah ! attends, attends. Il y a pourtant une fois, je me souviens, je n'avais pas voulu aller à La Bourboule, et alors... Attends, attends...

Il ouvrait des tiroirs, jetait fébrilement des papiers sur le tapis.

— Trop fort ! Qu'est-ce que j'en ai fait ? j'aurais juré que c'était dans le haut à gauche... Non...

Il referma rudement les tiroirs vides et fixa sur Edmée un regard pesant :

— Tu n'as rien trouvé ? Tu n'aurais pas pris une lettre qui commençait : « Mais non, je ne m'ennuie pas. On devrait toujours se quitter huit jours par mois », et puis, ça continuait par je ne sais plus quoi, à propos d'un chèvrefeuille qui grimpait à la fenêtre...

Il ne se tut que parce que sa mémoire le trahissait, et esquissa un geste d'impatience. Edmée, raidie et mince, devant lui, ne faiblissait pas :

— Non, non, je n'ai rien *pris*, appuya-t-elle avec une irritation sèche. Depuis quand suis-je capable de *prendre* ? Une lettre qui t'est si précieuse, tu l'as donc laissée traîner ? Une lettre pareille, je n'ai pas besoin de demander si elle était de Léa !

Il tressaillit faiblement, mais non pas comme Edmée l'attendait. Un demi-sourire errant passa sur le beau visage fermé, et la tête inclinée de côté, les yeux attentifs, l'arc délicieux de la bouche détendu, il écouta peut-être l'écho d'un nom... Toute la jeune force amoureuse et mal disciplinée d'Edmée creva en cris, en larmes, en gestes des mains tordues ou ouvertes pour griffer :

— Va-t'en ! je te déteste ! Tu ne m'as jamais aimée ! Tu ne te soucies pas plus de moi que si je n'existais pas ! Tu me blesses, tu me méprises, tu es grossier, tu es... tu es... Tu ne penses qu'à cette vieille femme ! Tu as des goûts de malade, de dégénéré, de... de... Tu ne m'aimes pas ! Pourquoi, je me demande, pourquoi m'as-tu épousée ?... Tu es... Tu es...

Elle secouait la tête comme une bête prise par le cou, et quand elle renversait la nuque pour aspirer l'air en suffoquant, on voyait luire les laiteuses petites perles égales de son collier. Chéri contemplait avec stupeur les gestes désordonnés de ce cou charmant et onduleux, l'appel des mains nouées l'une à l'autre, et surtout ces larmes, ces larmes... Il n'avait jamais vu tant de larmes... Qui donc avait pleuré devant lui, pour lui ? Personne... Mme Peloux ? « Mais, songea-t-il, les larmes de Mme Peloux, ça ne compte pas... » Léa ?... non. Il consulta, au fond de son souvenir le plus caché, deux yeux d'un bleu sincère, qui n'avaient brillé que de plaisir, de malice et de tendresse un peu moqueuse... Que de larmes sur cette jeune femme qui se débat devant lui ! Que fait-on pour tant de larmes ? Il ne savait pas. Tout de même, il étendit le bras, et comme Edmée reculait, craignant peut-être une brutalité, il lui posa sur la tête sa belle main douce, imprégnée de parfums, et il flatta cette tête désordonnée, en essayant d'imiter une voix et des mots dont il connût le pouvoir :

— Là... là... Qu'est-ce que c'est... Qu'est-ce que c'est donc... là...

Edmée fondit brusquement et tomba sur un siège où elle se ramassa toute, et elle se mit à sangloter avec passion, avec une frénésie qui ressemblait à un rire houleux et aux saccades de la joie. Son gracieux corps courbé bondissait, soulevé par le chagrin, l'amour jaloux, la colère, la servilité qui s'ignore, et cependant, comme le lutteur en plein combat, comme le nageur au sein de la vague, elle se sentait baignée dans un élément nouveau, naturel et amer.

Elle pleura longtemps et se remit lentement, par accalmies traversées de grandes secousses, de hoquets tremblés. Chéri s'était assis près d'elle et continuait de lui caresser les cheveux. Il avait dépassé le moment cuisant de sa propre émotion, et s'ennuyait. Il parcourait du regard Edmée, jetée de biais sur le canapé sec, et il n'aimait pas que ce corps étendu, avec sa robe relevée, son écharpe déroulée, aggravât le désordre de la pièce.

Si bas qu'il eût soupiré d'ennui, elle l'entendit et se redressa.

— Oui, dit-elle, je t'excède... Ah ! il vaudrait mieux...

Il l'interrompit, redoutant un flot de paroles :

— Ce n'est pas ça, mais je ne sais pas ce que tu veux.

— Comment, ce que je veux... Comment, ce que je...

Elle montrait son visage enrhumé par les larmes.

— Suis-moi bien.

Il lui prit les mains. Elle voulut se dégager.

— Non, non, je connais cette voix-là ! Tu vas me tenir encore un raisonnement de l'autre monde ! Quand tu prends cette voix et cette figure-là, je sais que tu vas me démontrer que tu as l'œil fait comme un surmulet et la bouche en forme de chiffre trois couché sur le dos ! Non, non, je ne veux pas !

Elle récriminait puérilement, et Chéri se détendit à sentir qu'ils étaient tous les deux très jeunes. Il secoua les mains chaudes qu'il retenait :

— Mais, écoute-moi donc ! Bon Dieu, je voudrais savoir ce que tu me reproches ! Est-ce que je sors le soir sans toi ? Non ! Est-ce que je te quitte souvent dans la journée ? Est-ce que j'ai une correspondance clandestine ?

— Je ne sais pas... Je ne crois pas...

Il la faisait virer de côté et d'autre, comme une poupée.

— Est-ce que j'ai une chambre à part ? Est-ce que je ne te fais pas bien l'amour ?

Elle hésita, sourit avec une finesse soupçonneuse.

— Tu appelles cela l'amour, Fred...

— Il y a d'autres mots, mais tu ne les apprécies pas.

— Ce que tu appelles l'amour... est-ce que cela ne peut pas être, justement, une... une espèce... d'alibi ?

Elle ajouta précipitamment :

— Je généralise, Fred, tu comprends... Je dis, cela *peut* être, dans certains cas...

Il lâcha les mains d'Edmée :

— Ça, dit-il froidement, c'est la gaffe.

— Pourquoi ? demanda-t-elle d'une voix faible.

Il siffla, le menton en l'air, en s'éloignant de quelques pas. Puis, il revint sur sa femme, la toisa en étrangère. Une bête terrible n'a pas besoin de bondir pour effrayer, — Edmée vit qu'il avait les narines gonflées et le bout du nez blanc.

— Peuh !... souffla-t-il, en regardant sa femme. Il haussa les épaules et fit demi-tour. Au bout de la chambre, il revint.

— Peuh !... répéta-t-il. Ça parle.

— Comment ?

— Ça parle et pour dire quoi ? Ça se permet, ma parole...

Elle se leva avec rage :

— Fred, cria-t-elle, tu ne me parleras pas deux fois sur ce ton-là ! Pour qui me prends-tu ?

— Mais pour une gaffeuse, est-ce que je ne viens pas d'avoir l'honneur de te le dire ?

Il lui toucha l'épaule d'un index dur, elle en souffrit comme d'une meurtrissure grave.

— Toi qui es bachelière, est-ce qu'il n'y a pas quelque part un... une sentence, qui dit : « Ne touchez pas au couteau, au poignard », au truc, enfin ?

— À la hache, dit-elle machinalement.

— C'est ça. Eh bien, mon petit, il ne faut pas toucher à la hache. C'est-à-dire blesser un homme... dans ses faveurs, si j'ose m'exprimer ainsi. Tu m'as blessé dans les dons que je te fais... Tu m'as blessé dans mes faveurs.

— Tu... tu parles comme une cocotte ! bégaya-t-elle.

Elle rougissait, perdait sa force et son sang-froid. Elle le haïssait de demeurer pâle, de garder une supériorité dont tout le secret tenait dans le port de tête, l'aplomb des jambes, la désinvolture des épaules et des bras...

L'index dur plia de nouveau l'épaule d'Edmée.

— Pardon, pardon. Je vous épaterais bien en affirmant qu'au contraire c'est vous qui pensez comme une grue. En fait d'estimation, on ne trompe pas le fils Peloux. Je m'y connais en « cocottes », comme vous dites. Je m'y connais un peu. Une « cocotte », c'est une dame qui s'arrange généralement pour recevoir plus qu'elle ne donne. Vous m'entendez ?

Elle entendait surtout qu'il ne la tutoyait plus.

— Dix-neuf ans, la peau blanche, les cheveux qui sentent la vanille ; et puis, au lit, les yeux fermés et les bras ballants. Tout ça, c'est très joli, mais est-ce que c'est bien rare ? Croyez-vous que c'est bien rare ?

Elle tressaillait à chaque mot et chaque piqûre l'éveillait pour le duel de femelle à mâle.

— Possible que ce soit rare, dit-elle d'une voix ferme, mais comment pourrais-tu le savoir ?

Il ne répondit pas et elle se hâta de marquer un avantage :

— Moi, dit-elle, j'ai vu en Italie des hommes plus beaux que toi. Ça court les rues. Mes dix-neuf ans valent ceux de la voisine, un joli garçon vaut un autre joli garçon, va, va, tout peut s'arranger... Un mariage, à présent, c'est une mesure pour rien. Au lieu de nous aigrir à des scènes ridicules...

Il l'arrêta d'un hochement de tête presque miséricordieux :

— Ah ! pauvre gosse... ce n'est pas si simple...

— Pourquoi ? Il y a des divorces rapides, en y mettant le prix.

Elle parlait d'un air tranchant de pensionnaire évadée, qui faisait peine. Ses cheveux soulevés au-dessus de son front, le contour doux et enveloppé de sa joue rendaient plus sombres ses yeux anxieux et intelligents, ses yeux de femme malheureuse, ses yeux achevés et définitifs dans un visage indécis.

— Ça n'arrangerait rien, dit Chéri.

— Parce que ?

— Parce que...

Il pencha son front où les sourcils s'effilaient en ailes pointues, ferma les yeux et les rouvrit comme s'il venait d'avaler une amère gorgée :

— Parce que tu m'aimes...

Elle ne prit garde qu'au tutoiement revenu, et surtout au son de la voix, plein, un peu étouffé, la voix des meilleures heures. Elle acquiesça au fond d'elle-même : « C'est vrai, je l'aime ; il n'y a pas, en ce moment, de remède. »

La cloche du dîner sonna dans le jardin, une cloche trop petite qui datait d'avant Mme Peloux, une cloche d'orphelinat de province, triste et limpide. Edmée frissonna :

— Oh ! je n'aime pas cette cloche...

— Oui ? dit Chéri distraitement.

— Chez nous, on annoncera les repas au lieu de les sonner. Chez nous, on n'aura pas ces façons de pension de famille ; tu verras, chez nous...

Elle parlait en suivant le corridor vert hôpital, sans se retourner et ne voyait pas, derrière elle, l'attention sauvage que Chéri donnait à ses dernières paroles, ni son demi-rire muet.

Il marchait légèrement, stimulé par un printemps sourd que l'on goûtait seulement dans le vent humide, inégal, dans le parfum exalté de la terre des squares et des jardinets. Une glace lui rappelait de temps en temps, au passage, qu'il portait un chapeau de feutre seyant, rabattu sur l'œil droit, un ample pardessus léger, de gros gants clairs, une cravate couleur de terre cuite. L'hommage silencieux des femmes le suivait, les plus candides lui dédiaient cette stupeur passagère qu'elles ne peuvent ni feindre, ni dissimuler. Mais Chéri ne regardait jamais les femmes dans la rue. Il quittait l'hôtel de l'avenue Henri-Martin, laissant aux tapissiers quelques ordres contradictoires mais jetés sur un ton de maître.

Au bout de l'avenue, il respira longuement l'odeur végétale qui venait du Bois sur l'aile lourde et mouillée du vent d'ouest, et pressa le pas vers la porte Dauphine. En quelques minutes, il atteignit le bas de l'avenue Bugeaud et s'arrêta net. Pour la première fois depuis six mois, ses pieds foulaient le chemin familier. Il ouvrit son pardessus.

— J'ai marché trop vite, se dit-il. Il repartit puis s'arrêta encore et, cette fois, son regard visa un point précis : à cinquante mètres, tête nue, la peau de chamois à la main, le concierge Ernest, le concierge de Léa « faisait » les cuivres de la grille, devant l'hôtel de Léa.

Chéri se mit à fredonner en marchant, mais il s'aperçut au son de sa voix qu'il ne fredonnait jamais, et il se tut.

— Ça va, Ernest, toujours à l'ouvrage ?

Le concierge s'épanouit avec réserve.

— Monsieur Peloux ! Je suis ravi de voir Monsieur, Monsieur n'a pas changé.

— Vous non plus, Ernest ? Madame va bien ?

Il parlait de profil, attentif aux persiennes fermées du premier étage.

— Je pense, Monsieur, nous n'avons eu que quelques cartes postales.

— D'où ça ? de Biarritz, je crois ?

— Je ne crois pas, Monsieur.

— Où est Madame ?

— Je serais embarrassé de le dire à Monsieur : nous transmettons le courrier de Madame — trois fois rien — au notaire de Madame.

Chéri tira son portefeuille en regardant Ernest d'un air câlin.

— Oh, Monsieur Peloux, de l'argent entre nous ? Vous ne voudriez pas. Mille francs ne feraient pas parler un homme qui en ignore. Si Monsieur veut l'adresse du notaire de Madame ?

— Non, merci, sans façons. Et elle revient quand ?

Ernest écarta les bras :

— Voilà encore une question qui n'est pas de ma compétence ! Peut-être demain, peut-être dans un mois... J'entretiens, vous voyez. Avec Madame, il faut se méfier. Vous me diriez : « la voilà qui tourne au coin de l'avenue », je n'en serais pas plus surpris.

Chéri se retourna et regarda le coin de l'avenue.

— Monsieur Peloux ne désire rien d'autre ? Monsieur passait en se promenant ? C'est une belle journée...

— Non, merci, Ernest. Au revoir, Ernest.

— Toujours dévoué à Monsieur Peloux.

Chéri monta jusqu'à la place Victor-Hugo, en faisant tournoyer sa canne. Il buta deux fois et faillit choir, comme les gens qui se croient âprement regardés dans le dos. Parvenu à la balustrade du métro, il s'accouda, penché sur l'ombre noire et rose du souterrain, et se sentit écrasé de fatigue. Quand il se redressa, il vit qu'on allumait le gaz de la place et que la nuit bleuissait toutes choses.

— Non, ce n'est pas possible ?... Je suis malade !

Il avait touché le fond d'une sombre rêverie et se ranimait péniblement. Les mots nécessaires lui vinrent enfin.

— Allons, allons, bon Dieu... Fils Peloux, vous déraillez, mon bon ami ? Vous ne vous doutez pas qu'il est l'heure de rentrer ?

Ce dernier mot rappela la vision qu'une heure avait suffi à bannir : une chambre carrée, la grande chambre d'enfant de Chéri, une jeune femme anxieuse, debout contre la vitre, et Charlotte Peloux adoucie par un Martini apéritif...

— Ah ! non, dit-il tout haut. Non... Ça, c'est fini.

Au geste de sa canne levée, un taxi s'arrêta.

— Au restaurant... euh... au restaurant du *Dragon Bleu*.

Il traversa le grill-room au son des violons, baigné d'une électricité atroce qu'il trouva tonifiante. Un maître d'hôtel le reconnut, et Chéri lui serra la main. Devant lui, un grand jeune homme creux se leva et Chéri soupira tendrement :

— Ah ! Desmond ! moi qui avais si envie de te voir ! Comme tu tombes !

La table où ils s'assirent était fleurie d'œillets roses. Une petite main, une grande aigrette s'agitaient vers Chéri, à une table voisine :

— C'est la Loupiote, avertit le vicomte Desmond...

Chéri ne se souvenait pas de la Loupiote, mais il sourit à la grande aigrette, toucha la petite main sans se lever, du bout d'un éventail réclame. Puis il toisa, de son air le plus grave de conquérant, un couple inconnu, parce que la femme oubliait de manger depuis que Chéri s'était assis non loin d'elle.

— Il a une tête de cocu, pas, le type ?

Pour murmurer ces mots-là, il se penchait à l'oreille de son ami et la joie dans son regard étincelait comme la crue des pleurs.

— Tu bois quoi, depuis que tu es marié ? demanda Desmond. De la camomille ?

— Du Pommery, dit Chéri.

— Avant le Pommery ?

— Du Pommery, avant et après !

Et il humait dans son souvenir, en ouvrant les narines, le pétillement à odeur de roses d'un vieux champagne de 1889 que Léa gardait pour lui seul...

Il commanda un dîner de modiste émancipée, du poisson froid au porto, des oiseaux rôtis, un soufflé brûlant dont le ventre cachait une glace acide et rouge...

— Hé ha, criait la Loupiote, en agitant vers Chéri un œillet rose.

— Hé ha, répondit Chéri, en levant son verre.

Le timbre d'un cartel anglais, au mur, sonna 8 heures.

— Oh ! flûte, grommela Chéri. Desmond, fais-moi une commission au téléphone.

Les yeux pâles de Desmond espérèrent des révélations :

— Va demander Wagram 17-08, qu'on te donne ma mère, et dis-lui que nous dînons ensemble.

— Et si c'est Mme Peloux jeune qui vient à l'appareil ?

— La même chose. Je suis très libre, tu vois. Je l'ai dressée.

Il but et mangea beaucoup, très occupé de paraître sérieux et blasé. Mais le moindre éclat de rire, un bris de verre, une valse vaseuse exaltaient son plaisir. Le bleu dur des boiseries miroitantes le ramenait à des souvenirs de la Riviera, aux heures où la mer trop bleue noircit à midi autour d'une plaque de soleil fondu. Il oublia sa froideur rituelle d'homme très beau et se mit à balayer la dame brune, en face, de regards professionnels dont elle frémissait toute.

— Et Léa ? demanda soudain Desmond.

Chéri ne tressaillit pas, il pensait à Léa.

— Léa ? elle est dans le Midi.

— C'est fini, avec elle ?

Chéri mit un pouce dans l'entournure de son gilet.

— Oh ! naturellement, tu comprends. On s'est quittés très chic, très bons amis. Ça ne pouvait pas durer toute la vie. Quelle femme charmante, intelligente, mon vieux... D'ailleurs, tu l'as connue ! Une largeur d'idées... Très remarquable. Mon cher, je l'avoue, s'il n'y avait pas eu la question d'âge... Mais il y avait la question d'âge, et n'est-ce pas...

— Évidemment, interrompit Desmond.

Ce jeune homme aux yeux décolorés, qui connaissait à fond son dur et difficile métier de parasite, venait de céder à la curiosité et se le reprochait comme une imprudence. Mais Chéri, tout ensemble circonspect et grisé, ne cessa pas de parler de Léa. Il dit des choses raisonnables, imprégnées d'un bon sens conjugal. Il vanta le mariage, mais en rendant justice aux vertus de Léa. Il chanta la douceur soumise de sa jeune femme, pour trouver l'occasion de critiquer le caractère résolu de Léa : « Ah ! la bougresse, je te garantis qu'elle avait ses idées, celle-là ! » Il poussa plus loin les confidences, il alla, à l'égard de Léa, jusqu'à la sévérité, jusqu'à l'impertinence. Et pendant qu'il parlait, abrité derrière les paroles imbéciles que lui soufflait une défiance d'amant persécuté, il goûtait le bonheur subtil de parler d'elle sans danger. Un peu plus, il l'eût salie, en célébrant dans son cœur le souvenir qu'il avait d'elle, son nom doux et facile dont il s'était privé depuis six mois, toute l'image miséricordieuse de Léa, penchée sur lui, barrée de deux ou trois grandes rides graves, irréparables, belle, perdue pour lui, mais — bah ! — si présente...

Vers 11 heures, ils se levèrent pour partir, refroidis par le restaurant presque vide. Pourtant, à la table voisine, la Loupiote s'appliquait à sa correspondance, et réclamait des petits bleus. Elle leva vers les deux amis son visage inoffensif de mouton blond, quand ils passèrent :

— Eh bien, on ne dit pas bonsoir ?

— Bonsoir, concéda Chéri.

La Loupiote appela, pour admirer Chéri, le témoignage de son amie :

— Crois-tu, hein ? et penser qu'il a tant de galette ! Il y a des types qui ont tout.

Mais Chéri ne lui offrit que son étui à cigarettes ouvert ; et elle devint acerbe.

— Ils ont tout, excepté la manière de s'en servir... Rentre chez ta mère, mon chou !...

— Justement, dit Chéri à Desmond, quand ils atteignirent la rue. Justement, je voulais te demander, Desmond... Attends qu'on soit hors de ce boyau où on est foulé...

La soirée douce et humide attardait les promeneurs ; mais le boulevard, après la rue Caumartin, attendait encore la sortie des théâtres. Chéri prit le bras de son ami :

— Voilà, Desmond... je voudrais que tu retournes au téléphone.

Desmond s'arrêta.

— Encore ?

— Tu appelleras le Wagram...

— 17-08...

— Je t'adore. Tu diras que je me suis trouvé souffrant chez toi... Où demeures-tu ?

— À l'hôtel *Morris*.

— Parfait... Que je rentrerai demain matin, que tu me fais de la menthe... Va, vieux. Tiens, tu donneras ça au petit gosse du téléphone, ou bien tu le garderas... Reviens vite. Je t'attends à la terrasse de *Weber*.

Le long jeune homme serviable et rogue partit en froissant des billets dans sa poche et sans se permettre une observation. Il retrouva Chéri penché sur une orangeade intacte, dans laquelle il semblait lire sa destinée.

— Desmond !... Qui t'a répondu ?

— Une dame, dit laconiquement le messager.

— Laquelle ?

— Je ne sais pas.

— Qu'est-ce qu'elle a dit ?

— Que c'était bien.

— Sur quel ton ?

— Celui sur lequel je te le répète.

— Ah ! bon ; merci.

« C'était Edmée », pensa Chéri. Ils marchaient vers la place de la Concorde et Chéri avait repris le bras de Desmond. Il n'osait pas avouer qu'il se sentait très las.

— Où veux-tu aller ? demanda Desmond.

— Ah ! mon vieux, soupira Chéri avec gratitude, au *Morris*, et tout de suite. Je suis claqué.

Desmond oublia son impassibilité :

— Comment, c'est vrai ? On va au *Morris* ? Qu'est-ce que tu veux faire ? Pas de blagues, hé ? Tu veux...

— Dormir, répondit Chéri. Et il ferma les yeux comme prêt à tomber, puis les rouvrit. Dormir, dormir, c'est compris ?

Il serrait trop fort le bras de son ami.

— Allons-y, dit Desmond.

En 10 minutes, ils furent au *Morris*. Le bleu ciel et l'ivoire d'une chambre à coucher, le faux Empire d'un petit salon sourirent à Chéri comme de vieux amis. Il se baigna, emprunta à Desmond une chemise de soie trop étroite, se coucha et, calé entre deux gros oreillers mous, sombra dans un bonheur sans rêves, dans un sommeil noir et épais qui le défendait de toutes parts...

IL coula des jours honteux, qu'il comptait. « Seize... dix-sept... Les trois semaines sonnées, je rentre à Neuilly. » Il ne rentrait pas. Il mesurait lucidement une situation à laquelle il n'avait plus la force de remédier. La nuit, ou le matin, parfois, il se flattait que sa lâcheté finirait dans quelques jours. « Plus la force ? Pardon, pardon... Pas encore la force. Mais ça revient. À midi tapant, qu'est-ce que je parie que je suis dans la salle à manger du boulevard d'Inkermann ? Une, deux et... » Midi tapant le trouvait au bain, ou menant son automobile à côté de Desmond.

L'heure des repas lui accordait un moment d'optimisme conjugal, ponctuel comme une attaque fiévreuse. En s'asseyant à une table de célibataire, en face de Desmond, il voyait apparaître Edmée et songeait en silence à la déférence inconcevable de sa jeune femme : « Elle est trop gentille, aussi, cette petite ! A-t-on jamais vu un amour de femme comme celle-là ? Pas un mot, pas une plainte ! Je vais lui coller un de ces bracelets, quand je rentrerai... Ah ! l'éducation... Parlez-moi de Marie-Laure pour élever une jeune fille ! » Mais un jour, dans le grill-room du *Morris*, l'apparition d'une robe verte à col de chinchilla, qui ressemblait à une robe d'Edmée, avait peint sur le visage de Chéri toutes les marques d'une basse terreur.

Desmond trouvait la vie belle et engraissait un peu. Il ne gardait son arrogance que pour les heures où

Chéri, sollicité de visiter une « anglaise prodigieuse, noire de vices » ou « un prince indien dans son palais d'opium », refusait en termes concis ou consentait avec un mépris non voilé. Desmond ne comprenait plus rien à Chéri, mais Chéri payait, et mieux qu'au meilleur temps de leur adolescence. Une nuit, ils retrouvèrent la blonde Loupiote, chez son amie dont on oubliait toujours le nom terne : « Chose... vous savez bien... la copine de la Loupiote... »

La Copine fumait et donnait à fumer. Son entresol modeste fleurait, dès l'entrée, le gaz mal clos et la drogue refroidie, et elle conquérait par une cordialité larmoyante, une constante provocation à la tristesse qui n'étaient point inoffensives. Desmond fut traité, chez elle, de « grand gosse désespéré » et Chéri de « beauté qui a tout et qui n'en est que plus malheureux ». Mais il ne fuma point, regarda la boîte de cocaïne avec une répugnance de chat qu'on veut purger, et se tint presque toute la nuit assis sur la natte, le dos au capiton bas du mur, entre Desmond endormi et la Copine qui ne cessait de fumer. Presque toute la nuit, il aspira, sage et défiant, l'odeur qui contente la faim et la soif et il sembla parfaitement heureux, sauf qu'il regarda souvent, avec une fixité pénible et interrogatrice, le cou fané de la Copine, un cou rougi et grenu où luisait un collier de perles fausses.

Un moment, Chéri tendit la main, caressa du bout des doigts les cheveux teints au henné sur la nuque de la Copine ; il soupesa les grosses perles creuses et légères, puis il retira sa main avec le frémissement nerveux de quelqu'un qui s'est accroché les ongles à une soie éraillée. Peu après, il se leva et partit.

— Tu n'en as pas assez, demanda Desmond à Chéri, de ces boîtes où on mange, où on boit, où tu ne consommes pas de femmes, et de cet hôtel où on claque les portes ? Et des boîtes où on va le soir, et de tourner dans ta soixante-chevaux de Paris à Rouen, de Paris à Compiègne, de Paris à Ville-d'Avray... Parle-moi de la Riviera ! Ce n'est pas décembre ni janvier, la saison chic là-bas, c'est mars, c'est avril, c'est...

— Non, dit Chéri.

— Alors ?

— Alors, rien.

Il s'adoucit sans sincérité et prit ce que Léa nommait autrefois sa « gueule d'amateur éclairé ».

— Mon cher... tu ne comprends pas la beauté de Paris en cette saison... Ce... cette indécision, ce printemps qui ne peut pas se dérider, cette lumière douce... tandis que la banalité de la Riviera... Non, vois-tu, je me plais ici.

Desmond faillit perdre sa patience de valet :

— Oui, et puis peut-être que le divorce Peloux fils...

Les narines sensibles de Chéri blanchirent.

— Si tu as une combine avec un avocat, décourage-le tout de suite. Il n'y a pas de divorce Peloux fils.

— Mon cher !... protesta Desmond qui tâcha de paraître blessé. Tu as une singulière façon de répondre à une amitié d'enfance, qui en toute occasion...

Chéri n'écoutait pas. Il dirigeait du côté de Desmond un menton aminci, une bouche qu'il pinçait en bouche d'avare. Pour la première fois, il venait d'entendre un étranger disposer de son bien.

Il réfléchissait. Le divorce Peloux fils ? Il y avait songé à mainte heure du jour et de la nuit, et ces mots-là représentaient alors la liberté, une sorte d'enfance recouvrée, peut-être mieux encore... Mais la voix, nasillarde exprès, du vicomte Desmond venait de susciter l'image nécessaire : Edmée quittant la maison de Neuilly, résolue sous son petit chapeau d'auto et son long voile, et s'en allant vers une maison inconnue, où vivait un homme inconnu. « Évidemment, ça arrangerait tout », convint Chéri le bohème. Mais dans le même temps, un autre Chéri singulièrement timoré regimbait : « Ce n'est pas des choses à faire ! » L'image se précisa, gagna en couleurs et en mouvement. Chéri entendit le son grave et harmonieux de la grille et vit, de l'autre côté de la grille, sur une main nue, une perle grise, un diamant blanc...

— Adieu... disait la petite main.

Chéri se leva en repoussant son siège.

« C'est à moi, tout ça ! La femme, la maison, les bagues, c'est à moi ! »

Il n'avait pas parlé haut, mais son visage avouait une si barbare violence que Desmond crut venue la dernière heure de sa prospérité. Chéri s'apitoya sans bonté :

— Pauvre mimi, t'as les foies ? Ah ! cette vieille noblesse d'épée ! Viens, je vais te payer des caleçons pareils à mes chemises, et des chemises pareilles à tes caleçons. Desmond, nous sommes le dix-sept ?

— Oui, pourquoi ?

— Le dix-sept mars. Autant dire le printemps. Desmond, les gens chics, mais là, les gens véritablement élégants, femmes ou hommes, ils ne peuvent pas attendre plus longtemps avant de s'habiller pour la saison prochaine ?

— Difficilement...

— Le dix-sept, Desmond !... Viens, tout va bien. On va acheter un gros bracelet pour ma femme, un énorme fume-cigarette pour Mame Peloux, et une toute petite épingle pour toi !

Il eut ainsi, à deux ou trois reprises, le pressentiment foudroyant que Léa allait revenir, qu'elle venait de rentrer, que les persiennes du premier étage, ouvertes, laissaient apercevoir le rose floral des brise-bise, le réseau des grands rideaux d'application, l'or des miroirs... Le 15 avril passa et Léa ne revenait pas. Des événements agaçants rayaient le cours morne de la vie de Chéri. Il y eut la visite de Mme Peloux, qui pensa perdre la vie devant Chéri plat comme un lévrier, la bouche close et l'œil mobile. Il y eut la lettre d'Edmée, une lettre tout unie, surprenante, où elle expliquait qu'elle demeurait à Neuilly *jusqu'à nouvel ordre*, et se chargeait pour Chéri des *meilleurs compliments de Mme de la Berche*... Il se crut moqué, ne sut répondre et finit par jeter cette lettre incompréhensible ; mais il n'alla pas à Neuilly. À mesure qu'avril, vert et froid, fleuri de pawlonias, de tulipes, de jacinthes en bottes et de cytises en grappes, embaumait Paris, Chéri s'enfonçait, seul, dans une ombre austère. Desmond maltraité, harcelé, mécontent, mais bien payé, avait mission tantôt de défendre Chéri contre des jeunes femmes familières et des jeunes hommes indiscrets, tantôt de recruter les uns et les autres pour former une bande qui mangeait, buvait et criaillait entre Montmartre, les restaurants du Bois et les cabarets de la rive gauche.

Une nuit, la Copine, qui fumait seule et pleurait ce soir-là une infidélité grave de son amie la Loupiote, vit entrer chez elle ce jeune homme aux sourcils démoniaques qui s'effilaient sur la tempe. Il réclama « de l'eau bien froide » pour sa belle bouche altérée qu'une secrète ardeur séchait. Il ne témoigna pas du moindre intérêt pour les malheurs de la Copine, lorsqu'elle les narra en poussant vers Chéri le plateau de laque et la pipe. Il n'accepta que sa part de natte, de silence et de demi-obscurité, et demeura là jusqu'au jour, économe de ses mouvements comme quelqu'un qui craint, s'il bouge, de réveiller une blessure. Au jour levant, il demanda à la Copine : « Pourquoi n'avais-tu pas aujourd'hui ton collier de perles, tu sais, ton gros collier ? » et partit courtoisement.

Il prenait l'habitude inconsciente de marcher la nuit, sans compagnon. Rapide, allongé, son pas le menait vers un but distinct et inaccessible. Il échappait, passé minuit, à Desmond qui le retrouvait, vers l'aube, sur son lit d'hôtel, endormi à plat ventre et la tête entre ses bras pliés, dans l'attitude d'un enfant chagrin.

— Ah ! bon, il est là, disait Desmond avec soulagement. Un coco pareil, on ne sait jamais...

Une nuit que Chéri marchait ainsi les yeux grands ouverts dans l'ombre, il remonta l'avenue Bugeaud, car il n'avait pas obéi, de tout le jour écoulé, au fétichisme qui l'y ramenait de 48 heures en 48 heures. Comme les maniaques qui ne peuvent s'endormir sans avoir touché trois fois le bouton d'une porte, il frôlait la grille, posait l'index sur le bouton de la sonnette, appelait tout bas, d'un ton farceur : « Hé ha !... » et s'en allait.

Mais une nuit, cette nuit-là, devant la grille, il sentit dans sa gorge un grand coup que frappait son cœur : le globe électrique de la cour luisait comme une lune mauve au-dessus du perron, la porte de l'entrée de service, béante, éclairait le pavé et, au premier étage, les persiennes filtrant la lumière intérieure dessinaient un peigne d'or. Chéri s'adossa à l'arbre le plus proche et baissa la tête.

— Ce n'est pas vrai, dit-il. Je vais relever les yeux et tout sera noir.

Il se redressa au son de la voix d'Ernest, le concierge, qui criait dans le corridor :

— Sur les 9 heures, demain matin, je monterai la grande malle noire avec Marcel, Madame !

Chéri se détourna précipitamment et courut jusqu'à l'avenue du Bois où il s'assit. Le globe électrique qu'il avait regardé dansait devant lui, pourpre sombre cerné d'or sur le noir des massifs encore maigres. Il appuya la main sur son cœur et respira profondément. La nuit sentait les lilas entrouverts. Il jeta son chapeau, ouvrit son manteau, se laissa aller contre le dossier du banc, étendit les jambes et ses mains ouvertes tombèrent mollement. Un poids écrasant et suave venait de descendre sur lui.

— Ah ! dit-il tout bas, c'est le bonheur ?... Je ne savais pas...

Il eut le temps de se prendre en pitié et en mépris, pour tout ce qu'il n'avait pas savouré pendant sa vie misérable de jeune homme riche au petit cœur, puis il cessa de penser pendant un instant ou pendant une heure. Il put croire, après, qu'il ne désirait plus rien au monde, pas même d'aller chez Léa.

Quand il frissonna de froid et qu'il entendit les merles annoncer l'aurore, il se leva, trébuchant et léger, et reprit le chemin de l'hôtel *Morris*, sans passer par l'avenue Bugeaud. Il s'étirait, élargissait ses poumons et débordait d'une mansuétude universelle :

— Maintenant, soupirait-il exorcisé, maintenant, je vais être tellement gentil pour la petite...

Levé à 8 heures, rasé, chaussé, fébrile, Chéri secoua Desmond qui dormait livide, affreux à voir et gonflé dans le sommeil comme un noyé :

— Desmond ! hep ! Desmond !... Assez ! T'es trop vilain quand tu dors !

Le dormeur s'assit et arrêta sur son ami le regard de ses yeux couleur d'eau trouble. Il feignit l'abrutissement pour prolonger un examen attentif de Chéri, Chéri vêtu de bleu, pathétique et superbe, pâle sous un velours de poudre habilement essuyé... Il y avait encore des heures où Desmond souffrait, dans sa laideur apprêtée, de la beauté de Chéri. Il bâilla exprès, longuement : « Qu'est-ce qu'il y a encore ? » se demandait-il en bâillant ; « cet imbécile est plus beau qu'hier. Ces cils surtout, ces cils qu'il a... » Il regardait les cils de Chéri, lustrés et vigoureux, et l'ombre qu'ils versaient à la sombre prunelle et au blanc bleu de l'œil. Desmond remarqua aussi que la dédaigneuse bouche arquée s'ouvrait, ce matin-là, humide, ravivée, un peu haletante, comme après une volupté hâtive.

Puis il relégua sa jalousie au plan lointain de ses soucis sentimentaux et questionna Chéri sur un ton de condescendance lassée :

— Peut-on savoir si tu sors à cette heure, ou si tu rentres ?

— Je sors, dit Chéri. Ne t'occupe pas de moi. Je vais faire des courses. Je vais chez la fleuriste. Chez le bijoutier, chez ma mère, chez ma femme, chez...

— N'oublie pas le nonce, dit Desmond.

— Je sais vivre, répliqua Chéri. Je lui porterai des boutons de chemises en titre fixe et une gerbe d'orchidées.

Chéri répondait rarement à une plaisanterie et l'accueillait toujours froidement. L'importance de cette terne riposte éclaira Desmond sur l'état insolite de son ami. Il considéra l'image de Chéri dans la glace, nota la blancheur des narines dilatées, la mobilité errante du regard, et risqua la plus discrète des questions :

— Tu rentres déjeuner ?... Hep, Chéri, je te cause. Nous déjeunons ensemble ?

Chéri fit : « Non » de la tête. Il sifflotait en carrant son reflet dans le miroir oblong, juste à sa taille comme celui de la chambre de Léa, entre les deux fenêtres. Tout à l'heure, dans l'autre miroir, un cadre d'or lourd sertirait, sur un fond rose ensoleillé, son image nue ou drapée d'une soierie lâche, sa fastueuse image de beau jeune homme aimé, heureux, choyé, qui joue avec les colliers et les bagues de sa maîtresse... « Elle y est peut-être déjà, dans le miroir de Léa, l'image du jeune homme ?... » Cette pensée traversa son exaltation avec une telle virulence qu'il crut, hébété, l'avoir entendue.

— Tu dis ? demanda-t-il à Desmond.

— Je ne dis rien, répondit le docile ami gourmé. C'est dans la cour qu'on parle.

Chéri quitta la chambre de Desmond, claqua la porte et retourna dans son appartement. La rue de Rivoli, éveillée, l'emplissait d'un tumulte doux, continu, et Chéri pouvait apercevoir, par la fenêtre ouverte, les feuilles printanières, raides et transparentes comme des lames de jade sous le soleil. Il ferma la fenêtre et s'assit sur un petit siège inutile qui occupait un coin triste contre le mur, entre le lit et la porte de la salle de bains.

— Comment cela se fait-il... commença-t-il à voix basse. Puis il se tut. Il ne comprenait pas pourquoi, en l'espace de six mois et demi, il n'avait presque jamais pensé à l'amant de Léa.

Je ne suis qu'une grande folle, disait la lettre de Léa pieusement conservée par Charlotte Peloux.

« Une grande folle ? » Chéri secoua la tête. « C'est drôle, je ne la vois pas comme ça. Qu'est-ce qu'elle peut aimer, comme homme ? Un genre Patron ? Plutôt qu'un genre Desmond, naturellement... Un petit Argentin bien ciré ? encore... Mais tout de même... »

Il sourit avec naïveté : « En dehors de moi, qu'est-ce qui peut bien lui plaire ? »

Un nuage passa sur le soleil de mars et la chambre fut noire. Chéri appuya sa tête contre le mur. « Ma Nounoune... Ma Nounoune... tu m'as trompé ? Tu m'as salement trompé ?... Tu m'as fait ça ? »

Il fouettait son mal avec des mots et avec des images qu'il construisait péniblement, étonné et sans fureur. Il tâchait d'évoquer les jeux du matin, chez Léa, certains après-midi de plaisir long et parfaitement silencieux, chez Léa, — le sommeil délicieux de l'hiver dans le lit chaud et la chambre fraîche, chez Léa... Mais il ne voyait toujours aux bras de Léa, dans le jour couleur de cerise qui flambait derrière les rideaux de Léa, l'après-midi, qu'un seul amant : Chéri. Il se leva comme ressuscité dans un mouvement de foi spontanée :

— C'est bien simple ! Si je n'arrive pas à en voir un autre que moi auprès d'elle, c'est qu'il n'y en a pas d'autre !

Il saisit le téléphone, faillit appeler, puis raccrocha le récepteur doucement.

— Pas de blagues...

Il sortit, très droit, effaçant les épaules. Sa voiture découverte l'emmena chez le joaillier où il s'attendrit sur un petit bandeau fin, des saphirs d'un bleu brûlant dans une monture d'acier bleu invisible, « tout à fait une coiffure pour Edmée », qu'il emporta. Il acheta des fleurs un peu bêtes et cérémonieuses. Comme onze heures sonnaient à peine, il usa encore une demi-heure çà et là, dans une société de crédit où il prit de l'argent, près d'un kiosque où il feuilleta des illustrés anglais, dans un dépôt de tabacs orientaux, chez son parfumeur. Enfin, il remonta en voiture, s'assit entre sa gerbe et ses paquets noués de rubans.

— À la maison.

Le chauffeur se retourna dans son baquet :

— Monsieur ?... Monsieur m'a dit ?...

— J'ai dit : à la maison, boulevard d'Inkermann. Il vous faut un plan de Paris ?

La voiture s'élança vers les Champs-Élysées. Le chauffeur faisait du zèle et son dos plein de pensées semblait se pencher, inquiet, sur l'abîme qui séparait le jeune homme veule du mois passé, le jeune homme aux « si vous voulez » et aux « un glass, Antonin ? » de M. Peloux le fils, exigeant avec le personnel et attentif à l'essence.

« M. Peloux le fils », adossé au maroquin et le chapeau sur les genoux, buvait le vent et tendait toute sa volonté à ne pas penser. Il ferma lâchement les yeux, entre l'avenue Malakoff et la porte Dauphine, pour ne pas voir passer l'avenue Bugeaud, et se félicita : « J'en ai, du courage ! »

Le chauffeur corna, boulevard d'Inkermann, pour demander la porte qui chanta sur ses gonds avec une longue note grave et harmonieuse. Le concierge en casquette s'empressait, la voix des chiens de garde saluait l'odeur reconnue de celui qui arrivait. Très à l'aise, respirant le vert arôme des gazons tondus, Chéri entra dans la maison et monta d'un pas de maître vers la jeune femme qu'il avait quittée, trois mois auparavant, comme un marin d'Europe délaisse, de l'autre côté du monde, une petite épouse sauvage.

LÉA rejeta loin d'elle, sur le bureau ouvert, les photographies qu'elle avait tirées de la dernière malle : « Que les gens sont vilains, mon Dieu ! Et elles ont osé me donner ça. Et elles pensent que je vais les mettre en effigie sur ma cheminée, dans un cadre nickelé, peut-être, ou dans un petit portefeuille paravent ? Dans la corbeille aux papiers, oui, et en quatre morceaux ! »

Elle alla reprendre les photographies, et avant de les déchirer elle y jeta le plus dur regard dont fussent capables ses yeux bleus. Sur un fond noir de carte postale, une forte dame à corset droit voilait ses cheveux, et le bas de ses joues, d'un tulle soulevé par la brise. *À ma chère Léa, en souvenir des heures exquises de Guéthary : Anita*. Au centre d'un carton rugueux comme du torchis, une autre photographie groupait une famille, nombreuse et morne, une sorte de colonie pénitentiaire gouvernée par une aïeule basse sur pattes, fardée, qui élevait en l'air un tambourin de cotillon et posait un pied sur le genou tendu d'une sorte de jeune boucher robuste et sournois.

« Ça ne mérite pas de vivre », décida Léa en cassant le carton torchis.

Une épreuve non collée qu'elle déroula remit devant elle ce couple âgé de demoiselles provinciales, excentriques, criardes, batailleuses, assises tous les matins sur un banc de promenade méridional, tous les soirs entre un verre de cassis et le carré de soie où elles brodaient un chat noir, un crapaud, une araignée : *À notre jolie fée ! ses petites camarades du Trayas, Miquette et Riquette.*

Léa détruisit ces souvenirs de voyage et passa la main sur son front :

« C'est horrible. Et après celles-là, comme avant celles-là, d'autres, — d'autres qui ressembleront à celles-là. Il n'y a rien à y faire. C'est comme ça. Peut-être que, partout où il y a une Léa, sortent de terre des espèces de Charlotte Peloux, de La Berche, d'Aldonza, des vieux affreux qui ont été des jeunes beaux, des gens, enfin, des gens impossibles, impossibles, impossibles...

Elle entendit, dans son souvenir récent, des voix qui l'avaient hélée sur des perrons d'hôtel, qui avaient crié vers elle, de loin : « hou-hou ! » sur des plages blondes, et elle baissa le front, d'un mouvement taurin et hostile.

Elle revenait, après six mois, un peu maigrie et amollie, moins sereine. Un tic bougon abaissait parfois son menton sur son col, et des teintures de rencontre avaient allumé dans ses cheveux une flamme trop rouge. Mais son teint, ambré, fouetté par le soleil et la mer, fleurissait comme celui d'une belle fermière et eût pu se passer de fard. Encore fallait-il draper prudemment, sinon cacher tout à fait le cou flétri, cerclé de grands plis où le hâle n'avait pu pénétrer.

Assise, elle s'attardait à des rangements menus et cherchait autour d'elle, comme elle eût cherché un meuble disparu, son ancienne activité, sa promptitude à parcourir son douillet domaine.

— Ah ! ce voyage, soupira-t-elle. Comment ai-je pu... Que c'est fatigant !

Elle fronça les sourcils et fit sa nouvelle moue bougonne, en constatant qu'on avait brisé la vitre d'un petit tableau de Chaplin, une tête de jeune fille, rose et argentée, que Léa trouvait ravissante.

« Et un accroc large comme les deux mains dans le rideau d'application... Et je n'ai encore vu que ça... Où avais-je la tête de m'en aller si longtemps ? Et en l'honneur de qui ?... Comme si je n'aurais pas pu passer mon chagrin ici, bien tranquillement. »

Elle se leva pour aller sonner, rassembla les mousselines de son peignoir en s'apostrophant crûment :

— Vieux trottin, va...

La femme de chambre entra, chargée de lingeries et de bas de soie :

— Onze heures, Rose. Et ma figure qui n'est pas faite ! Je suis en retard...

— Madame n'a rien qui la presse. Madame n'a plus ces demoiselles Mégret pour traîner Madame en excursion et venir dès le matin pour cueillir toutes les roses de la maison. Ce n'est plus M. Roland qui fera endêver Madame en lui jetant des petits graviers dans sa chambre...

— Rose, il y a de quoi nous occuper dans la maison. Je ne sais pas si trois déménagements valent un incendie, mais je suis sûre que six mois d'absence valent une inondation. Tu as vu le rideau de dentelle ?

— C'est rien... Madame n'a pas vu la lingerie : des crottes de souris partout et le parquet mangé. Et c'est tout de même bien curieux que je laisse à Émerancie vingt-huit essuie-verres et que j'en retrouve vingt-deux.

— Non ?

— C'est comme je dis à Madame.

Elles se regardèrent avec une indignation égale, attachées toutes deux à cette maison confortable, assourdie de tapis et de soieries, à ses armoires pleines et à ses sous-sols ripolinés. Léa se claqua le genou de sa forte main :

— Ça va changer, mon petit ! Si Ernest et Émerancie ne veulent pas leurs huit jours, ils retrouveront les six essuie-verres. Et ce grand idiot de Marcel, tu lui avais bien écrit de revenir ?

— Il est là, Madame.

Prompte à se vêtir, Léa ouvrit les fenêtres et s'accouda pour contempler complaisamment son avenue aux arbres renaissants. Plus de vieilles filles flatteuses et plus de M. Roland, ce lourd et athlétique jeune homme de Cambo...

— Ah ! l'imbécile... soupira-t-elle.

Mais elle pardonnait à ce passant sa niaiserie, et ne lui faisait grief que d'avoir déplu. Dans sa mémoire de femme saine au corps oublieux, M. Roland n'était plus qu'une forte bête un peu ridicule, et qui s'était montrée si maladroite... Léa eût nié, à présent, qu'un flot aveuglant de larmes — certain soir de pluie où l'averse roulait parfumée sur des géraniums rosat — lui avait caché M. Roland, un instant, derrière l'image de Chéri...

La brève rencontre ne laissait à Léa ni regrets, ni gêne. L'« imbécile » et sa vieille follette de mère auraient trouvé chez elle, après comme avant, dans la villa louée à Cambo, les goûters bien servis, les rockings sur le balcon de bois, le confort aimable que savait dispenser Léa et dont elle tirait fierté. Mais l'imbécile, blessé, s'en était allé, laissant Léa aux soins d'un raide et bel officier grisonnant qui prétendait épouser « Mme de Lonval ».

— Nos âges, nos fortunes, nos goûts d'indépendance et de mondanité, tout ne nous destine-t-il pas l'un à l'autre ? disait à Léa le colonel resté mince.

Elle riait, elle prenait du plaisir à la compagnie de cet homme assez sec qui mangeait bien et buvait sans se griser. Il s'y trompa, lut dans les beaux yeux bleus, dans le sourire confiant et prolongé de son hôtesse, le consentement qu'elle tardait à donner... Un geste précis marqua la fin de leur amitié commençante, que

Léa regretta en s'accusant honnêtement dans son for intérieur.

« C'est ma faute ! On ne traite pas un colonel Ypoustègue, d'une vieille famille basque, comme un M. Roland. Pour l'avoir remisé, je l'ai ce qui s'appelle remisé... Il aurait agi en homme chic et en homme d'esprit s'il était revenu le lendemain, dans son break, fumer un cigare chez moi et lutiner mes vieilles filles... »

Elle ne s'avisait pas qu'un homme mûr accepte un congé, mais non pas certains coups d'œil qui le jaugent physiquement, qui le comparent clairement à un autre, à l'inconnu, à l'invisible...

Léa, embrassée à l'improviste, n'avait pas retenu ce terrible et long regard de la femme qui sait à quelles places l'âge impose à l'homme sa flétrissure : des mains sèches et soignées, sillonnées de tendons et de veines, ses yeux remontèrent au menton détendu, au front barré de rides, revinrent cruellement à la bouche prise entre des guillemets de rides... Et toute la distinction de la « baronne de Lonval » creva dans un :

— Ah ! là là !... si outrageant, si explicite et populacier, que le beau colonel Ypoustègue passa le seuil pour la dernière fois.

« Mes dernières idylles », songeait Léa accoudée à la fenêtre. Mais le beau temps parisien, l'aspect de la cour propre et sonore et des lauriers en boules rondes dans leurs caisses vertes, la bouffée tiède et odorante qui s'évadait de la chambre en caressant sa nuque, la remplissaient peu à peu de malice et de bonne humeur. Des silhouettes de femmes passaient, descendant vers le Bois. « Voilà encore les jupes qui changent », constata Léa, « et les chapeaux qui montent ». Elle projeta des visites chez le couturier, chez Lewis, une brusque envie d'être belle la redressa.

— Belle ? Pour qui ? Tiens, pour moi. Et puis, pour vexer la mère Peloux.

Léa n'ignorait pas la fuite de Chéri, mais elle ne savait que sa fuite. Tout en blâmant les procédés de police de Mme Peloux, elle tolérait qu'une jeune vendeuse de modes, qu'elle gâtait, épanchât sa gratitude adroite en potins versés dans l'oreille de Léa pendant l'essayage, ou consignés avec « mille mercis pour les exquis chocolats » en travers d'une grande feuille à en-tête commercial. Une carte postale de la vieille Lili avait rejoint Léa à Cambo, carte postale où la folle aïeule, sans points ni virgules et d'une écriture tremblée, contait une incompréhensible histoire d'amour, d'évasion, de jeune épouse séquestrée à Neuilly...

« Il faisait un temps pareil, se rappela Léa, le matin où je lisais la carte postale de la vieille Lili, dans mon bain, à Cambo... »

Elle revoyait la salle de bains jaune, le soleil dansant sur l'eau et au plafond. Elle entendait les échos de la villa mince et sonore rejeter un grand éclat de rire assez féroce et pas très spontané, le sien, puis les appels qui l'avaient suivi : « Rose !... Rose !... »

Les épaules et les seins hors de l'eau, ressemblant plus que jamais — ruisselante et robuste et son bras magnifique étendu — à une figure de fontaine, elle agitait au bout de ses doigts le carton humide :

— Rose, Rose ! Chéri... M. Peloux a fichu le camp ! Il a laissé sa femme !

— Madame ne m'en voit pas surprise, disait Rose ; le divorce sera plus gai que le mariage, où ils portaient tous le diable en terre...

Cette journée-là, une hilarité incommode accompagna Léa :

— Ah ! mon poison d'enfant ! Ah ! le mauvais gosse ! Voyez-vous !...

Et elle secouait la tête en riant tout bas, comme fait une mère dont le fils a découché pour la première fois...

Un phaéton verni fila devant la grille, étincela et disparut, presque silencieux sur ses roues caoutchoutées et les pieds fins de ses trotteurs.

— Tiens, Spéleïeff, constata Léa. Brave type. Et voilà Merguilier sur son cheval pie : 11 heures. Berthellemy-le-Desséché va suivre et aller dégeler ses os au Sentier de la vertu... C'est curieux ce que les gens peuvent faire la même chose toute la vie. On croirait que je n'ai pas quitté Paris si Chéri était là. Mon pauvre Chéri, c'est fini de lui, à présent. La noce, les femmes, manger à n'importe quelle heure, boire trop... C'est dommage. Qui sait s'il n'aurait pas fait un brave homme, s'il avait seulement eu une bonne petite gueule rose de charcutier et les pieds plats ?...

Elle quitta la fenêtre en frottant ses coudes engourdis, haussa les épaules : « On sauve Chéri une fois, mais pas deux. » Elle polit ses ongles, souffla : « ha » sur une bague ternie, mira de près le rouge mal réussi de ses cheveux et leurs racines blanchissantes, nota quelques lignes sur un carnet. Elle agissait très vite et moins posément que d'habitude, pour lutter contre une atteinte sournoise d'anxiété qu'elle connaissait bien et qu'elle nommait — niant jusqu'au souvenir de son chagrin — son mal de cœur moral. Elle eut envie, en peu d'instants et par saccades, d'une victoria bien suspendue, attelée d'un cheval de douairière, puis d'une automobile extrêmement rapide, puis d'un mobilier de salon Directoire. Elle songea même à modifier sa coiffure qu'elle portait haute depuis vingt ans et dégageant la nuque. « Un petit rouleau bas, comme La Vallière ?... Ça me permettrait d'aborder les robes à ceinture lâche de cette année. En somme, avec un régime et mon henné bien refait, je peux prétendre encore à dix, — non, mettons cinq ans, de... »

Un effort la remit en plein bon sens, en plein orgueil lucide.

« Une femme comme moi n'aurait pas le courage de finir ? Allons, allons, nous en avons eu, ma belle, pour notre grade. » Elle toisait la grande Léa debout, les mains aux hanches et qui lui souriait.

« Une femme comme ça ne fait pas une fin dans les bras d'un vieux. Une femme comme ça, qui a eu la chance de ne jamais salir ses mains ni sa bouche sur une créature flétrie !... Oui, la voilà, la "goule" qui ne veut que de la chair fraîche... »

Elle appela dans son souvenir les passants et les amants de sa jeunesse préservée des vieillards, et se trouva pure, fière, dévouée depuis trente années à des jouvenceaux rayonnants ou à des adolescents fragiles.

« Et c'est à moi qu'elle doit beaucoup, cette chair fraîche ! Combien sont-ils à me devoir leur santé, leur beauté, des chagrins bien sains et des laits de poule pour leurs rhumes, et l'habitude de faire l'amour sans négligence et sans monotonie ?... Et j'irais maintenant me pourvoir, pour ne manquer de rien dans mon lit, d'un vieux Monsieur de... de... »

Elle chercha et décida avec une inconscience majestueuse :

« Un vieux Monsieur de quarante ans ? »

Elle essuya l'une contre l'autre ses longues mains bien faites et se détourna dans une volte dégoûtée :

« Pouah ! Adieu tout, c'est plus propre. Allons acheter des cartes à jouer, du bon vin, des marques de bridge, des aiguilles à tricoter, tous les bibelots qu'il faut pour boucher un grand trou, tout ce qu'il faut pour déguiser le monstre — la vieille femme... »

En fait d'aiguilles à tricoter, elle eut maintes robes, et des sauts-de-lit comme des nuées à l'aurore. Le pédicure chinois vint une fois la semaine ; la manucure deux fois et la masseuse tous les jours. On vit Léa au théâtre, et avant le théâtre dans des restaurants qu'elle ne fréquentait pas du temps de Chéri.

Elle accepta que des jeunes femmes et leurs amis, que Kühn, son ancien tailleur retiré des affaires, l'invitassent dans leur loge ou à leur table. Mais les jeunes femmes lui témoignèrent une déférence qu'elle ne requérait pas et Kühn l'appela « ma chère amie », à quoi elle lui répondit dès la première agape :

— Kühn, décidément, ça ne vous va pas d'être client.

Elle rejoignit, comme on se réfugie, Patron, arbitre et directeur d'une entreprise de boxe. Mais Patron était marié à une jeune tenancière de bar, petite, terrible et jalouse autant qu'un ratier. Jusqu'à la place d'Italie Léa risqua, pour retrouver le sensible athlète, sa robe couleur de saphir sombre alourdie d'or, ses paradis, ses bijoux imposants, ses cheveux d'acajou neuf. Elle respira l'odeur de sueur, de vinaigre et de térébenthine qu'exhalaient les « espoirs » entraînés par Patron et s'en alla, sûre de ne jamais revoir la salle vaste et basse où sifflait le gaz vert.

Ces essais qu'elle fit pour rentrer dans la vie remuante des désœuvrés lui coûtèrent une fatigue qu'elle ne comprenait pas.

— Qu'est-ce que j'ai donc ?

Elle tâtait ses chevilles un peu gonflées le soir, mirait ses fortes dents à peine menacées de déchaussement, tâtait du poing, comme on percute un tonneau, ses poumons logés au large, son estomac joyeux. Quelque chose d'indicible, en elle, penchait, privé d'un étai absent, et l'entraînait tout entière. La baronne de la Berche, rencontrée dans un « zinc » où elle arrosait, d'un vin blanc de cochers, deux douzaines d'escargots, apprit enfin à Léa le retour de l'enfant prodigue au bercail, et l'aube d'un nouvel astre de miel sur le boulevard d'Inkermann. Léa écouta cette histoire morale avec indifférence. Mais elle pâlit d'une émotion pénible, le jour d'après, en reconnaissant une limousine bleue devant sa grille et Charlotte Peloux qui traversait la cour.

— Enfin ! Enfin ! Je te retrouve ! Ma Léa ! ma grande ! Plus belle que jamais ! Plus mince que l'an dernier ! Attention, ma Léa, pas trop maigrir à nos âges ! Comme ça, mais pas plus ! Et même... Mais quel plaisir de te revoir !

Jamais la voix blessante n'avait paru si douce à Léa. Elle laissait parler Mme Peloux, rendait grâce à ce flot acide qui lui donnait du temps. Elle avait assis Charlotte Peloux dans un fauteuil bas sur pattes, sous la douce lumière du petit salon aux murs de soieries peintes, comme autrefois. Elle-même venait de reprendre machinalement la chaise à dossier raide qui l'obligeait à effacer les épaules et à relever le menton, comme autrefois. Entre elles, la table nappée d'une rugueuse broderie ancienne portait, comme autrefois, la grosse carafe taillée à demi pleine de vieille eau-de-vie, les verres en calices vibrants, minces comme une feuille de mica, l'eau glacée et les biscuits sablés...

— Ma grande ! On va pouvoir se revoir tranquillement, tranquillement, pleurait Charlotte. Tu connais ma devise : fichez la paix à vos amis quand vous êtes dans les ennuis, ne leur faites part que de votre bonheur. Tout le temps que Chéri a fait l'école buissonnière, c'est exprès que je ne t'ai pas donné signe de vie, tu m'entends ! À présent que tout va bien, que mes enfants sont heureux, je te le crie, je me jette dans tes bras, et nous recommençons notre bonne vie...

Elle s'interrompit, alluma une cigarette, habile à ce genre de suspension autant qu'une actrice :

— ... sans Chéri, naturellement.

— Naturellement, acquiesça Léa en souriant.

Elle contemplait, écoutait sa vieille ennemie avec une satisfaction ébahie. Ces grands yeux inhumains, cette bouche bavarde, ce bref corps replet et remuant, tout cela, en face d'elle, n'était venu que pour mettre sa fermeté à l'épreuve, l'humilier comme autrefois, toujours comme autrefois. Mais comme autrefois Léa saurait répondre, mépriser, sourire, se redresser. Déjà ce poids triste qui la chargeait hier et les jours d'avant semblait fondre. Une lumière normale, connue, baignait le salon et jouait dans les rideaux.

« Voilà, songea Léa allégrement. Deux femmes un peu plus vieilles que l'an passé, la méchanceté habituelle et les propos routiniers, la méfiance bonasse, les repas en commun ; des journaux financiers le matin, des potins scandaleux l'après-midi, — il faut bien recommencer tout ça puisque c'est la vie, puisque c'est ma vie. Des Aldonza et des La Berche, et des Lili et quelques vieux Messieurs sans foyer, tout le lot serré autour d'une table à jeu, où le verre de fine et le jeu de cartes vont voisiner, peut-être, avec une paire de petits chaussons, commencés pour un enfant qui vivra bientôt... Recommençons, puisque c'est dans l'ordre. Allons-y gaiement, puisque j'y tombe à l'aise comme dans l'empreinte d'une chute ancienne... »

Et elle s'installa, les yeux clairs et la bouche détendue, pour écouter Charlotte Peloux qui parlait avidement de sa belle-fille.

— Tu le sais, toi, ma Léa, si l'ambition de toute ma vie a été la paix et la tranquillité ? Eh bien, je les ai maintenant. La fugue de Chéri, en somme, c'est une gourme qu'il a jetée. Loin de moi l'idée de te le reprocher, ma Léa, mais reconnais que de dix-neuf à vingt-cinq ans, il n'a guère eu le temps de mener la vie de garçon ! Eh bien, il l'a menée trois mois, quoi, la vie de garçon ! La belle affaire !

— Ça vaut même mieux, dit Léa sans perdre son sérieux. C'est une assurance qu'il donne à sa jeune femme.

— Juste, juste le mot que je cherchais ! glapit Mme Peloux, radieuse. Une assurance ! Depuis ce jour-là, le rêve ! Et tu sais, quand un Peloux rentre dans sa maison après avoir fait la bombe, il n'en ressort plus !

— C'est une tradition de famille ? demanda Léa.

Mais Charlotte ne voulut rien entendre.

— D'ailleurs, il y a été bien reçu, dans sa maison. Sa petite femme, ah ! en voilà une, Léa... Tu sais si j'en ai vu, des petites femmes, eh bien je n'en ai pas vu une qui dame le pion à Edmée.

— Sa mère est si remarquable, dit Léa.

— Songe, songe, ma grande, que Chéri venait de me la laisser sur les bras pendant près de trois mois, — entre parenthèses, elle a eu de la chance que je sois là !

— C'est précisément ce que je pensais, dit Léa.

— Eh bien, ma chère, pas une plainte, pas une scène, pas une démarche maladroite, rien, rien ! La patience même, la douceur, un visage de sainte, de sainte !

— C'est effrayant, dit Léa.

— Et tu crois que quand notre brigand d'enfant s'est amené un matin, tout souriant, comme s'il venait de faire un tour au Bois, tu crois qu'elle se serait permis une remarque ? Rien ! Pas ça ! Aussi lui qui, au fond, devait se sentir un peu gêné...

— Oh ! pourquoi ? dit Léa.

— Tout de même, voyons... Il a trouvé l'accueil charmant, et l'accord s'est fait dans leur chambre à coucher, pan, comme ça et sans attendre. Ah ! je t'assure, il n'y a pas eu dans le monde, pendant cette heure-là, une femme plus heureuse que moi !

— Sauf Edmée, peut-être, suggéra Léa.

Mais Mme Peloux était toute âme et eut un superbe mouvement d'ailerons :

— À quoi vas-tu penser ? Moi, je ne pensais qu'au foyer reconstruit.

Elle changea de ton, plissa l'œil et la lèvre :

— D'ailleurs, je ne la vois pas bien, cette petite, dans le grand délire, et poussant le cri de l'extase. Vingt ans et des salières, peuh... à cet âge-là on bégaie. Et puis, entre nous, je crois sa mère froide.

— Ta religion de la famille t'égare, dit Léa.

Charlotte Peloux montra candidement le fond de ses grands yeux où on ne lisait rien.

— Non pas, non pas ! l'hérédité, l'hérédité ! J'y crois. Ainsi mon fils qui est la fantaisie même... Comment, tu ne sais pas qu'il est la fantaisie même ?

— J'aurais oublié, s'excusa Léa.

— Eh bien, je crois en l'avenir de mon fils. Il aimera son intérieur comme je l'aime, il gérera sa fortune, il aimera ses enfants comme je l'ai aimé...

— Ne prévois donc pas tant de choses tristes ! pria Léa. Comment est-il, leur intérieur, à ces jeunes gens ?

— Sinistre, piaula Mme Peloux. Sinistre ! Des tapis violets ! Violets ! Une salle de bains noir et or. Un salon sans meubles, plein de vases chinois gros comme moi ! Aussi, qu'est-ce qui arrive : ils ne quittent plus Neuilly. D'ailleurs, sans fatuité, la petite m'adore.

— Elle n'a pas eu de troubles nerveux ? demanda Léa avec sollicitude.

L'œil de Charlotte Peloux étincela :

— Elle ? pas de danger, nous avons affaire à forte partie.

— Qui ça, nous ?

— Pardon, ma grande, l'habitude... Nous sommes en présence de ce que j'appellerai un cerveau, un véritable cerveau. Elle a une manière de donner des ordres sans élever la voix, d'accepter les boutades de Chéri, d'avaler les couleuvres comme si c'était du lait sucré... Je me demande vraiment, je me demande s'il n'y a pas là, dans l'avenir, un danger pour mon fils. Je crains, ma Léa, je crains qu'elle n'arrive à éteindre trop cette nature si originale, si...

— Quoi ? il file doux ? interrompit Léa. Reprends de ma fine, Charlotte, c'est de celle de Spéleïeff, elle a soixante-quatorze ans, on la donnerait à des bébés...

— Filer doux n'est pas le mot, mais il est... inter... impertur...

— Imperturbable ?

— Tu l'as dit. Ainsi, quand il a su que je venais te voir...

— Comment, il le sait ?

Un sang impétueux bondit aux joues de Léa, et elle maudit son émotion fougueuse et le jour clair du petit salon. Mme Peloux, l'œil suave, se repaissait du trouble de Léa.

— Mais bien sûr, il le sait. Faut pas rougir pour ça, ma grande ! Es-tu enfant !

— D'abord, comment as-tu su que j'étais revenue ?

— Oh, voyons, Léa, ne pose pas de questions pareilles. On t'a vue partout...

— Oui, mais Chéri, tu le lui as dit, alors que j'étais revenue ?

— Non, ma grande, c'est lui qui me l'a appris.

— Ah, c'est lui qui... C'est drôle.

Elle entendait son cœur battre dans sa voix et ne risquait pas de phrases longues.

— Il a même ajouté : « Madame Peloux, vous me ferez plaisir en allant prendre des nouvelles de Nounoune. » Il t'a gardé une telle affection, cet enfant !

— C'est gentil !

Mme Peloux, vermeille, semblait s'abandonner aux suggestions de la vieille eau-de-vie et parlait comme en songe, en balançant la tête. Mais son œil mordoré demeurait ferme, acéré, et guettait Léa qui, droite, cuirassée contre elle-même, attendait elle ne savait quel coup...

— C'est gentil, mais c'est bien naturel. Un homme n'oublie pas une femme comme toi, ma Léa. Et... veux-tu tout mon sentiment ? tu n'aurais qu'un signe à faire pour que...

Léa posa une main sur le bras de Charlotte Peloux :

— Je ne veux pas tout ton sentiment, dit-elle avec douceur.

Mme Peloux laissa tomber les coins de sa bouche :

— Oh ! je te comprends, je t'approuve, soupira-t-elle d'une voix morne. Quand on a arrangé comme toi sa vie autrement... Je ne t'ai même pas parlé de toi !

— Mais il m'a bien semblé que si...

— Heureuse ?

— Heureuse.

— Grand amour ? Beau voyage ?... *Il* est gentil ? Où est sa photo ?...

Léa, rassurée, aiguisait son sourire et hochait la tête :

— Non, non, tu ne sauras rien ! Cherche !... Tu n'as donc plus de police, Charlotte ?

— Je ne me fie à aucune police, répliqua Charlotte. Ce n'est pas parce que celui-ci et celle-là m'auront raconté... que tu as éprouvé une nouvelle déception... que tu as eu de gros ennuis, même d'argent... Non ! non, moi, les ragots, tu sais ce que j'en fais !

— Personne ne le sait mieux que moi. Ma Lolotte, pars sans une inquiétude. Dissipe celles de nos amis. Et souhaite-leur d'avoir réalisé la moitié du sac que j'ai fait sur les pétroles, de décembre à février.

Le nuage alcoolique qui adoucissait les traits de Mme Peloux s'envola ; elle montra un visage net, sec, réveillé :

— Tu étais sur les pétroles ! J'aurais dû m'en douter ! Et tu ne me l'as pas dit !

— Tu ne me l'as pas demandé... Tu ne pensais qu'à ta famille, c'est bien naturel...

— Je pensais aussi aux briquettes comprimées, heureusement, flûta la trompette étouffée.

— Ah ! tu ne me l'as pas dit non plus.

— Troubler un rêve d'amour ? jamais ! Ma Léa, je m'en vais, mais je reviendrai.

— Tu reviendras le jeudi, parce qu'à présent, ma Lolotte, tes dimanches de Neuilly... finis pour moi. Veux-tu qu'on fasse des petits jeudis ici ? Rien que des bonnes amies, la mère Aldonza, notre Révérend Père la Baronne, — ton poker, enfin, et mon tricot...

— Tu tricotes ?

— Pas encore, mais ça va venir. Hein ?

— J'en saute de joie ! Regarde-moi si je saute ! Et tu sais, je n'en ouvre la bouche à personne, à la maison : le petit serait capable de venir te demander un verre de porto, le jeudi ! Une bise encore, ma grande... Dieu, que tu sens bon ! Tu as remarqué que lorsqu'on arrive à avoir la peau moins tendue, le parfum y pénètre mieux ? C'est bien agréable.

« Va, va... » Léa frémissante suivait du regard Mme Peloux qui traversait la cour. « Va vers tes méchants projets ! Rien ne t'en empêchera. Tu te tords le pied ? Oui, mais tu ne tomberas pas. Ton chauffeur qui est prudent ne dérapera pas, et ne jettera pas ta voiture contre un arbre. Tu arriveras à Neuilly, et tu choisiras ton moment — aujourd'hui, demain, la semaine prochaine — pour dire les paroles que tu ne devrais jamais prononcer. Tu essaieras de troubler ceux qui sont peut-être en repos. Le moins que tu puisses commettre, c'est de les faire un peu trembler, comme moi, passagèrement... »

Elle tremblait des jambes comme un cheval après la côte, mais elle ne souffrait pas. Le soin qu'elle avait pris d'elle-même et de ses répliques la réjouissait. Une vivacité agréable demeurait à son teint, à son regard, et elle pétrissait son mouchoir parce qu'il lui restait de la force à dépenser. Elle ne pouvait détacher sa pensée de Charlotte Peloux.

« Nous nous sommes retrouvées », se dit-elle, « comme deux chiens retrouvent la pantoufle qu'ils ont l'habitude de déchirer. Comme c'est bizarre ! Cette femme est mon ennemie et c'est d'elle que me vient le réconfort. Comme nous sommes liées... »

Elle rêva longtemps, craignant tour à tour et acceptant son sort. La détente de ses nerfs lui donna un sommeil bref. Assise et la joue appuyée, elle pénétra en songe dans sa vieillesse toute proche, imagina ses jours l'un à l'autre pareils, se vit en face de Charlotte Peloux et préservée longtemps, par une rivalité vivace qui raccourcissait les heures, de la nonchalance dégradante qui conduit les femmes mûres à négliger d'abord le corset, les teintures ensuite, enfin les lingeries fines. Elle goûta par avance les plaisirs scélérats du vieillard qui ne sont que lutte secrète, souhaits homicides, espoirs vifs et sans cesse reverdissants en des catastrophes qui n'épargneraient qu'un seul être, un seul point du monde, — et s'éveilla, étonnée, dans la lumière d'un crépuscule rose et pareil à l'aube.

— Ah ! Chéri... soupira-t-elle.

Mais ce n'était plus l'appel rauque et affamé de l'autre année, ni les larmes, ni cette révolte de tout le corps, qui souffre et se soulève quand un mal de l'esprit le veut détruire... Léa se leva, frotta sa joue gaufrée par la broderie du coussin...

« Mon pauvre Chéri... Est-ce drôle de penser qu'en perdant, toi ta vieille maîtresse usée, moi mon scandaleux jeune amant, nous avons perdu ce que nous possédions de plus honorable sur la terre... »

Deux jours passèrent après la visite de Charlotte Peloux. Deux jours gris qui furent longs à Léa et qu'elle supporta patiemment, avec une âme d'apprentie. « Puisqu'il faudra vivre ainsi », se disait-elle, « commençons ». Mais elle y mettait de la maladresse et une sorte d'application superflue bien propre à décourager son noviciat. Le second jour elle avait voulu sortir, aller à pied jusqu'aux lacs, vers onze heures du matin.

« J'achèterai un chien », projeta-t-elle. « Il me tiendra compagnie et m'obligera à marcher. » Et Rose avait dû chercher, au fond des placards d'été, une paire de bottines jaunes à semelles fortes, un costume un peu bourru qui sentait l'alpe et la forêt. Léa sortit, avec l'allure résolue qu'imposent, à ceux qui les portent, certaines chaussures et certains vêtements d'étoffe rude.

« Il y a dix ans, j'aurais risqué une canne », se dit-elle. Encore tout près de sa maison, elle entendit derrière elle un pas léger et rapide qu'elle crut reconnaître. Une crainte stupéfiante, qu'elle n'eut pas le temps de chasser, l'engourdit presque et ce fut malgré elle qu'elle se laissa rejoindre, puis distancer, par un inconnu jeune et pressé qui ne la regarda pas.

Elle respira, soulagée :

— Je suis trop bête !

Elle acheta un œillet sombre pour sa jaquette et repartit. Mais devant elle, à trente pas, plantée droite dans la brume diaphane qui couvrait les gazons de l'avenue, une silhouette masculine attendait.

« Pour le coup, je connais cette coupe de veston et la façon de faire tournoyer la canne... Ah ! non, merci, je ne veux pas qu'il me revoie chaussée comme un facteur et avec une jaquette épaisse qui me grossit. À tant faire que de le rencontrer, j'aime mieux qu'il me voie autrement, lui qui n'a jamais pu supporter le marron, d'abord... Non, non, je rentre, je... »

À ce moment l'homme qui attendait héla un taxi vide, y monta et passa devant Léa ; c'était un jeune homme blond qui portait une petite moustache courte. Mais Léa ne sourit pas et n'eut plus de soupir d'aise, elle tourna les talons et rentra chez elle.

— Une de ces flemmes, Rose... Donne-moi mon tea-gown fleur de pêcher, le nouveau, et la grande chape brodée sans manches. J'étouffe dans tous ces lainages.

« Ce n'est pas la peine d'insister », songeait Léa. « Deux fois de suite, ce n'était pas Chéri ; la troisième fois ç'aurait été lui. Je connais ces petites embûches-là. Il n'y a rien à faire contre, et aujourd'hui je ne me sens pas d'attaque, je suis molle. »

Elle se remit, toute la journée, à ses patients essais de solitude. Cigarettes et journaux l'amusèrent, après le déjeuner, et elle accueillit avec une courte joie un coup de téléphone de la baronne de La Berche, puis un autre de Spéleïeff, son ancien amant, le beau maquignon, qui l'avait vue passer la veille et offrit de lui vendre une paire de chevaux.

Il y eut ensuite une longue heure de silence total, à faire peur.

« Voyons, voyons... »

Elle marchait, les mains aux hanches, suivie par la traîne magnifique d'une grande chape brodée d'or et de roses qui laissait ses bras nus.

« Voyons, voyons... tâchons de nous rendre compte. Ce n'est pas au moment où ce gosse ne me tient plus au cœur que je vais me laisser démoraliser. Il y a six mois que je vis seule. Dans le Midi, je m'en tirais très bien. D'abord, je changeais de place. Et ces relations de Riviera ou des Pyrénées avaient du bon, leur départ me laissait une telle impression de fraîcheur... Des cataplasmes d'amidon sur une brûlure : ça ne guérit pas, mais ça soulage à condition de les renouveler tout le temps. Mes six mois de déplacements, c'est l'histoire de l'horrible Sarah Cohen, qui a épousé un monstre : "Chaque fois que je le regarde, dit-elle, je crois que je suis jolie." »

« Mais avant ces six mois-là, je savais ce que c'était que de vivre seule. Comment est-ce que j'ai vécu, après que j'ai quitté Spéleïeff, par exemple ? Ah oui, on s'est baladés ferme dans des bars et des bistrots avec Patron, et tout de suite j'ai eu Chéri. Mais avant Spéleïeff, le petit Lequellec m'a été arraché par sa famille qui le mariait... pauvre petit, ses beaux yeux pleins de larmes... Après lui, je suis restée seule quatre mois, je me rappelle. Le premier mois, j'ai bien pleuré ! Ah ! non, c'est pour Bacciocchi que j'ai tant pleuré. Mais quand j'ai eu fini de pleurer, on ne pouvait plus me tenir tant j'étais contente d'être seule. Oui ! Mais à l'époque de Bacciocchi j'avais vingt-huit ans, et trente après Lequellec, et entre eux, j'ai connu... peu importe. Après Spéleïeff, j'étais dégoûtée de tant d'argent mal dépensé. Tandis qu'après Chéri, j'ai... j'ai cinquante ans, et j'ai commis l'imprudence de le garder sept ans. »

Elle fronça le front, s'enlaidit par une moue maussade.

« C'est bien fait pour moi, on ne garde pas un amant sept ans à mon âge. Sept ans ! Il m'a gâché ce qui restait de moi. De ces sept ans-là, je pouvais tirer deux ou trois petits bonheurs si commodes, au lieu d'un grand regret... Une liaison de sept ans, c'est comme de suivre un mari aux colonies : quand on en revient, personne ne vous reconnaît et on ne sait plus porter la toilette. »

Pour ménager ses forces, elle sonna Rose et rangea avec elle la petite armoire aux dentelles. La nuit vint, qui fit éclore les lampes et rappela Rose aux soins de la maison.

« Demain », se dit Léa, « je demande l'auto et je file visiter le haras normand de Spéleïeff. J'emmène la mère La Berche si elle veut, ça lui évoquera ses anciens équipages. Et, ma foi, si le cadet Spéleïeff me fait de l'œil, je ne dis pas que... »

Elle se donna la peine de sourire d'un air mystérieux et tentateur, pour abuser les fantômes qui pouvaient errer autour de la coiffeuse et du lit formidable qui brillait dans l'ombre. Mais elle se sentait toute froide, et pleine de mépris pour la volupté d'autrui.

Son dîner de poisson fin et de pâtisseries fut une récréation. Elle remplaça le bordeaux par un champagne sec et fredonna en quittant la table. 11 heures la surprirent comme elle mesurait, avec une canne, la largeur des panneaux entre fenêtres de sa chambre, où elle projetait de remplacer tous les grands miroirs par des toiles anciennes, peintes de fleurs et de balustres. Elle bâilla, se gratta la tête et sonna pour sa toilette de nuit. Pendant que Rose lui enlevait ses longs bas de soie, Léa considérait sa journée vaincue, effeuillée dans le passé, et qui lui plaisait comme un pensum achevé. Abritée, pour la nuit, du péril de l'oisiveté, elle escomptait les heures de sommeil et celles de l'insomnie, car l'inquiet recouvre, avec la nuit, le droit de bâiller haut, de soupirer, de maudire la voiture du laitier, les boueux et les passereaux.

Durant sa toilette de nuit, elle agita des projets inoffensifs qu'elle ne réaliserait pas.

« Aline Mesmacker a pris un bar-restaurant et elle y fait de l'or... Évidemment, c'est une occupation, en même temps qu'un placement... Mais je ne me vois pas à la caisse, et si on prend une gérante, ce n'est plus la peine. Dora et la grosse Fifi tiennent ensemble une boîte de nuit, m'a dit la mère La Berche. C'est tout à fait la mode. Et elles mettent des faux cols et des jaquettes-smoking pour attirer une clientèle spéciale. La grosse Fifi a trois enfants à élever, c'est une excuse... Il y a aussi Kühn qui s'ennuie et qui prendrait bien mes capitaux pour fonder une nouvelle maison de couture... »

Toute nue et teintée de rose brique par les reflets de sa salle de bains pompéienne, elle vaporisait sur elle son parfum de santal, et dépliait avec un plaisir inconscient une longue chemise de soie.

« Tout ça, c'est des phrases. Je sais parfaitement que je n'aime pas travailler. Au lit, Madame ! Vous n'aurez jamais d'autre comptoir, et les clients sont partis. »

Elle s'enveloppa dans une gandoura blanche que sa doublure colorée imprégnait d'une lumière rose insaisissable et retourna à sa coiffeuse. Ses deux bras levés peignèrent et soutinrent ses cheveux durcis par la teinture, et encadrèrent son visage fatigué. Ils demeuraient si beaux, ses bras, de l'aisselle pleine et musclée jusqu'au poignet rond, qu'elle les contempla un moment.

« Belles anses, pour un si vieux vase ! »

Elle planta d'une main négligente un peigne blond sur sa nuque et choisit sans grand espoir un roman policier sur un rayon, dans un cabinet obscur. Elle n'avait pas le goût des reliures et ne s'était jamais déshabituée de reléguer ses livres au fond des placards, avec les cartons vides et les boîtes de pharmacie.

Comme elle lissait, penchée, la batiste fine et froide de son grand lit ouvert, le gros timbre de la cour retentit. Ce son grave, rond, insolite, offensa l'heure de minuit.

— Ça, par exemple... dit-elle tout haut.

Elle écoutait, la bouche entrouverte, en retenant son souffle. Un second coup parut plus ample encore que le premier et Léa courut, dans un geste instinctif de préservation et de pudeur, se poudrer le visage. Elle allait sonner Rose quand elle entendit la porte du perron claquer, un bruit de pas dans le vestibule et dans l'escalier, deux voix mêlées, celle de la femme de chambre et une autre voix. Elle n'eut pas le temps de prendre une résolution, la porte s'ouvrit sous une main brutale : Chéri était devant elle, en pardessus ouvert sur son smoking, le chapeau sur la tête, pâle et l'air mauvais.

Il s'adossa à la porte refermée et ne bougea pas. Il ne regardait pas particulièrement Léa mais toute la chambre, d'une manière errante et comme un homme que l'on va attaquer.

Léa, qui avait pourtant tremblé le matin pour une silhouette devinée dans le brouillard, ne ressentait pas encore d'autre trouble que le déplaisir d'une femme surprise à sa toilette. Elle croisa son peignoir, assujettit son peigne, chercha du pied une pantoufle tombée.

Elle rougit, mais quand le sang quitta ses joues, elle avait déjà repris l'apparence du calme. Elle releva la tête et parut plus grande que ce jeune homme accoté, tout noir, à la porte blanche.

— En voilà une manière d'entrer, dit-elle assez haut. Tu pourrais ôter ton chapeau, et dire bonjour.

— Bonjour, dit Chéri d'une voix rogue.

Le son de la voix sembla l'étonner, il regarda plus humainement autour de lui, une sorte de sourire descendit de ses yeux à sa bouche et il répéta avec douceur :

— Bonjour...

Il ôta son chapeau et fit deux ou trois pas.

— Je peux m'asseoir ?

— Si tu veux, dit Léa.

Il s'assit sur un pouf et vit qu'elle restait debout.

— Tu t'habillais ? Tu ne sors pas ?

Elle fit signe que non, s'assit loin de lui, prit un polissoir et ne parla pas. Il alluma une cigarette et demanda la permission de fumer après qu'elle fut allumée.

— Si tu veux, répéta Léa indifférente.

Il se tut et baissa les yeux. La main qui tenait sa cigarette tremblait légèrement, il s'en aperçut et reposa cette main sur le bord d'une table. Léa soignait ses ongles avec des mouvements lents et jetait de temps en temps un bref regard sur le visage de Chéri, surtout sur les paupières abaissées et la frange sombre des cils.

— C'est toujours Ernest qui m'a ouvert la porte, dit enfin Chéri.

— Pourquoi ne serait-ce pas Ernest ? Est-ce qu'il fallait changer mon personnel parce que tu te mariais ?

— Non... N'est-ce pas, je disais ça...

Le silence retomba. Léa le rompit.

— Puis-je savoir si tu as l'intention de rester longtemps sur ce pouf ? Je ne te demande même pas pourquoi tu te permets d'entrer chez moi à minuit...

— Tu peux me le demander, dit-il vivement.

Elle secoua la tête :

— Ça ne m'intéresse pas.

Il se leva avec force, faisant rouler le pouf derrière lui, et marcha sur Léa. Elle le sentit penché sur elle comme s'il allait la battre, mais elle ne recula pas. Elle pensait : « De quoi pourrais-je bien avoir peur, en ce monde ? »

— Ah ! tu ne sais pas ce que je viens faire ici ? Tu ne veux pas savoir ce que je viens faire ici ?

Il arracha son manteau, le lança à la volée sur la chaise longue et se croisa les bras, en criant de tout près dans la figure de Léa, sur un ton étouffé et triomphant :

— Je rentre !

Elle maniait une petite pince délicate qu'elle ferma posément avant de s'essuyer les doigts. Chéri retomba assis, comme s'il venait de dépenser toute sa force.

— Bon, dit Léa. Tu rentres. C'est très joli. Qui as-tu consulté pour ça ?

— Moi, dit Chéri.

Elle se leva à son tour pour le dominer mieux.

Les battements de son cœur calmé la laissaient respirer à l'aise et elle voulait jouer sans faute.

— Pourquoi ne m'as-tu pas demandé mon avis ? Je suis une vieille camarade qui connaît tes façons de petit rustre. Comment n'as-tu pas pensé qu'en entrant ici tu pouvais gêner... quelqu'un ?

La tête baissée, il inspecta horizontalement la chambre, ses portes closes, le lit cuirassé de métal et son talus d'oreillers luxueux. Il ne vit rien d'insolite, rien de nouveau et haussa les épaules. Léa attendait mieux et insista :

— Tu comprends ce que je veux dire ?

— Très bien, répondit-il. « Monsieur » n'est pas rentré ? « Monsieur » découche ?

— Ce ne sont pas tes affaires, petit, dit-elle tranquillement.

Il mordit sa lèvre et secoua nerveusement la cendre de sa cigarette dans une coupe à bijoux.

— Pas là-dedans, je te le dis toujours ! cria Léa. Combien de fois faudra-t-il que...

Elle s'interrompit en se reprochant d'avoir repris malgré elle le ton des disputes familières. Mais il n'avait pas paru l'entendre et examinait une bague, une émeraude achetée par Léa pendant son voyage.

— Qu'est-ce... qu'est-ce que c'est que ça ? bredouilla-t-il.

— Ça ? c'est une émeraude.

— Je ne suis pas aveugle ! Je veux dire : qui est-ce qui te l'a donnée ?

— Tu ne connais pas.

— Charmant ! dit Chéri, amer.

L'accent rendit à Léa toute son autorité et elle se permit le plaisir d'égarer un peu plus celui qui lui laissait l'avantage.

— N'est-ce pas qu'elle est charmante ? On m'en fait partout compliment. Et la monture, tu as vu, cette poussière de brillants qui...

— Assez ! gueula Chéri avec fureur, en abattant son poing sur la table fragile.

Des roses s'effeuillèrent au choc, une coupe de porcelaine glissa sans se briser sur l'épais tapis. Léa étendit vers le téléphone une main que Chéri arrêta d'un bras rude :

— Qu'est-ce que tu veux à ce téléphone ?

— Téléphoner au commissariat, dit Léa.

Il lui prit les deux bras, feignit la gaminerie en la poussant loin de l'appareil.

— Allez, allez, ça va bien, pas de blagues ! On ne peut rien dire sans que tout de suite tu fasses du drame...

Elle s'assit et lui tourna le dos. Il restait debout, les mains vides, et sa bouche entrouverte et gonflée était celle d'un enfant boudeur. Une mèche noire couvrait son sourcil. Dans un miroir, à la dérobée, Léa l'épiait ; mais il s'assit et son visage disparut du miroir. À son tour, Léa sentit, gênée, qu'il la voyait de dos, élargie par la gandoura flottante. Elle revint à sa coiffeuse, lissa ses cheveux, replanta son peigne, ouvrit comme par distraction un flacon de parfum. Chéri tourna la tête vers l'odeur.

— Nounoune ! appela-t-il.

Elle ne répondit pas.

— Nounoune !

— Demande pardon, commanda-t-elle sans se retourner.

Il ricana :

— Penses-tu !

— Je ne te force pas. Mais tu vas t'en aller. Et tout de suite...

— Pardon ! dit-il promptement, hargneux.

— Mieux que ça !

— Pardon, répéta-t-il tout bas.

— À la bonne heure !

Elle revint à lui, passa sur la tête inclinée une main légère :

— Allons, raconte.

Il tressaillit et secoua la caresse :

— Qu'est-ce que tu veux que je te raconte ? Ce n'est pas compliqué. Je rentre ici, voilà.

— Raconte, va, raconte.

Il se balançait sur son siège en serrant ses mains entre ses genoux, et levait la tête vers Léa mais sans la regarder. Elle voyait battre les narines blanches de Chéri, elle entendait une respiration rapide qui essayait de se discipliner. Elle n'eut qu'à dire encore une fois : « Allons, raconte... » et à le pousser du doigt comme pour le faire tomber. Il appela :

— Nounoune chérie ! Nounoune chérie ! et se jeta contre elle de toutes ses forces, étreignant les hautes jambes qui plièrent. Assise, elle le laissa glisser à terre et se rouler sur elle avec des larmes, des paroles désordonnées, des mains tâtonnantes qui s'accrochaient à ses dentelles, à son collier, cherchaient sous la robe la forme de son épaule et la place de son oreille sous les cheveux.

— Nounoune chérie ! je te retrouve ! ma Nounoune ! ô ma Nounoune, ton épaule, et puis ton même parfum, et ton collier, ma Nounoune, ah ! c'est épatant... Et ton petit goût de brûlé dans les cheveux, ah ! c'est... c'est épatant...

Il exhala, renversé, ce mot stupide comme le dernier souffle de sa poitrine. À genoux, il serrait Léa dans ses bras, et lui offrait son front ombragé de cheveux, sa tremblante bouche mouillée de larmes et ses yeux d'où la joie coulait en pleurs lumineux. Elle le contempla si profondément, avec un oubli si parfait de tout ce qui n'était pas lui, qu'elle ne songea pas à lui donner un baiser. Elle noua ses bras autour du cou de Chéri, et elle le pressa sans rigueur, sur le rythme des mots qu'elle murmurait :

— Mon petit... mon méchant... Te voilà... Te voilà revenu... Qu'as-tu fait encore ? Tu es si méchant... ma beauté...

Il se plaignait doucement à bouche fermée, et ne parlait plus guère : il écoutait Léa et appuyait sa joue sur son sein. Il supplia : « Encore ! » lorsqu'elle suspendit sa litanie tendre, et Léa, qui craignait de pleurer aussi, le gronda sur le même ton :

— Mauvaise bête... Petit satan sans cœur... Grande rosse, va...

Il leva vers elle un regard de gratitude :

— C'est ça, engueule-moi ! Ah ! Nounoune...

Elle l'écarta d'elle pour le mieux voir :

— Tu m'aimais donc ?

Il baissa les yeux avec un trouble enfantin :

— Oui, Nounoune.

Un petit éclat de rire étranglé, qu'elle ne put retenir, avertit Léa qu'elle était bien près de s'abandonner à la plus terrible joie de sa vie. Une étreinte, la chute, le lit ouvert, deux corps qui se soudent comme les deux tronçons vivants d'une même bête coupée... « Non, non », se dit-elle, « pas encore, oh ! pas encore... »

— J'ai soif, soupira Chéri. Nounoune, j'ai soif...

Elle se leva vite, tâta de la main la carafe tiédie et sortit pour revenir aussitôt. Chéri, pelotonné à terre, avait posé sa tête sur le pouf.

— On t'apporte de la citronnade, dit Léa. Ne reste pas là. Viens sur la chaise longue. Cette lampe te gêne ?

Elle frémissait du plaisir de servir et d'ordonner. Elle s'assit au fond de la chaise longue et Chéri s'y étendit à demi contre elle.

— Tu vas me dire un peu, maintenant...

L'entrée de Rose l'interrompit. Chéri, sans se lever, tourna languissamment la tête vers Rose :

— ...'jour, Rose.

— Bonjour, Monsieur, dit Rose discrètement.

— Rose, je voudrais pour demain matin 9 heures...

— Des brioches et du chocolat, acheva Rose.

Chéri referma les yeux avec un soupir de bien-être :

— Extralucide !... Rose, où est-ce que je m'habille demain matin ?

— Dans le boudoir, répondit Rose complaisante. Seulement il faudra sans doute que je fasse retirer le canapé et qu'on remette le nécessaire de toilette comme avant ?...

Elle consultait de l'œil Léa, orgueilleusement étalée et qui soutenait, tandis qu'il buvait, le torse de son « nourrisson méchant ».

— Si tu veux, dit Léa. On verra. Remonte, Rose.

Rose s'en alla et pendant le moment de silence qui suivit, on n'entendit qu'un confus murmure de brise, et le cri d'un oiseau que trompait le clair de lune.

— Chéri, tu dors ?

Il fit son grand soupir de chien de chasse.

— Oh ! non, Nounoune, je suis trop bien pour dormir.

— Dis-moi, petit... Tu n'as pas fait de mal, là-bas ?

— Chez moi ? Non, Nounoune. Pas du tout, je te jure.

— Une scène ?

Il la regardait d'en bas, sans relever sa tête confiante.

— Mais non, Nounoune. Je suis parti parce que je suis parti. La petite est très gentille, il n'y a rien eu.

— Ah !

— Je ne mettrais pas ma main au feu qu'elle n'a pas eu une idée, par exemple. Elle avait ce soir ce que j'appelle sa tête d'orpheline, tu sais, des yeux si sombres sous ses beaux cheveux... Tu sais comme elle a de beaux cheveux ?

— Oui...

Elle ne jetait que des monosyllabes, à mi-voix, comme si elle eût écouté un dormeur parler en songe.

— Je crois même, continua Chéri, qu'elle a dû me voir traverser le jardin.

— Ah ?

— Oui. Elle était au balcon, dans sa robe en jais blanc, un blanc tellement gelé, oh ! je n'aime pas cette robe... Cette robe me donnait envie de fiche le camp depuis le dîner...

— Non ?

— Mais oui, Nounoune. Je ne sais pas si elle m'a vu. La lune n'était pas levée. Elle s'est levée pendant que j'attendais.

— Où attendais-tu ?

Chéri étendit vaguement la main vers l'avenue.

— Là. J'attendais, tu comprends. Je voulais voir. J'ai attendu longtemps.

— Mais quoi ?

Il la quitta brusquement, s'assit plus loin. Il reprit son expression de méfiance barbare :

— Tiens, je voulais être sûr qu'il n'y avait personne ici.

— Ah ! oui... Tu pensais à...

Elle ne put se défendre d'un rire plein de mépris. Un amant chez elle ? Un amant, tant que Chéri vivait ? C'était grotesque : « Qu'il est bête ! » pensa-t-elle avec enthousiasme.

— Tu ris ?

Il se mit debout devant elle et lui renversa la tête, d'une main qu'il lui posa sur le front.

— Tu ris ? Tu te moques de moi ? Tu as... Tu as un amant, toi ? Tu as quelqu'un ?

Il se penchait à mesure qu'il parlait et lui collait la nuque sur le dossier de la chaise longue. Elle sentit sur ses paupières le souffle d'une bouche injurieuse, et ne fit pas d'effort pour se délivrer de la main qui froissait son front et ses cheveux.

— Ose donc le dire, que tu as un amant !

Elle battit des paupières, éblouie par l'approche du visage éclatant qui descendait sur elle, et dit enfin d'une voix sourde :

— Non. Je n'ai pas d'amant. Je t'aime...

Il la lâcha et commença de retirer son smoking, son gilet ; sa cravate siffla dans l'air et s'enroula au cou d'un buste de Léa sur la cheminée. Cependant il ne s'écartait pas d'elle et la maintenait, genoux contre genoux, assise sur la chaise longue. Lorsqu'elle le vit demi-nu, elle lui demanda, presque tristement :

— Tu veux donc ?... Oui ?...

Il ne répondit pas, absorbé par l'idée de son plaisir proche et le désir qu'il avait de la reprendre. Elle se soumit et servit son jeune amant en bonne maîtresse, attentive et grave. Cependant elle voyait avec une sorte de terreur approcher l'instant de sa propre défaite, elle endurait Chéri comme un supplice, le repoussait de ses mains sans force et le retenait entre ses genoux puissants. Enfin elle le saisit au bras, cria faiblement, et sombra dans cet abîme d'où l'amour remonte pâle, taciturne et plein du regret de la mort.

Ils ne se délièrent pas, et nulle parole ne troubla le long silence où ils reprenaient vie. Le torse de Chéri avait glissé sur le flanc de Léa, et sa tête pendante reposait, les yeux clos, sur le drap, comme si on l'eût poignardé sur sa maîtresse. Elle, un peu détournée vers l'autre côté, portait presque tout le poids de ce corps qui ne la ménageait pas. Elle haletait tout bas, son bras gauche, écrasé, lui faisait mal, et Chéri sentait s'engourdir sa nuque, mais ils attendaient l'un et l'autre, dans une immobilité respectueuse, que la foudre décroissante du plaisir se fût éloignée d'eux.

« Il dort », pensa Léa. Sa main libre tenait encore le poignet de Chéri, qu'elle serra doucement. Un genou, dont elle connaissait la forme rare, meurtrissait son genou. À la hauteur de son propre cœur, elle percevait le battement égal et étouffé d'un cœur. Tenace, actif, mélange de fleurs grasses et de bois exotiques, le parfum préféré de Chéri errait. « Il est là », se dit Léa. Et une sécurité aveugle la baigna toute. « Il est là pour toujours », s'écria-t-elle intérieurement. Sa prudence avisée, le bon sens souriant qui avaient guidé sa vie, les hésitations humiliées de son âge mûr, puis ses renoncements, tout recula et s'évanouit devant la brutalité présomptueuse de l'amour. « Il est là ! Laissant sa maison, sa petite femme niaise et jolie, il est revenu, il m'est revenu ! Qui pourrait me l'enlever ? Maintenant, maintenant je vais organiser notre existence... Il ne sait pas toujours ce qu'il veut, mais moi je le sais. Un départ sera sans doute nécessaire. Nous ne nous cachons pas, mais nous cherchons la tranquillité... Et puis il me faut le loisir de le regarder. Je n'ai pas dû le bien regarder, au temps où je ne savais pas que je l'aimais. Il me faut un pays où nous aurons assez de place pour ses caprices et mes volontés... Moi, je penserai pour nous deux, — à lui le sommeil... »

Comme elle dégageait avec précaution son bras gauche fourmillant et douloureux et son épaule que l'immobilité ankylosait, elle regarda le visage détourné de Chéri, et elle vit qu'il ne dormait pas. Le blanc de son œil brillait, et la petite aile noire de ses cils battait irrégulièrement.

— Comment, tu ne dors pas ?

Elle le sentit tressaillir contre elle, et il se retourna tout entier d'un seul mouvement.

— Mais toi non plus tu ne dormais pas, Nounoune ?

Il étendit la main vers la table de chevet et atteignit la lampe ; une nappe de lumière rose couvrit le grand lit, accusant les reliefs des dentelles, creusant des vallons d'ombre entre les capitons dodus d'un couvre-pieds gonflé de duvet. Chéri, étendu, reconnaissait le champ de son repos et de ses jeux voluptueux. Léa, accoudée près de lui, caressait de la main les longs sourcils qu'elle aimait et rejetait en arrière les cheveux de Chéri. Ainsi couché et les cheveux dispersés autour de son front, il sembla renversé par un vent furieux.

La pendule d'émail sonna. Chéri se dressa brusquement et s'assit.

— Quelle heure est-il ?

— Je ne sais pas. Qu'est-ce que ça peut bien nous faire ?

— Oh ! je disais ça...

Il rit brièvement et ne se recoucha pas tout de suite. La première voiture de laitier secoua au-dehors un carillon de verrerie, et il eut un mouvement imperceptible vers l'avenue. Entre les rideaux couleur de fraise, une lame froide de jour naissant s'insinuait. Chéri ramena son regard sur Léa, et la contempla avec cette force et cette fixité qui rendent redoutable l'attention de l'enfant perplexe et du chien incrédule. Une pensée illisible se levait au fond de ses yeux dont la forme, la nuance de giroflée très sombre, l'éclat sévère ou langoureux ne lui avaient servi qu'à vaincre et non à révéler. Son torse nu, large aux épaules, mince à la ceinture, émergeait des draps froissés comme d'une houle, et tout son être respirait la mélancolie des œuvres parfaites.

— Ah ! toi... soupira Léa avec ivresse.

Il ne sourit pas, habitué à recevoir simplement les hommages.

— Dis-moi, Nounoune...

— Ma beauté ?

Il hésita, battit des paupières en frissonnant :

— Je suis fatigué... Et puis demain, comment vas-tu pouvoir...

D'une poussée tendre Léa rabattit sur l'oreiller le torse nu et la tête alourdie.

— Ne t'occupe pas. Couche-toi. Est-ce que Nounoune n'est pas là ? Ne pense à rien. Dors. Tu as froid, je parierais... Tiens, prends ça, c'est chaud...

Elle le roula dans la soie et la laine d'un petit vêtement féminin ramassé sur le lit et éteignit la lumière. Dans l'ombre, elle prêta son épaule, creusa son flanc heureux, écouta le souffle qui doublait le sien. Aucun désir ne la troublait, mais elle ne souhaitait pas le sommeil. « À lui de dormir, à moi de penser », se répéta-t-elle. « Notre départ, je l'organiserai très chic, très discret ; mon principe est de causer le minimum de bruit et de chagrin... C'est encore le Midi qui au printemps nous plaira le mieux. Si je ne consultais que moi, j'aimerais mieux rester ici, tout tranquillement. Mais la mère Peloux, mais Mme Peloux fils... » L'image d'une jeune femme en costume de nuit, anxieuse et debout près d'une fenêtre, ne retint Léa que le temps de hausser l'épaule avec une froide équité : « Ça, je n'y peux rien. Ce qui fait le bonheur des uns... »

La tête soyeuse et noire bougea sur son sein, et l'amant endormi se plaignit en rêve. D'un bras farouche Léa le protégea contre le mauvais songe, et le berça afin qu'il demeurât longtemps — sans yeux, sans souvenirs et sans desseins — ressemblant au « nourrisson méchant » qu'elle n'avait pu enfanter.

EVEILLÉ depuis un long moment, il se gardait de bouger. La joue sur son bras plié, il tâchait de deviner l'heure. Un ciel pur devait verser sur l'avenue une précoce chaleur, car nulle ombre de nuage ne passait sur le rose ardent des rideaux. « Peut-être 10 heures ?... » La faim le tourmentait, il avait peu dîné la veille. L'an dernier, il eût bondi, bousculé le repos de Léa, poussé des appels féroces pour réclamer le chocolat crémeux et le beurre glacé... Il ne bougea pas. Il craignait, en remuant, d'émietter un reste de joie, un plaisir optique qu'il goûtait au rose de braise des rideaux, aux volutes, acier et cuivre, du lit étincelant dans l'air coloré de la chambre. Son grand bonheur de la veille lui semblait réfugié, fondu et tout petit, dans un reflet, dans l'arc-en-ciel qui dansait au flanc d'un cristal empli d'eau.

Le pas circonspect de Rose frôla le tapis du palier. Un balai prudent nettoyait la cour. Chéri perçut un lointain tintement de porcelaine dans l'office... « Comme c'est long, cette matinée... », se dit-il. « Je vais me lever ! » Mais il demeura tout à fait immobile, car Léa derrière lui bâilla, étira ses jambes. Une main douce se posa sur les reins de Chéri, mais il referma les yeux et tout son corps se mit à mentir sans savoir pourquoi, en feignant la mollesse du sommeil. Il sentit que Léa quittait le lit, et la vit passer en silhouette noire devant les rideaux qu'elle écarta à demi. Elle se tourna vers lui, le regarda et hocha la tête, avec un sourire qui n'était point victorieux mais résolu, et qui acceptait tous les périls. Elle ne se pressait pas de quitter la chambre, et Chéri, laissant un fil de lumière entrouvrir ses cils, l'épiait. Il vit qu'elle ouvrait un indicateur des chemins de fer et suivait du doigt des colonnes de chiffres. Puis elle sembla calculer, le visage levé vers le ciel et les sourcils froncés. Pas encore poudrée, une maigre torsade de cheveux sur la nuque, le menton double et le cou dévasté, elle s'offrait imprudemment au regard invisible.

Elle s'éloigna de la fenêtre, prit dans un tiroir son carnet de chèques, libella et détacha plusieurs feuillets. Puis elle disposa sur le pied du lit un pyjama blanc et sortit sans bruit.

Seul, Chéri, en respirant longuement, s'aperçut qu'il avait retenu sa respiration depuis le lever de Léa. Il se leva, revêtit le pyjama et ouvrit une fenêtre. « On étouffe », souffla-t-il. Il gardait l'impression vague et le malaise d'avoir commis une action assez laide.

« Parce que j'ai fait semblant de dormir ? Mais je l'ai vue cent fois, Léa, au saut du lit. Seulement j'ai fait semblant de dormir, cette fois-ci... »

Le jour éclatant restituait à la chambre son rose de fleur, les tendres nuances du Chaplin blond et argenté riaient au mur. Chéri inclina la tête et ferma les yeux afin que sa mémoire lui rendît la chambre de la veille, mystérieuse et colorée comme l'intérieur d'une pastèque, le dôme féerique de la lampe, et surtout l'exaltation dont il avait supporté, chancelant, les délices...

— Tu es debout ! Le chocolat me suit.

Il constata avec gratitude qu'en quelques minutes Léa s'était coiffée, délicatement fardée, imprégnée du parfum familier. Le son de la bonne voix cordiale se répandit dans la pièce en même temps qu'un arôme de tartines grillées et de cacao. Chéri s'assit près des deux tasses fumantes, reçut des mains de Léa le pain grassement beurré. Il cherchait quelque chose à dire et Léa ne s'en doutait pas, car elle l'avait connu taciturne à l'ordinaire, et recueilli devant la nourriture. Elle mangea de bon appétit, avec la hâte et la gaieté préoccupée d'une femme qui déjeune, ses malles bouclées, avant le train.

— Ta seconde tartine, Chéri...

— Non, merci, Nounoune.

— Plus faim ?

— Plus faim.

Elle le menaça du doigt en riant :

— Toi, tu vas te faire coller deux pastilles de rhubarbe, ça te pend au nez !

Il fronça le nez, choqué :

— Écoute, Nounoune, tu as la rage de t'occuper de...

— Ta ta ta ! Ça me regarde. Tire la langue ? Tu ne veux pas tirer la langue ? Alors essuie tes moustaches de chocolat et parlons peu, mais parlons bien. Les sujets ennuyeux il faut les traiter vite.

Elle prit une main de Chéri par-dessus la table et l'enferma dans les siennes.

— Tu es revenu. C'était notre destin. Te fies-tu à moi ? Je te prends à ma charge.

Elle s'interrompit malgré elle, et ferma les yeux, comme pliant sous sa victoire ; Chéri vit le sang fougueux illuminer le visage de sa maîtresse.

— Ah ! reprit-elle plus bas, quand je pense à tout ce que je ne t'ai pas donné, à tout ce que je ne t'ai pas dit... Quand je pense que je t'ai cru un petit passant comme les autres, un peu plus précieux que les autres... Que j'étais bête, de ne pas comprendre que tu étais mon amour, l'amour, l'amour qu'on n'a qu'une fois...

Elle rouvrit ses yeux qui parurent plus bleus, d'un bleu retrempé à l'ombre des paupières, et respira par saccades.

« Oh ! supplia Chéri en lui-même, qu'elle ne me pose pas une question, qu'elle ne me demande pas une réponse maintenant, je suis incapable d'une seule parole... »

Elle lui secoua la main.

— Allons, allons, soyons sérieux. Donc, je disais : on part, on est partis. Qu'est-ce que tu fais, pour *là-bas* ? Fais régler la question d'argent par Charlotte, c'est le plus sage, et largement, je t'en prie. Tu préviens *là-bas*, comment ? par lettre, j'imagine. Pas commode, mais on s'en tire quand on fait peu de phrases. Nous verrons ça ensemble. Il y a aussi la question de tes bagages, — je n'ai plus rien à toi, ici... Ces petites choses-là, c'est plus agaçant qu'une grande décision, mais n'y songe pas trop... Veux-tu bien ne pas arracher toujours tes petites peaux, au bord de l'ongle de ton orteil ? C'est avec ces manies-là qu'on attrape un ongle incarné !

Il laissa retomber son pied machinalement. Son propre mutisme l'écrasait, et il était obligé de déployer une attention harassante pour écouter Léa. Il scrutait le visage animé, joyeux, impérieux de son amie, et se demandait vaguement : « Pourquoi a-t-elle l'air si contente ? »

Son hébétement devint si évident que Léa, qui maintenant monologuait sur l'opportunité de racheter le yacht du vieux Berthellemy, s'arrêta court :

— Croyez-vous qu'il me donnerait seulement un avis ? Ah ! tu as bien toujours douze ans, toi !

Chéri, délié de sa stupeur, passa la main sur son front et enveloppa Léa d'un regard mélancolique :

— Avec toi, Nounoune, il y a des chances pour que j'aie douze ans pendant un demi-siècle.

Elle cligna des yeux à plusieurs reprises comme s'il lui eût soufflé sur les paupières et laissa le silence tomber entre eux.

— Qu'est-ce que tu veux dire ? demanda-t-elle enfin.

— Rien que ce que je dis, Nounoune. Rien que la vérité. Peux-tu la nier, toi qui es un honnête homme ?

Elle prit le parti de rire, avec une désinvolture qui cachait déjà une grande crainte.

— Mais c'est la moitié de ton charme, petite bête, que cet enfantillage ! Ce sera plus tard le secret de ta jeunesse sans fin. Et tu t'en plains !... Et tu as le toupet de venir t'en plaindre à moi !

— Oui, Nounoune. À qui veux-tu que je m'en plaigne ?

Il lui reprit la main qu'elle avait retirée.

— Ma Nounoune chérie, ma grande Nounoune, je ne fais pas que me plaindre, je t'accuse.

Elle sentait sa main serrée dans une main ferme. Et les grands yeux sombres aux cils lustrés, au lieu de fuir les siens, s'attachaient à eux misérablement. Elle ne voulut pas trembler encore.

« C'est peu de chose, peu de chose... Il ne faut que deux ou trois paroles bien sèches auxquelles il répondra par quelque grosse injure, puis il boudera et je lui pardonnerai... Ce n'est que cela... » Mais elle ne trouva pas la semonce urgente, qui eût changé l'expression de ce regard.

— Allons, allons, petit... Tu sais qu'il y a certaines plaisanteries que je ne tolère pas longtemps.

En même temps elle jugeait mou et faux le son de sa voix : « Que c'est mal dit... C'est dit en mauvais théâtre... » Le soleil de dix heures et demie atteignit la table qui les séparait, et les ongles polis de Léa brillèrent. Mais le rayon éclaira aussi ses grandes mains bien faites et cisela dans la peau relâchée et douce, sur le dos de la main, autour du poignet, des lacis compliqués, des sillons concentriques, des parallélogrammes minuscules comme ceux que la sécheresse grave, après les pluies, dans la terre argileuse. Léa se frotta les mains d'un air distrait, en tournant la tête pour attirer vers la rue l'attention de Chéri ; mais il persista dans sa contemplation canine et misérable. Brusquement il conquit les deux mains honteuses qui faisaient semblant de jouer avec un pan de ceinture, les baisa et les rebaisa, puis y coucha sa joue en murmurant :

— Ma Nounoune... ô ma pauvre Nounoune...

— Laisse-moi ! cria-t-elle avec une colère inexplicable, en lui arrachant ses mains.

Elle mit un moment à se dompter, et s'épouvanta de sa faiblesse, car elle avait failli éclater en sanglots. Dès qu'elle le put, elle parla et sourit :

— Alors, tu me plains, maintenant ? Pourquoi m'accusais-tu tout à l'heure ?

— J'avais tort, dit-il humblement. Toi, tu as été pour moi...

Il fit un geste qui exprimait son impuissance à trouver des mots dignes d'elle.

— *Tu as été !* souligna-t-elle d'un ton mordant. En voilà un style d'oraison funèbre, mon petit garçon !

— Tu vois... reprocha-t-il.

Il secoua la tête, et elle vit bien qu'elle ne le fâcherait pas. Elle tendait tous ses muscles, et bridait ses pensées à l'aide de deux ou trois mots toujours les mêmes, répétés au fond d'elle : « Il est là, devant moi... Voyons, il est toujours là... Il n'est pas hors d'atteinte... Mais est-il encore là, devant moi, véritablement ?... »

Sa pensée échappa à cette discipline rythmique et une grande lamentation intérieure remplaça les mots conjuratoires : « Oh ! que l'on me rende, que l'on me rende seulement l'instant où je lui dis : "Ta seconde tartine, Chéri ?" Cet instant-là est encore si près de nous, il n'est pas perdu à jamais, il n'est pas encore dans le passé ! Reprenons notre vie à cet instant-là, le peu qui a eu lieu depuis ne comptera pas, je l'efface, je l'efface... Je vais lui parler tout à fait comme si nous étions quelques minutes plus tôt, je vais lui parler, voyons, du départ, des bagages... »

Elle parla en effet, et dit :

— Je vois... Je vois que je ne peux pas traiter en homme un être qui est capable, par veulerie, de mettre le désarroi chez deux femmes. Crois-tu que je ne comprenne pas ? En fait de voyage, tu les aimes courts, hein ? Hier à Neuilly, aujourd'hui ici, mais demain... Où donc, demain ? Ici ? Non, non, mon petit, pas la peine de mentir, cette figure de condamné ne tromperait même pas une plus bête que moi, s'il y en a une par là...

Son geste violent, qui désignait la direction de Neuilly, renversa une jatte à gâteaux que Chéri redressa. À mesure qu'elle parlait, elle accroissait son mal, le changeait en un chagrin cuisant, agressif et jaloux, un chagrin bavard de jeune femme. Le fard, sur ses joues, devenait lie-de-vin, une mèche de cheveux, tordue par le fer, descendit sur sa nuque comme un petit serpent sec.

— Même celle de par là, même ta femme, tu ne la retrouveras pas toutes les fois chez toi, quand il te plaira de rentrer ! Une femme, mon petit, on ne sait pas bien comment ça se prend, mais on sait encore moins comment ça se déprend !... Tu la feras garder par Charlotte, la tienne, hein ? C'est une idée, ça ! Ah ! je rirai bien, le jour où...

Chéri se leva, pâle et sérieux :

— Nounoune !...

— Quoi, Nounoune ? quoi, Nounoune ? Penses-tu que tu vas me faire peur ? Ah ! tu veux marcher tout seul ? Marche ! Tu es sûr de voir du pays, avec une fille de Marie-Laure ! Elle n'a pas de bras, et le derrière plat, mais ça ne l'empêchera guère...

— Je te défends, Nounoune !...

Il lui saisit les deux bras, mais elle se leva, se dégagea avec vigueur, et éclata d'un rire enroué :

— Mais bien sûr ! « Je te défends de dire un mot contre ma femme ! » N'est-ce pas ?

Il fit le tour de la table et vint tout près d'elle, tremblant d'indignation :

— Non ! Je te défends, m'entends-tu bien, je te défends de m'abîmer ma Nounoune !

Elle recula vers le fond de la chambre en balbutiant :

— Comment ça... Comment ça...

Il la suivait, comme prêt à la châtier :

— Oui ! Est-ce que c'est ainsi que Nounoune doit parler ? Qu'est-ce que c'est que ces manières ? Des sales petites injures genre Mme Peloux, maintenant ? Et ça sort de toi, toi, Nounoune !...

Il rejeta la tête en arrière orgueilleusement :

— Moi, je sais comment doit parler Nounoune ! Je sais comment elle doit penser ! J'ai eu le temps de l'apprendre. Je n'ai pas oublié le jour où tu me disais, un peu avant que je n'épouse cette petite : « Au moins, ne sois pas méchant... Essaie de ne pas faire souffrir... J'ai un peu l'impression qu'on laisse une biche à un lévrier... » Voilà des paroles ! Ça, c'est toi ! Et la veille de mon mariage, quand je me suis échappé pour venir te voir, je me rappelle, tu m'as dit...

La voix lui manqua, tous ses traits s'éclairèrent au feu d'un souvenir :

— Chéri, va...

Il posa ses mains sur les épaules de Léa :

— Et cette nuit encore, reprit-il, est-ce qu'un de tes premiers soucis n'a pas été pour me demander si je n'avais pas fait trop de mal *là-bas* ? *Ma Nounoune, chic type je t'ai connue, chic type je t'ai aimée, quand nous avons commencé. S'il nous faut finir, vas-tu pour cela ressembler aux autres femmes ?...*

Elle sentit confusément la ruse sous l'hommage, et s'assit en cachant son visage entre ses mains :

— Que tu es dur, que tu es dur... bégaya-t-elle... Pourquoi es-tu revenu... J'étais si calme, si seule, si habituée à...

Elle s'entendit mentir, et s'interrompit.

— Pas moi ! riposta Chéri. Je suis revenu parce que... parce que...

Il écarta les bras, les laissa retomber, les rouvrit :

— Parce que je ne pouvais plus me passer de toi, ce n'est pas la peine de chercher autre chose.

Ils demeurèrent silencieux un instant.

Elle contemplait, affaissée, ce jeune homme impatient, blanc comme une mouette, dont les pieds légers et les bras ouverts semblaient prêts pour l'essor...

Les yeux sombres de Chéri erraient au-dessus d'elle.

— Ah ! tu peux te vanter, dit-il soudain, tu peux te vanter de m'avoir, depuis trois mois surtout, fait mener une vie... une vie...

— Moi ?...

— Et qui donc, sinon toi ? Une porte qui s'ouvre, c'était Nounoune ; le téléphone, c'était Nounoune ; une lettre dans la boîte du jardin : peut-être Nounoune... Jusque dans le vin que je buvais, je te cherchais, et je ne trouvais jamais le Pommery de chez toi... Et la nuit, donc... Ah ! là là !...

Il marchait très vite et sans aucun bruit, de long en large, sur le tapis.

— Je peux le dire, que je sais ce que c'est que de souffrir pour une femme, oui ! Je les attends, à présent, celles d'après toi... poussières ! Ah ! que tu m'avais bien empoisonné !...

Elle se redressait lentement, suivait, d'un balancement du buste, le va-et-vient de Chéri. Elle avait les pommettes sèches et luisantes, d'un rouge fiévreux qui rendait le bleu de ses yeux presque insoutenable. Il marchait, la tête penchée, et ne cessait de parler.

— Tu penses, Neuilly sans toi, les premiers temps de mon retour ! D'ailleurs, tout sans toi... Je serais devenu fou. Un soir, la petite était malade, je ne sais plus quoi, des douleurs, des névralgies. Elle me faisait peine, mais je suis sorti de la chambre parce que rien au monde ne m'aurait empêché de lui dire : « Attends, ne pleure pas, je vais aller chercher Nounoune qui te guérira... » D'ailleurs tu serais venue, n'est-ce pas, Nounoune ?... Oh ! là là, cette vie... À l'hôtel *Morris*, j'avais embauché Desmond, bien payé, et je lui en racontais, quelquefois, la nuit... Je lui disais, comme s'il ne te connaissait pas : « Mon vieux, une peau comme la sienne, ça n'existe pas... Et tu vois ton cabochon de saphir, eh bien mon vieux, cache-le, parce que le bleu de ses yeux, à elle, il ne tourne pas au gris aux lumières ! » Et je lui disais comme tu étais rossarde quand tu voulais, et que personne n'avait le dernier mot avec toi, pas plus moi que les autres... Je lui disais : « Cette femme-là, mon vieux, quand elle a le chapeau qu'il lui faut — ton bleu marine avec des ailes, Nounoune, de l'autre été — et la manière de s'habiller qu'elle a, tu peux mettre n'importe quelle femme à côté, tout fout le camp ! » Et puis tes manières épatantes de parler, de marcher, ton sourire, ta démarche qui fait chic, je lui disais, à Desmond : « Ah ! ce n'est pas rien, qu'une femme comme Léa !... »

Il claqua des doigts, avec une fierté de propriétaire, et s'arrêta, essoufflé, de parler et de marcher.

« Je n'ai jamais dit tout ça à Desmond », songea-t-il. « Et pourtant ce n'est pas un mensonge que je fais là. Desmond a compris tout de même. » Il voulut reprendre et regarda Léa. Elle l'écoutait encore. Assise très droite à présent, elle lui montrait en pleine lumière son visage noble et défait, ciré par de cuisantes larmes séchées. Un poids invisible tirait en bas le menton et les joues, attristait les coins tremblants de la bouche. Dans ce naufrage de la beauté, Chéri retrouvait, intacts, le joli nez dominateur, les prunelles d'un bleu de fleur bleue...

— Alors, n'est-ce pas, Nounoune, après des mois de cette vie-là, j'arrive ici, et...

Il s'arrêta, effrayé de ce qu'il avait failli dire.

— Tu arrives ici, et tu trouves une vieille femme, dit Léa d'une voix faible et tranquille.

— Nounoune ! Écoute, Nounoune !...

Il se jeta à genoux contre elle, laissant voir sur son visage la lâcheté d'un enfant qui ne trouve plus de mots pour cacher une faute.

— Et tu trouves une vieille femme, répéta Léa. De quoi donc as-tu peur, petit ?

Elle entoura de son bras les épaules de Chéri, sentit le raidissement, la défense de ce corps qui souffrait parce qu'elle était blessée.

— Viens donc, mon Chéri... De quoi as-tu peur ? De m'avoir fait de la peine ? Ne pleure pas, ma beauté... Comme je te remercie, au contraire...

Il fit un gémissement de protestation et se débattit sans force. Elle inclina sa joue sur les cheveux noirs emmêlés.

— Tu as dit tout cela, tu as pensé tout cela de moi ? J'étais donc si belle à tes yeux, dis ? Si bonne ? À l'âge où tant de femmes ont fini de vivre, j'étais pour toi la plus belle, la meilleure des femmes, et tu m'aimais ? Comme je te remercie, mon Chéri... La plus chic, tu as dit ?... Pauvre petit...

Il s'abandonnait et elle le soutenait entre ses bras.

— Si j'avais été la plus chic, j'aurais fait de toi un homme, au lieu de ne penser qu'au plaisir de ton corps, et au mien. La plus chic, non, non, je ne l'étais pas, mon Chéri, puisque je te gardais. Et c'est bien tard...

Il semblait dormir dans les bras de Léa, mais ses paupières obstinément jointes tressaillaient sans cesse et il s'accrochait, d'une main immobile et fermée, au peignoir qui se déchirait lentement.

— C'est bien tard, c'est bien tard... Tout de même...

Elle se pencha sur lui.

— Mon Chéri, écoute-moi. Éveille-toi, ma beauté. Écoute-moi les yeux ouverts. N'aie pas peur de me voir. Je suis tout de même cette femme que tu as aimée, tu sais, la plus chic des femmes...

Il ouvrit les yeux, et son premier regard mouillé était déjà plein d'un espoir égoïste et suppliant. Léa détourna la tête : « Ses yeux... Ah ! faisons vite... » Elle reposa sa joue sur le front de Chéri.

— C'était moi, petit, c'était bien moi cette femme qui t'a dit : « Ne fais pas de mal inutilement, épargne la biche... » Je ne m'en souvenais plus. Heureusement tu y as pensé. Tu te détaches bien tard de moi, mon nourrisson méchant, je t'ai porté trop longtemps contre moi, et voilà que tu en as lourd à porter à ton tour : une jeune femme, peut-être un enfant... Je suis responsable de tout ce qui te manque... Oui, oui, ma beauté, te voilà, grâce à moi, à vingt-cinq ans, si léger, si gâté et si sombre à la fois... J'en ai beaucoup de souci. Tu vas souffrir, — tu vas faire souffrir. Toi qui m'as aimée...

La main qui déchirait lentement son peignoir se crispa et Léa sentit sur son sein les griffes du nourrisson méchant.

— ... Toi qui m'as aimée, reprit-elle après une pause, pourras-tu... Je ne sais comment me faire comprendre...

Il s'écarta d'elle pour l'écouter : et elle faillit lui crier : « Remets cette main sur ma poitrine et tes ongles dans leur marque, ma force me quitte dès que ta chair s'éloigne de moi ! » Elle s'appuya à son tour sur lui qui s'était agenouillé devant elle, et continua :

— Toi qui m'as aimée, toi qui me regretteras...

Elle lui sourit et le regarda dans les yeux.

— Hein, quelle vanité !... Toi qui me regretteras, je voudrais que, quand tu te sentiras près d'épouvanter la biche qui est ton bien, qui est ta charge, tu te retiennes, et que tu inventes à ces instants-là tout ce que je ne t'ai pas appris... Je ne t'ai jamais parlé de l'avenir. Pardonne-moi, Chéri : je t'ai aimé comme si nous devions, l'un et l'autre, mourir l'heure d'après.

Parce que je suis née vingt-quatre ans avant toi, j'étais condamnée, et je t'entraînais avec moi...

Il l'écoutait avec une attention qui lui donnait l'air dur. Elle passa sa main sur le front inquiet, pour en effacer le pli.

— Tu nous vois, Chéri, allant déjeuner ensemble à Armenonville ?... Tu nous vois invitant Mme et M. Lili ?...

Elle rit tristement et frissonna.

— Ah ! Je suis aussi finie que cette vieille... Vite, vite, petit, va chercher ta jeunesse, elle n'est qu'écornée par les dames mûres, il t'en reste, il lui en reste à cette enfant qui t'attend. Tu y as goûté, à la jeunesse ! Tu sais qu'elle ne contente pas, mais qu'on y retourne... Eh ! ce n'est pas de cette nuit que tu as commencé à comparer... Et qu'est-ce que je fais là, moi, à donner des conseils et à montrer ma grandeur d'âme. Qu'est-ce que je sais de vous deux ? Elle t'aime : c'est son tour de trembler, elle souffrira comme une amoureuse et non pas comme une maman dévoyée. Tu lui parleras en maître, mais pas en gigolo capricieux... Va, va vite...

Elle parlait sur un ton de supplication précipitée. Il l'écoutait debout, campé devant elle, la poitrine nue, les cheveux en tempête, si tentant qu'elle noua l'une à l'autre ses mains qui allaient le saisir. Il la devina peut-être et ne se déroba pas. Un espoir, imbécile comme celui qui peut atteindre, pendant leur chute, les gens qui tombent d'une tour, brilla entre eux et s'évanouit.

— Va, dit-elle à voix basse. Je t'aime. C'est trop tard. Va-t'en. Mais va-t'en tout de suite. Habille-toi.

Elle se leva et lui apporta ses chaussures. Il tournait sur place et remuait gauchement les doigts comme s'il avait l'onglée, et elle dut trouver elle-même les bretelles, la cravate ; mais elle évita de s'approcher de lui et ne l'aida pas. Pendant qu'il s'habillait, elle regarda fréquemment dans la cour comme si elle attendait une voiture.

Vêtu, il parut plus pâle, avec des yeux qu'élargissait un halo de fatigue.

— Tu ne te sens pas malade ? lui demanda-t-elle. Et elle ajouta timidement, les yeux bas : « Tu pourrais... te reposer... » Mais tout de suite elle se reprit et revint à lui comme s'il était dans un grand péril : « Non, non, tu seras mieux chez toi... Rentre vite, il n'est pas midi, un bon bain chaud te remettra, et puis le grand air... Tiens, tes gants... Ah ! oui, ton chapeau par terre... Passe ton pardessus, l'air te surprendrait. Au revoir, mon Chéri, au revoir... C'est ça... Tu diras à Charlotte... » Elle referma sur lui la porte et le silence mit fin à ses vaines paroles désespérées. Elle entendit que Chéri butait dans l'escalier, et elle courut à la fenêtre. Il descendait le perron et s'arrêta au milieu de la cour.

— Il remonte ! Il remonte ! cria-t-elle en levant les bras.

Une vieille femme haletante répéta, dans le miroir oblong, son geste, et Léa se demanda ce qu'elle pouvait avoir de commun avec cette folle.

Chéri reprit son chemin vers la rue, ouvrit la grille et sortit. Sur le trottoir il boutonna son pardessus pour cacher son linge de la veille. Léa laissa retomber le rideau. Mais elle eut encore le temps de voir que Chéri levait la tête vers le ciel printanier et les marronniers chargés de fleurs, et qu'en marchant il gonflait d'air sa poitrine, comme un évadé.

La Fin de Chéri

CHÉRI referma derrière lui la grille du petit jardin et huma l'air nocturne : « Ah ! il fait bon... » Il se reprit aussitôt : « Non, il ne fait pas bon. » Les marronniers pressés pesaient sur la chaleur prisonnière. Au-dessus du bec de gaz le plus proche vibrait un dôme de verdure roussie. Jusqu'à l'aube, l'avenue Henri-Martin, étouffée de végétation, attendrait le faible flux de fraîcheur qui remonte du Bois.

Tête nue, Chéri contemplait sa maison vide et illuminée. Un bruit de cristaux brutalisés lui parvint, puis la voix d'Edmée, claire, durcie pour la réprimande. Il vit sa femme s'approcher de la baie du hall, au premier étage, et se pencher. Sa robe perlée de blanc perdit sa couleur de neige, capta le rayon verdâtre du bec de gaz, s'enflamma de jaune au contact du rideau de soie lamée qu'elle frôlait.

— C'est toi qui es là sur le trottoir, Fred ?

— Qui veux-tu que ce soit ?

— Tu n'as donc pas reconduit Filipesco ?

— Mais non, il avait déjà filé.

— J'aurais pourtant aimé... Enfin, ça n'a pas d'importance. Tu rentres ?

— Pas tout de suite. Trop chaud. Je me promène.

— Mais... Enfin comme tu voudras.

Elle se tut un instant et elle dut rire, car il vit trembler tout le givre de sa robe.

— Je vois juste de toi, d'ici, ton plastron blanc et ta figure blanche, suspendus dans du noir... Tu as l'air d'une affiche pour un dancing. Ça fait fatal.

— Comme tu aimes les expressions de ma mère, dit-il pensivement. Tu peux laisser monter tout le monde, j'ai ma clef.

Elle agita une main vers lui et une à une les fenêtres s'éteignirent. Un feu particulier, d'un bleu sourd, avertit Chéri qu'Edmée gagnait par son boudoir la chambre à coucher ouverte sur le jardin, au revers de l'hôtel.

« Pas d'erreur, songea-t-il. Le boudoir s'appelle à présent le cabinet de travail. »

Janson-de-Sailly sonna l'heure et Chéri, la tête levée, recueillit au vol les tintements de cloches comme des gouttes de pluie.

« Minuit. Elle est bien pressée de se coucher... Ah ! oui, il faut qu'elle soit à son hôpital à 9 heures, demain matin. »

Il fit quelques pas nerveux, haussa les épaules et se calma.

« C'est comme si j'avais épousé une danseuse classique, en somme. À 9 heures, la leçon : c'est sacré. Ça passe avant tout. »

Il marcha jusqu'à l'entrée du Bois. Le ciel, pâle de poussière suspendue, atténuait la palpitation des étoiles. Un pas égal doubla le pas égal de Chéri, qui s'arrêta et attendit : il n'aimait pas qu'on marchât derrière lui.

— Bonsoir, Monsieur Peloux, dit l'homme de la « Vigilante » en touchant sa casquette.

Chéri répondit en levant le doigt à la hauteur de la tempe, avec une condescendance d'officier qu'il avait apprise à fréquenter, pendant la guerre, ses collègues les maréchaux des logis, et dépassa l'homme de la « Vigilante », qui pesait de la main sur les portes de fer des petits jardins clos.

À l'entrée du Bois un couple d'amoureux, sur un banc, froissait des étoffes, mêlait des paroles étouffées ; Chéri écouta un moment le doux bruit d'étrave fendant une eau calme, qui montait des corps joints et des bouches invisibles.

« L'homme est un militaire, remarqua-t-il. Je viens d'entendre l'agrafe du ceinturon. »

Tous ses sens veillaient, allégés de pensée. Cette sauvage délicatesse de l'ouïe, elle avait apporté à Chéri, pendant certaines nuits tranquilles de la guerre, des plaisirs compliqués et de sagaces terreurs. Noirs de terre et de crasse humaine, ses doigts de soldat avaient su palper, à coup sûr, des effigies de médailles et de monnaies, reconnaître la tige et la feuille des plantes dont il ignorait les noms... « Hé, Péloux, dis vouâr é-c' qué c'est qué j'tiens là ? » Chéri revit le gars roux qui lui glissait sous les doigts, dans l'obscurité, une taupe morte, un petit serpent, une rainette, un fruit ouvert ou quelque ordure, et qui s'écriait : « Ah ! qu'i d'vine ben ! » Il sourit sans pitié à ce souvenir, et à ce mort roux. Il le revoyait souvent, son camarade Pierquin, couché sur le dos, dormant à jamais d'un air méfiant ; il parlait souvent de lui. Ce soir encore, Edmée avait habilement amené, après le dîner, le récit bref, construit avec une gaucherie étudiée, que Chéri savait par cœur et qui finissait par : « Alors Pierquin me dit : “Vieux, j'ai fait un rêve de chat, et puis j'ai rêvé encore la rivière ed' chez nous qu'elle était sale dégoûtante. Ça ne pardonne pas...” C'est à ce moment-là qu'il a été cueilli, et par un simple shrapnell. J'ai voulu l'emporter... On nous a retrouvés, lui sur moi, à cent mètres de là... Je vous en parle parce que c'était un brave type... C'est un peu à cause de lui que j'ai reçu ça. »

Tout de suite après cette suspension pudique, Chéri baissait les yeux sur son ruban vert et rouge et secouait la cendre de sa cigarette comme par contenance. Il considérait que cela ne regardait personne si le hasard d'une explosion avait jeté, l'un en travers des épaules de l'autre, Chéri vivant et Pierquin mort. Car il arrive que la vérité, plus ambiguë que le mensonge, étouffe à demi, sous le poids énorme d'un Pierquin soudain immobile, un Chéri vivant, révolté et haineux... Chéri gardait rancune à Pierquin. Et d'ailleurs il méprisait la vérité depuis un jour d'autrefois où elle était sortie de sa bouche comme un hoquet, pour souiller et pour nuire...

Mais ce soir-là, chez lui, les commandants américains Atkins et Marsh-Meyer, le lieutenant américain Wood semblaient ne pas l'écouter. Leurs visages de premiers communiants sportifs, leurs yeux clairs, fixes et vides attendaient seulement, avec une anxiété presque douloureuse, l'heure du dancing. Quant à Filipesco... « À surveiller », estima laconiquement Chéri.

Une humidité odorante, exhalée des berges tondues plutôt que de l'eau épaissie, ceignait le lac. Comme Chéri s'accotait à un arbre, une ombre féminine le frôla hardiment. « Bonsoir, gosse... » Il tressaillit à cause du dernier mot, proféré par une voix basse et brûlée, la voix de la soif, de la nuit sèche, de la route poudreuse... Il ne répondit rien, et la femme indistincte fit un pas vers lui sur des semelles molles. Mais il flaira une odeur de lainage noir, de linge porté et de chevelure moite, et il reprit à grands pas légers le chemin de sa maison.

La sourde lumière bleue y veillait toujours : Edmée n'avait pas encore quitté le boudoir-cabinet-de-travail. Sans doute elle écrivait, signait des bons de pharmacie et d'articles de pansement, lisait les fiches de la journée et les brefs rapports d'une secrétaire... Elle penchait sur des papiers ses cheveux crêpelés à reflet roux, son joli front d'institutrice. Chéri tira, de sa poche, la petite clef plate au bout d'une chaînette d'or :

« Allons-y. Elle va encore me faire l'amour avec une règle... »

Il entra sans frapper, à sa manière, dans le boudoir de sa femme. Mais Edmée ne tressaillit pas, et n'interrompit pas sa conversation téléphonique que Chéri écouta :

— Non, pas demain... Mais vous n'avez pas besoin de moi pour ça. Le général vous connaît très bien. Et au *Commerce*, nous avons... Comment, j'ai Lémery ? Mais pas du tout. Il est charmant, mais... Allô ?... Allô ?...

Elle rit, montra ses petites dents :

— Oh ! voyons, vous exagérez... Lémery est aimable avec toutes les femmes qui ne sont ni borgnes ni boiteuses... Quoi ? Oui, il est rentré, justement le voici. Non, non, je serai très discrète... Au revoir... à demain...

Un vêtement d'intérieur, tout blanc, glissant, du même blanc que les perles de son collier, découvrait une épaule d'Edmée. Libres, ses fins cheveux de négresse châtaine, un peu raidis par la sécheresse de l'air, suivaient tous les mouvements de sa tête.

— C'était qui ?... demanda Chéri.

Elle le questionna en même temps, pendant qu'elle suspendait les récepteurs :

— Fred, tu me laisses la Rolls, demain matin ? Ça fera mieux pour ramener le général ici déjeuner.

— Quel général ?

— Le général Haar.

— C'est un boche ?

Edmée fronça les sourcils.

— Fred, je t'assure, ce sont des plaisanteries un peu jeunes pour ton âge. Le général Haar visite mon hôpital demain. Il pourra dire en Amérique, à son retour, que mon hôpital ne craint pas la comparaison avec les établissements sanitaires de là-bas... C'est le colonel Beybert qui le conduit. Ils déjeunent ici après, tous les deux.

Chéri jeta à la volée son smoking sur un meuble.

— M'en fous, je déjeune en ville.

— Comment ?... Comment ?...

Une violence passagère parut sur le visage d'Edmée, mais elle sourit, ramassa le smoking avec soin, et changea de ton :

— Tu m'as demandé à qui je téléphonais ? À ta mère.

Chéri, renversé dans un fauteuil profond, ne dit rien. Il avait sur ses traits son masque le plus beau, et le plus immobile. Une sérénité désapprobatrice reposait sur son front, sur sa bouche qu'il prenait garde de clore sans contraction, doucement, comme dans le sommeil.

— Tu sais, continua Edmée, elle veut Lémery, au *Commerce*, pour ses trois bateaux de cuirs... Trois bateaux de cuirs qui sont dans le port de Valparaiso... Tu sais que c'est une idée ?... Seulement, Lémery ne donnera pas le permis d'importer, du moins il le dit... Tu sais combien les Soumabi offrent à ta mère comme commission minimale ?

De la main, Chéri balaya les bateaux, les cuirs et la commission.

— Barca, dit-il simplement.

Edmée n'insista pas, et se rapprocha tendrement de son mari.

— Tu déjeunes ici demain, n'est-ce pas ? J'aurai peut-être Gibbs, le reporter d'*Excelsior*, qui prendra des photos de l'hôpital, et ta mère.

Chéri secoua sa tête sans impatience.

— Non, dit-il. Le général Hagenbeck...

— Haar...

— ... Un colonel — et ma mère avec son uniforme. Sa tunique — comment tu dis ? jaquette ? — à petits boutons de cuir... Sa sous-ventrière élastique... Ses pattes d'épaules... Son col officier et son menton qui coule pardessus... Et sa canne. Non, tu sais... Je ne me fais pas plus brave que je ne suis : j'aime mieux m'en aller.

Il riait tout bas, et ne semblait pas gai quand il riait. Edmée posa sur son bras une main qui frémissait déjà d'irritation, mais se faisait légère :

— Tu ne parles pas sérieusement ?

— Que si. J'irai déjeuner au *Brekekekex*... ou ailleurs.

— Avec qui ?

— Avec qui je veux.

Il s'assit, secoua ses escarpins sans se pencher. Edmée s'adossa à un meuble de laque noire, et chercha les paroles qui ramèneraient Chéri au bon sens. Le satin blanc respirait sur elle au rythme de son souffle précipité, et elle croisa ses mains derrière son dos comme une martyre. Chéri la contempla avec une déférence dissimulée.

« Elle a vraiment l'air d'une femme bien, pensa-t-il. Les cheveux n'importe comment, en chemise, en peignoir de bain, elle a l'air d'une femme bien. »

Elle abaissa son regard, rencontra celui de Chéri, sourit.

— Tu me taquines, dit-elle plaintivement.

— Non, répondit Chéri. Je ne déjeunerai pas ici, voilà tout.

— Mais pourquoi ?

Il se leva, marcha jusqu'au seuil ouvert de leur chambre ténébreuse, parfumée de jardin nocturne, puis revint sur elle.

— Parce que. Si tu me forces à m'expliquer, je parlerai fort, je parlerai mal. Tu pleureras, tu laisseras glisser ton saut-de-lit « dans ton trouble », et... et malheureusement ça ne me fera rien du tout.

La même violence passa sur les traits de la jeune femme. Mais sa longue patience n'était pas à bout. Elle rit et haussa la ronde épaule, nue sous les cheveux.

— Tu peux toujours le dire, que ça ne te fera rien.

Il se promenait, vêtu maintenant de son seul caleçon court en mailles de soie blanche. Il marchait en éprouvant à chaque pas, soigneusement, l'élasticité du jarret et du cou-de-pied, et il frottait de la main, pour raviver leur bistre qui s'effaçait, deux petites cicatrices jumelles, sous le sein droit. Mince, moins pourvu de chair qu'à vingt ans, mais plus dur et mieux ciselé, il paradait volontiers devant sa femme, en rival plutôt qu'en amant. Il se savait plus beau qu'elle, et appréciait de haut, en connaisseur, la hanche abattue, le sein peu saillant, la grâce à lignes fuyantes qu'Edmée habillait si bien de robes plates et de tuniques glissantes. « T'as fondu, donc ? » lui demandait-il parfois, pour le plaisir de la peiner un peu, et de la voir cabrer, irritée, ce corps où la vigueur se dissimulait.

La réplique de sa femme lui déplut. Il la voulait distinguée, et muette, sinon insensible, dans ses bras. Il s'arrêta, abaissa ses sourcils, la toisa.

— Jolies manières, dit-il. C'est ton médecin en chef qui te forme ? La guerre, Madame !

Elle haussa son épaule nue.

— Ce que tu es enfant, mon pauvre Fred ! Une chance que nous sommes tout seuls. Me gronder, pour une plaisanterie... qui est un compliment... Me rappeler aux convenances, toi... toi ! après sept ans de mariage !

— Où prends-tu que ça fait sept ans ?

Il s'assit comme pour une discussion longue, nu, les jambes en V, allongées par ostentation sportive.

— Dame... Dix-neuf cent treize... Dix-neuf cent dix-neuf...

— Pardon, pardon ! Nous ne comptons pas sur le même calendrier. Ainsi, moi, je calcule...

Edmée fléchit un genou, se reposa sur une seule jambe, avouant sa fatigue, et Chéri l'interrompit :

— Ça avance à quoi, ce que nous faisons ici ? Couchons-nous, va. Tu as ta classe de danse demain à 9 heures, n'est-ce pas ?

— Oh ! Fred !...

Elle tordit et jeta une rose qui trempait dans un vase noir, et Chéri attisa le feu coléreux, mouillé de pleurs, qui brillait aux yeux d'Edmée.

— C'est comme ça que j'appelle ton solde de blessés, quand je me trompe...

Sans le regarder, elle murmurait, d'une bouche tremblante :

— Un sauvage... un sauvage... un être abominable...

Il ne désarmait pas, et riait.

— Qu'est-ce que tu veux que je te dise ? Pour toi, c'est entendu, tu accomplis une mission sacrée. Mais pour moi ?... Tu serais forcée d'être tous les jours à l'Opéra, dans la rotonde du haut, je n'y verrais pas de différence. Ça me laisserait tout aussi... tout aussi à part. Et ceux que j'appelle ton solde, eh bien, c'est des blessés, quoi. Des blessés un peu plus chanceux que d'autres, par hasard. Avec eux non plus je n'ai rien à faire. Avec eux aussi, je suis... à part.

Elle se retourna vers lui, d'un élan qui fit voler sa chevelure :

— Mon chéri ! n'aie pas de peine ! Tu n'es pas à part, tu es au-dessus de tout !

Il se leva, attiré par une carafe d'eau glacée dont la buée lentement se condensait en larmes azurées. Edmée s'empressa :

— Avec ou sans citron, Fred ?

— Sans. Merci.

Il but ; elle lui reprit des mains le verre vide, et il s'en alla vers la salle de bains.

— À propos, dit-il, la fuite, dans le ciment de la piscine... Il faudrait...

— C'est arrangé. L'homme des mosaïques en pâte de verre est le cousin de Chuche, un de mes blessés. Il ne s'est pas fait appeler deux fois, tu penses.

— Bon.

Il allait disparaître, il se retourna :

— Dis donc, cette affaire des *Ranch*, dont nous parlions hier matin, faut-il vendre, faut-il pas vendre ? Si demain matin j'en touchais un mot au père Deutsch ?

Edmée éclata d'un rire de pensionnaire :

— Penses-tu que je t'ai attendu ! Ce matin ta mère a eu une idée de génie, au moment où nous ramenions la baronne de l'hôpital chez elle.

— La mère La Berche ?

— Oui, la baronne... Ta mère lui en a, comme tu dis élégamment, touché un mot. La baronne est actionnaire de première heure, et ne quitte pas le président du conseil d'administration...

— Sauf le temps de s'appuyer un kil de blanc.

— Si tu m'interromps à chaque mot !... Et à 2 heures, tout était vendu, mon chéri ! Tout ! Le petit coup de feu de la Bourse — très éphémère — de l'après-midi nous met, simplement, deux cent seize mille francs en poche, Fred ! Ça en paie, ça, de la pharmacie et du pansement ! Je ne voulais te l'apprendre que demain, dans un de ces porte-billets étourdissants... Embrasse ?...

Il se tenait, blanc et nu, sous les plis d'une portière relevée, et regardait attentivement le visage de sa femme.

— Ben... dit-il enfin. Et moi, dans tout ça ?

Edmée secoua la tête avec malice.

— Ta procuration marche toujours, mon amour. « Le droit de vendre, acheter, passer en bail en mon nom... », etc., etc. Par exemple, je vais envoyer un souvenir à la baronne !

— Une bouffarde, dit Chéri, pensif.

— Ne ris pas ! Cette brave créature nous est si précieuse !

— Qui, nous ?

— Ta mère et moi. La baronne sait parler leur langue à nos hommes, et elle leur raconte des histoires un peu vertes, mais d'une saveur... Ils l'adorent !

Un rire bizarre trembla sur le visage de Chéri. Il laissa retomber derrière lui la portière sombre, dont la chute le supprima comme le sommeil efface la création d'un songe. Le long d'un corridor à demi éclairé de bleu, il avançait sans bruit, pareil à une figure flottante dans l'air, car il avait exigé, du haut en bas de sa maison, d'épais tapis. Il aimait le silence et la sournoiserie, et ne frappait jamais à la porte du petit salon que sa femme appelait, depuis la guerre, cabinet de travail. Elle n'en témoignait aucune impatience, devinait la présence de Chéri et ne tressaillait point.

Il se doucha, ne s'attarda pas dans l'eau fraîche, se parfuma distraitement et revint au petit salon.

Il entendait, dans la chambre à coucher voisine, qu'un corps couché froissait les draps, qu'un coupe-papier heurtait une porcelaine sur la table de chevet. Il s'assit, mit son menton sur sa main. À côté de lui, sur une petite table, il lut le menu du lendemain, préparé tous les jours pour le maître d'hôtel : « Homard thermidor, côtelettes Fulbert-Dumonteil, chaud-froid de canard, salade Charlotte, soufflé au curaçao, allumettes au chester... » Rien à redire. « Six couverts. » À ça, j'ai quelque chose à redire.

Il corrigea le chiffre, remit son menton sur sa main.

— Fred, tu sais l'heure qu'il est ?

Il ne répondit rien à la douce voix, mais il entra dans la chambre et s'assit devant le grand lit. Une épaule nue et l'autre voilée d'un peu de linge blanc, Edmée souriait malgré sa fatigue, elle se savait plus jolie couchée que debout. Mais Chéri, assis, remit son menton sur sa main.

— « Le Penseur », dit Edmée, pour le forcer à rire ou à bouger.

— Tu ne crois pas si bien dire, répliqua Chéri, sentencieux.

Il ramassa sur ses jambes les pans de sa robe chinoise et se croisa violemment les bras.

— Qu'est-ce que je fous ici ?

Elle ne comprit pas, ou ne voulut pas comprendre.

— Je me demande, Fred. Il est 2 heures, et je me lève à 8. Encore une de ces petites journées, demain... Tu n'es pas gentil de traînasser comme tu le fais. Viens, voilà un peu de vent qui se lève. On va dormir en courant d'air, on croira qu'on couche dans le jardin...

Il faiblit, et n'hésita qu'un instant à jeter loin de lui son vêtement de soie, tandis qu'Edmée éteignait l'unique lampe. Elle se glissa contre lui dans l'obscurité, mais il la retourna adroitement, la prit d'un bras solide par la ceinture, murmura : « Comme ça, ça fait bobsleigh », et s'endormit.

Par la petite fenêtre de la lingerie, où il se tenait caché, il les vit partir, le lendemain matin. L'automobile œuf-de-cane, une autre longue voiture américaine mijotaient à tout petit bruit dans l'avenue, sous les marronniers épais et bas. Une fraîcheur imaginaire émanait du trottoir arrosé et de l'ombre verte ; mais Chéri savait qu'une matinée de juin, le mois brûlant de Paris, fanait de l'autre côté de l'hôtel, dans le jardin, le lac de myosotis bleus entre ses margelles de mignardises roses.

Une sorte de crainte agita son cœur, quand il aperçut, allant à la grille de la maison, deux uniformes kaki, des étoiles d'or, un képi liséré de velours grenat.

— En uniforme, naturellement, le schnock !

Chéri nommait ainsi le médecin chef de l'hôpital d'Edmée, et il haïssait, sans le savoir, cet homme blond-roux qui disait à Edmée des mots techniques d'une voix caressante. Il murmura des injures confuses et cordiales à l'adresse du corps médical en particulier, et des porteurs obstinés d'uniforme en temps de paix. Il ricana parce que l'officier américain bedonnait :

« Pour une nation de sportifs, qu'est-ce qu'il tient comme bide ! » et il se tut au moment où Edmée, vive, de blanc vêtue, de blanc chaussée, parut et tendit sa main gantée de blanc. Elle parlait haut, vite, gaiement. Chéri ne perdit pas un des mots jetés par la bouche rouge qui riait sur de si petites dents. Elle alla jusqu'aux voitures, revint, réclama à un valet de chambre un carnet oublié, l'attendit en bavardant. Elle s'adressait en anglais au colonel américain, et baissait la voix, par déférence involontaire, pour répondre au Dr Arnaud.

Derrière le rideau de tulle, Chéri tenait l'arrêt. L'habitude de la défiance et du mensonge figeaient ses traits dès qu'il cachait un sentiment vif, et il surveillait sa solitude même. Son regard allait d'Edmée au médecin, du colonel américain à Edmée, et elle leva les yeux plusieurs fois vers le premier étage, comme avertie.

— Qu'est-ce qu'ils attendent ? gronda-t-il tout bas. Ah... c'est vrai... Oh ! nom de Dieu !

Charlotte Peloux, dans une torpédo menée par un jeune chauffeur impersonnel et sans défaut, arrivait. Sanglée de gabardine, elle portait droite sa tête sous un petit chapeau-casquette, et l'on voyait sur sa nuque la frange de cheveux rouges, coupés court. Elle ne mit pas pied à terre, souffrit qu'on la vînt saluer, reçut le baiser d'Edmée et s'informa sans doute de son fils, car elle leva la tête vers le premier étage, dévoilant ainsi ses yeux magnifiques où errait, comme aux grands yeux des pieuvres, un rêve inhumain et obscur.

— Elle a sa petite casquette, murmura Chéri.

Il frémit singulièrement, s'en gourmanda, et sourit quand les trois automobiles démarrèrent. Il attendit patiemment que sa « voiture de garçon » se rangeât, à 11 heures, au trottoir, et l'y laissa encore un bon moment. Deux fois il tendit la main vers le téléphone, et la laissa retomber. Sa velléité de convoquer Filipesco tomba vite, puis l'envie lui vint d'aller cueillir le fils Maudru et sa petite amie.

« Ou bien Jean de Touzac encore... Mais à cette heure-ci, il est encore noir, et il ronfle. Ah ! tout ça... tout ça ne vaut pas Desmond, il faut être juste... Pauvre vieux... »

Il pensait à Desmond comme à un mort de la guerre ; mais avec la pitié qu'il refusait aux morts. Desmond, vivant et perdu pour lui, lui inspirait une mélancolie presque tendre, et le respect jaloux dû à l'homme pourvu d'une « situation ». Desmond dirigeait un dancing et vendait des antiquités aux Américains. Pâle et sans force pendant une guerre qui l'avait vu porter tout ce qui n'est pas une arme, — paperasses, gamelles, vases souillés des hôpitaux — Desmond mordait à même la paix avec une fureur guerrière, dont les rapides fruits étonnaient Chéri. Le *Desmond's*, établi à l'étroit dans un hôtel particulier, avenue de l'Alma, abritait sous sa pierre de taille épaisse, sous ses plafonds à hirondelles et à aubépines, entre ses verrières à roseaux et à flamants, des couples frénétiques et muets. On dansait au *Desmond's*, le jour et la nuit, comme on danse au lendemain d'une guerre : les hommes, jeunes et vieux, délivrés du souci de penser et de craindre, vides, innocents, les femmes vouées à un plaisir plus grand que la volupté précise : la compagnie de l'homme, le contact de l'homme, son odeur, sa chaleur roboratives, la certitude, de la tête aux pieds éprouvée, d'être la proie d'un homme tout entier vivant, et d'obéir dans ses bras à un rythme aussi intime que celui du sommeil.

« Desmond s'est couché à 3 heures, ou trois heures et demie, calcula Chéri. Il a assez dormi. »

Mais il laissa encore une fois retomber sa main tendue vers le téléphone. Il descendit rapidement, sur la laine élastique et haute qui couvrait tous les parquets de sa maison, regarda avec mansuétude, en passant près de la salle à manger, cinq assiettes blanches, en couronne autour d'une vasque de cristal noir où voguaient des nymphéas roses, du même rose que la nappe, et ne s'arrêta qu'à la glace qui doublait l'épaisse porte du parloir, au rez-de-chaussée. Il cherchait et redoutait cette glace, qu'une porte-fenêtre trouble et bleue, assombrie encore par les feuillages du jardin, éclairait en face. Un choc léger arrêtait Chéri, chaque fois, contre son image. Il ne comprenait pas pourquoi cette image n'était plus exactement l'image d'un jeune homme de vingt-quatre ans. Il ne discernait pas les points précis où le temps, par touches imperceptibles, marque sur un beau visage l'heure de la perfection, puis l'heure d'une beauté plus évidente qui annonce déjà la majesté d'un déclin.

Il ne pouvait être question, dans la pensée de Chéri, d'un déclin qu'il eût en vain cherché sur ses traits. Il butait simplement contre un Chéri de trente ans, ne le reconnaissait pas tout à fait, et se demandait parfois : « Qu'est-ce que j'ai ? » comme s'il se fût senti un peu malade ou habillé de travers. Puis il passait la porte du parloir et n'y pensait plus.

Le *Desmond's*, établissement sérieux, ne dormait pas à midi, malgré ses nuits longues. Un concierge lavait à la lance sa cour pavée ; un valet poussait hors du perron le tas d'immondices distinguées, — poussière fine, papier d'étain, bouchons à calotte de métal, bouts de cigarettes dorées et chalumeaux de paille rompus — qui attestait quotidiennement la prospérité du *Desmond's*. Chéri franchit d'un saut ce reliquat d'une veille laborieuse, mais l'odeur de la maison lui barra la route comme une corde tendue. Quarante couples, encaqués, y avaient laissé l'odeur, le souvenir de leur linge trempé, refroidi et pénétré de fumée flottante. Chéri reprit courage et s'élança dans l'escalier rétréci par une rampe de chêne massif et ses balustres en cariatides.

Desmond n'avait pas gaspillé l'argent à rajeunir le luxe étouffant de 1880. Deux cloisons abattues, une glacière dans le sous-sol, un jazz grassement appointé, il n'en faudrait pas plus pendant une année encore. « Je ferai moderne pour attirer le monde, quand on dansera moins », disait Desmond. Il couchait au second étage, dans une chambre envahie par le liseron peint et la cigogne en verrières ; il se baignait dans du zinc émaillé, au long d'une frise de plantes fluviales en céramique, et le vieux chauffe-bain ronflait comme un bouledogue hors d'âge. Mais le téléphone brillait ainsi que l'arme quotidiennement exercée, et Chéri, bondissant de quatre marches en quatre marches, trouva son ami qui semblait boire, lèvres au calice, la ténébreuse haleine du récepteur. Il abaissa sur Chéri un regard errant, qui se posa à peine et regagna la corniche de convolvulus. Le pyjama jaune d'or blettissait son visage de veilleur, mais Desmond, grandi par le gain, avait dépassé le souci de sa laideur.

— Bonjour, dit Chéri. Me voilà. Ça fouette, dans ton escalier. Pire qu'un terrier.

— À douze, vous n'aurez pas le *Desmond's*, disait Desmond à l'invisible. Je ne suis pas embarrassé pour avoir Pommery à ce prix-là. Et pour ma cave personnelle, Pommery a du onze sans étiquettes... allô... oui, les étiquettes décollées dans le chambardement... qui fait mon affaire. Allô...

— Tu viens déjeuner, j'ai la bagnole en bas, dit Chéri.

— Non, et non, dit Desmond.

— Quoi ?

— Non, et non. Allô ?... Du sherry ! Vous vous foutez de moi. Je ne suis pas une boîte à liqueurs. Le champagne, ou rien. Ne perdez pas votre temps ni le mien. Allô... C'est possible. Seulement pour l'instant j'ai la vogue. Allô... 2 heures exactement. Je vous salue bien, Monsieur.

Il s'étira, avant de tendre mollement la main. Il ressemblait toujours à Alphonse XIII, mais la trentaine et la guerre avaient fixé à son sol nourricier cette oscillante graminée. Survivre, ne pas se battre, manger chaque jour, abuser, simuler, autant de victoires dont il sortait affermi et confiant en soi. L'assurance, la poche emplie le rendaient moins laid, et l'on pouvait compter qu'à soixante ans il donnerait l'illusion d'avoir passé pour un joli homme à grand nez et à grandes jambes. Il regardait Chéri de haut, en face, d'un œil réconcilié, et Chéri détournait la tête.

— Quoi, t'en es là ? Viens, mon vieux, il est midi et tu te lèves !

— Premièrement, je suis prêt, répliqua Desmond en entrouvrant son pyjama sur une chemise de soie blanche, cravatée d'un papillon mordoré. Deuxièmement, je ne déjeune pas en ville...

— Ça, dit Chéri, ça... Je ne trouve pas de mots !...

— ... Mais si tu veux, j'ai deux œufs au plat pour toi, la moitié de mon jambon, la moitié de ma salade, de mon stout et de mes fraises. Un café sans supplément.

Chéri le regarda avec une fureur de faible.

— Pourquoi ?

— Affaires, dit Desmond en nasillant exprès. Champagne. Tu as bien entendu. Ah ! ces marchands de vin ! Si on ne leur serrait pas la vis... Mais je suis là.

Il noua ses mains l'une à l'autre, et la fierté commerciale craqua dans ses phalanges :

— C'est non ? c'est oui ?

— C'est oui, chameau !

Chéri lui jeta son feutre mou à la figure, mais Desmond ramassa le chapeau et l'essuya du coude, pour montrer que les gamineries n'étaient plus de saison. Ils eurent les œufs refroidis, le jambon et la langue, et la bonne bière noire à écume beige. Ils parlaient peu, et Chéri, regardant la cour pavée, s'ennuyait avec déférence.

« Qu'est-ce que je fais ici ?... Je fais que je ne suis pas chez moi, devant les côtelettes Fulbert-Dumonteil. » Il imagina Edmée en blanc, le colonel américain poupin, et Arnaud, le médecin en chef devant qui Edmée jouait la fillette docile. Il pensa aux pattes d'épaules de Charlotte Peloux, et reportait sur son hôte une sorte de tendresse infructueuse, au moment où celui-ci l'interrogea brusquement :

— Sais-tu combien on a bu de champagne ici cette nuit, entre hier 4 heures et ce matin 4 heures ?

— Non, dit Chéri.

— Et sais-tu combien de bouteilles, entrées pleines, sont sorties vides, du 1er mai au 15 juin ?

— Non, dit Chéri.

— Dis un chiffre.

— Je ne sais pas, grogna Chéri.

— Mais dis ! Dis un chiffre, suppose, voyons ! Dis un chiffre !

Chéri gratta la nappe comme à l'examen. Il souffrait de la chaleur et de sa propre inertie.

— Cinq cents, dit-il avec peine.

Desmond se renversa sur sa chaise et son monocle décocha au passage une blessante flèche solaire dans l'œil de Chéri.

— Cinq cents ! Tu me fais rire.

Il se vantait. Il ne savait rire que par une sorte de sanglot des épaules. Il but son café, pour préparer mieux la stupeur de Chéri et reposa sa tasse :

— Trois mille trois cent quatre-vingt-deux, mon petit. Et sais-tu combien me laisse, en poche...

— Non, interrompit Chéri. Et je m'en fous. Assez. J'ai ma mère pour ça. Et d'ailleurs...

Il se leva, et ajouta, d'une voix hésitante :

— D'ailleurs l'argent... ne m'intéresse pas.

— Drôle, dit Desmond, blessé. Drôle. Amusant.

— Si tu veux, dit Chéri. Non, figure-toi que l'argent... ne m'intéresse pas... ne m'intéresse plus.

Ces mots simples sortirent péniblement de sa bouche et il ne releva pas le front. Il poussait du pied, sur le tapis, une croûte de biscotte, et l'embarras de sa confession, son regard dérobé, le rendaient pour un instant à sa merveilleuse adolescence.

Desmond lui accorda pour la première fois l'attention critique du médecin au malade : « Ai-je affaire à un simulateur ?... » Comme un médecin, il usa de paroles confuses et apaisantes :

— Un moment à passer. Tout le monde se sent un peu décollé. On ne se reconnaît plus. Le travail est un merveilleux moyen de recouvrer l'équilibre, mon vieux... Ainsi moi...

— Je sais, interrompit Chéri. Tu vas me dire que je manque d'occupation.

— C'est que tu le veux bien, railla Desmond condescendant. Ah ! quel temps béni...

Il allait avouer son exultation de négociant, et se contint à temps.

— C'est aussi affaire d'éducation. Évidemment, aux côtés de Léa, tu n'as pas appris la vie. Le maniement des choses et des gens te manque.

— On le croit, dit Chéri irrité. Léa, elle, ne s'y trompait pas. Preuve que je ne mens pas, elle se méfiait de moi, et elle me parlait toujours avant d'acheter ou de vendre.

Il bomba le poitrail, fier d'un temps passé où méfiance était synonyme de considération.

— Tu n'as qu'à t'y remettre, à l'argent, conseilla Desmond. C'est un jeu qui ne passe pas de mode.

— Oui, acquiesça Chéri, les yeux vagues. Oui, bien sûr. J'attends seulement.

— Tu attends quoi ?

— J'attends... je veux dire j'attends une occasion... une occasion meilleure...

— Meilleure que quoi ?

— Tu m'embêtes. Un prétexte, si tu veux, à reprendre en main tout ce que la guerre m'a ôté pendant longtemps... Ma fortune, qui est, en somme...

— Assez considérable, suggéra Desmond.

Avant la guerre il eût dit : « énorme », et sur un autre ton. Chéri rougit d'une humiliation fugitive.

— Oui... ma fortune, eh bien, la petite, ma femme, s'en occupe.

— Oh ! blâma Desmond, choqué.

— Eh bien, je t'assure. Deux cent seize mille avant-hier sur le petit coup de fièvre de la Bourse. Alors, je me demande, n'est-ce pas, comment intervenir... Qu'est-ce que je fiche dans tout ça ? Quand je veux m'en mêler, elles me disent...

— Qui, elles ?

— Eh, ma mère et ma femme... Elles me disent : « Repose-toi. Tu es un guerrier. Veux-tu un verre d'orangeade ? Passe donc chez ton chemisier, il se moque de toi. Et rapporte-moi en passant mon fermoir de collier qui est à la réparation... » Et ci, et ça...

Il s'animait, cachant de son mieux son ressentiment, mais les ailes de son nez remuaient en même temps que ses lèvres.

— Alors, est-ce qu'il faut que je place des autos, que j'élève du lapin angora, que je dirige une industrie de luxe ? Faut-il que je m'engage infirmier ou comptable dans le bazar, là, l'hôpital de ma femme...

Il marcha jusqu'à la fenêtre, revint violemment à Desmond.

— ... sous les ordres du Dr Arnaud, médecin en chef, et que je passe les cuvettes ? Faut-il que je prenne un dancing ? tu vois la concurrence...

Il rit pour faire rire Desmond, mais Desmond, qui s'ennuyait sans doute, tenait son sérieux.

— Depuis quand est-ce que ça t'a pris de penser à tout ça ? Tu n'y pensais pas, ce printemps, ni l'hiver dernier, ni avant ton mariage.

— Je n'avais pas le temps, répondit Chéri avec naïveté. On a fait un voyage, on a commencé d'installer l'hôtel, on a acheté des voitures juste pour se les voir réquisitionner. Tout ça a amené la guerre... Avant la guerre... avant la guerre j'étais... un gosse de riche, — j'étais un riche, quoi.

— À présent aussi.

— À présent aussi, répéta Chéri.

Il hésita de nouveau, cherchant ses mots :

— À présent, ce n'est plus la même chose. Les types ont la danse de Saint-Guy. Et le travail, et l'activité, et le devoir, et les femmes qui servent le pays... Tu parles, et qui sont folles pour le pèze... Elles sont commerçantes que c'en est à vous dégoûter du commerce. Elles sont travailleuses à vous faire prendre le travail en abomination...

Il leva sur Desmond son regard incertain :

— C'est donc mal, d'être riche, et de se laisser vivre ?

Desmond jouissait de son rôle, et se payait d'une servitude ancienne. Il posa une main protectrice sur l'épaule de Chéri :

— Mon petit, sois riche et laisse-toi vivre. Dis-toi que tu incarnes une aristocratie ancienne. Les barons féodaux sont tes exemples. Tu es un guerrier.

— Merde, dit Chéri.

— C'est un mot de guerrier. Seulement, laisse travailler les types qui sont des travailleurs.

— Toi, par exemple.

— Moi, par exemple.

— Évidemment, tu ne te laisses pas encombrer par les femmes, toi.

— Non, dit Desmond sèchement.

Car il cachait à tous un goût pervers pour sa caissière comptable, une brune douce, un peu duvetée et hommasse, le cheveu tiré, une médaille au col, qui avouait avec un sourire : « Moi, je tuerais pour un sou. Je suis comme ça. »

— Non. Ça non ! Tu ne peux donc parler de rien sans y mêler tout de suite « ma femme, les femmes... » et encore : « Du temps de Léa... » Il n'y a donc pas d'autres sujets de conversation, en 1919 ?

Chéri semblait écouter, par-delà la voix de Desmond, un autre son, intelligible déjà, encore lointain. « D'autres sujets de conversation ? » se répéta-t-il. « Pourquoi y en aurait-il d'autres ?... » Il rêva, maté par la lumière, la chaleur croissantes à mesure que le soleil tournait. Desmond parlait, inaccessible à la congestion et couleur de scarole d'hiver. Chéri entendit les mots : « petites poules... » et écouta.

— Oui, tout un noyau de relations amusantes, que je mets bien entendu à ta disposition... Et quand je dis petites poules, c'est parler légèrement d'une sélection unique, tu entends, unique... Mes habituées, un gibier fin, encore affiné par ces quatre années... Ah ! mon vieux, quand les capitaux rappliqueront assez fort, quel restaurant je monterai... Pas plus de dix tables qu'on s'arrachera... Je couvre la cour... Mon bail me garantit mes travaux, tu penses ! Un lino-liège pour la danse, au milieu, des projecteurs... C'est ça, l'avenir, c'est ça !...

Le trafiquant en tangos s'exprimait comme un fondateur de villes, et tendait le bras vers la fenêtre. Le mot « avenir » heurta Chéri, qui se tourna vers le point que visait Desmond, là-haut, au-dessus de la cour... Il ne vit rien, et se sentit las. Le soleil de 2 heures, réverbéré, châtiait tristement le petit toit d'ardoises de l'ancienne écurie, où logeait le concierge du *Desmond's*.

— Quel hall, hein ! dit Desmond avec ferveur en montrant la courette pavée. Ça viendra, et vite !

Chéri regardait profondément celui qui attendait et recevait, de chaque journée, sa manne. « Et moi ? » pensa-t-il tout bas, frustré...

— Tiens, mon marchand de vinasse ! s'écria Desmond. Sauve-toi, je vais le chambrer comme un corton.

Il serra la main de Chéri dans une main qui avait changé. D'étroite et fondante, elle s'était faite large, exigeante, camouflée en main probe et un peu dure. « La guerre... » persifla Chéri en lui-même.

— Tu vas... ? demanda Desmond.

Il retenait Chéri sur le perron, le temps d'exhiber au marchand de champagne un client décoratif.

— Par là, dit Chéri avec un geste.

— Mystère, murmura Desmond. Va, grande sultane !

— Oh ! non, dit Chéri. Tu te trompes.

Il imagina quelque femme, un corps moite, la nudité, une bouche... Il frémit d'antipathie sans objet, répéta doucement : « Tu te trompes », et remonta dans sa voiture.

Il emportait un malaise qu'il connaissait trop bien, l'agacement, la gêne de ne jamais exprimer ce qu'il eût voulu exprimer, de ne jamais rencontrer la personne à qui il devait confier un aveu indéfini, un secret qui eût tout changé et dépouillé de son insigne néfaste, par exemple, cet après-midi de pavés blanchis, d'asphalte flasque sous le soleil vertical...

« Seulement 2 heures, soupira-t-il. Et il fait jour jusqu'à plus de 9 heures, ce mois-ci... »

Le vent, créé par la vitesse, lui plaquait au visage le battement d'une sèche serviette chaude ; et il aspira à la nuit factice des rideaux bleus, au petit chant, sur trois notes, du jet d'eau au centre de sa margelle italienne, dans le jardin...

« En passant vite par le vestibule, je peux rentrer sans être aperçu. *Ils* en sont au café, là-bas... »

Il évoqua l'odeur du déjeuner fin, l'odeur attardée du melon, du vin de dessert qu'Edmée faisait verser après les fruits, et vit par avance l'image verdie de Chéri refermant la porte doublée de miroirs...

« Allons-y ! »

Deux automobiles, celle de sa femme et la voiture américaine, dormaient sous les feuillages bas devant la grille, confiées à un seul chauffeur américain endormi. Chéri mena sa voiture jusqu'à la rue de Franqueville déserte, revint jusqu'à sa porte qu'il ouvrit sans bruit, toisa sa sombre image dans le miroir vert et monta légèrement l'escalier de la chambre. Elle était telle qu'il la souhaitait, bleue, odorante, vouée au repos. Tout ce que sa course altérée avait désiré se trouvait là, et bien davantage, car une jeune femme vêtue de blanc poudrait son visage, ordonnait sa coiffure devant un long panneau de glace. Elle tournait le dos à Chéri et ne l'entendit pas venir ; il disposa donc d'un assez long moment pour contempler dans le miroir des traits animés par la chaleur et le repas, et revêtus d'un singulier caractère de désordre et de triomphe, d'un air d'émotion et de victoire outragée. Au même moment, Edmée aperçut son mari, ne cria point de surprise et se retourna sans hésiter. Elle l'examinait des pieds à la tête, attendant qu'il parlât le premier.

D'en bas monta, par la fenêtre entrouverte sur le jardin, la voix de baryton du Dr Arnaud, qui chanta : « *Ay, Mari, ay, Mari...* »

Edmée fit vers cette voix un mouvement de tout son corps, mais se contraignit à ne pas tourner la tête du côté du jardin.

Le courage un peu ivre qui parut dans ses yeux pouvait promettre des paroles graves. Par lâcheté ou par dédain, Chéri réclama le silence en approchant un doigt de ses lèvres, puis il désigna, du même doigt impératif, l'escalier. Edmée obéit, et passa résolument devant lui, sans pouvoir réprimer, au moment où la distance entre eux fut la plus courte, une torsion de rein, une accélération d'allure qui allumèrent en Chéri une éphémère velléité de châtiment. Il se pencha sur la rampe, rasséréné comme le chat au haut de l'arbre, pensa encore à punir, à briser, à fuir, et il attendit qu'un flot jaloux le soulevât. Rien ne vint, qu'une petite honte moyenne, très supportable. Cependant il se répétait : « Punir, tout casser... il y a mieux à faire... Oui, il y a mieux à faire... » Seulement il ne savait pas quoi.

Chaque jour, éveillé tôt ou tard, il commençait une journée d'attente. Il ne s'était pas méfié d'abord, croyant à la persistance d'une morbide habitude militaire.

En décembre 1918, il prolongeait, dans son lit de civil, une petite convalescence de rotule démise. Il s'étirait à l'aube et souriait : « Je suis bien. J'attends d'être encore mieux. Ça va être quelque chose, la Noël de cette année ! »

La Noël venue, mangée la truffe et brûlée la ramille de houx arrosée d'eau-de-vie sur un plat d'argent, devant Edmée immatérielle et conjugale, aux acclamations de Charlotte, de Mme de la Berche et d'un personnel infirmier mêlé d'officiers roumains et de colonels d'Amérique athlétiques et impubères, Chéri attendait : « Ah ! qu'ils s'en aillent, ces types ! J'attends de dormir, la tête au frais, les pieds au chaud, dans mon bon lit ! » 2 heures plus tard il attendait, plat comme un mort, le sommeil, au chant des petites chouettes d'hiver, rieuses dans les branches et qui interpellaient la lumière bleue de la chambre entrouverte. Il dormait enfin, mais requis dès le matin par l'attente insatiable, il attendait, en s'essayant tout haut à l'impatience joviale, le petit déjeuner : « Qu'est-ce qu'ils foutent, en bas, avec le jus ? » Il ne se rendait pas compte que l'emploi du mot grossier et du vocabulaire dit « poilu » coïncidait toujours chez lui avec un état d'esprit apprêté et une sorte de bonhomie évasive. Il déjeunait, servi par Edmée, mais il lisait dans le geste prompt de sa femme la hâte, l'heure du devoir, et il ne redemandait un toast, un petit pain chaud dont il n'avait plus envie, que par malignité, pour retarder le départ d'Edmée, pour retarder le moment où il recommencerait d'attendre.

Un lieutenant roumain qu'Edmée employait tantôt à quérir des plaques d'ambrine et du coton hydrophile, tantôt à postuler auprès des ministères, — « ce que le gouvernement refuse sans ménagement à un Français, un étranger l'obtient toujours ! » affirmait-elle — rebattit les oreilles de Chéri, lui vantant les devoirs d'un guerrier, indemne ou peu s'en faut, et la pureté paradisiaque de l'hôpital Coictier. Chéri escorta Edmée, renifla l'odeur antiseptique qui évoque implacablement celle des corruptions masquées, reconnut un camarade parmi les « pieds gelés » et s'assit sur le bord de son lit, en s'efforçant à la cordialité telle qu'on l'enseigne dans les romans de la guerre et les pièces patriotiques. Cependant il sentait bien qu'un homme valide, échappé à la guerre, n'a point de pareils ni d'égaux parmi les mutilés. Il vit le vol blanc des infirmières, la couleur cuite des têtes et des mains sur les draps, autour de lui. Une impotence odieuse pesa sur lui, il se surprit à recourber un de ses bras par scrupule, à traîner un peu la jambe. Mais l'instant d'après c'est malgré lui qu'il dilatait ses poumons et foulait le dallage, entre des momies couchées, d'un pas dansant. Il révéra Edmée avec impatience, à cause de son autorité d'ange gradé et de sa blancheur. Elle traversa une salle et posa sa main en passant sur l'épaule de Chéri, mais il sut qu'elle voulait, par ce geste de tendresse et de possession délicate, faire rougir d'envie et d'irritation une jeune infirmière brune qui contemplait Chéri avec une candeur de cannibale.

Il s'ennuya et ressentit la lassitude d'un homme qui renâcle, mené au musée, devant des rangs pressés de chefs-d'œuvre. Trop de blanc descendait des plafonds, rejaillissait des dallages, effaçait les angles, et il plaignit les hommes gisants à qui personne ne faisait l'aumône de l'ombre. L'heure de midi impose aux bêtes libres le repos et la retraite, aux oiseaux le silence sous les futaies, mais l'homme civilisé ne connaît plus les lois de l'astre. Chéri fit quelques pas vers sa femme, dans le dessein de lui dire : « Tire les rideaux, installe un panka, ôte sa pâtée de nouilles à ce pauvre type qui cligne des yeux et qui souffre, tu le feras manger à la nuit tombante... Donne-leur l'ombre, donne-leur une couleur qui ne soit pas ce blanc, et toujours ce blanc... » L'arrivée du Dr Arnaud lui retira le goût de conseiller et de servir.

Le docteur au ventre de toile blanche et aux cheveux d'or rouge n'avait pas fait trois pas dans la salle, que l'ange gradé et planant redescendait à une mission d'humble séraphin, rose de foi et de zèle... Alors Chéri se tourna vers Filipesco qui distribuait des cigarettes d'Amérique, le héla dédaigneusement : « Vous venez ? » et l'emmena, non sans avoir salué sa femme, le Dr Arnaud, infirmiers et infirmières avec une hauteur affable de visiteur officiel. Il traversa la courette de gros gravier, remonta dans sa voiture, et ne s'accorda pas plus de dix paroles de soliloque : « Le coup est régulier. Le coup du médecin en chef. » Il ne passa plus le seuil de l'hôpital et Edmée ne l'invita désormais que par courtoisie protocolaire, ainsi qu'on offre quand même la bécassine, à table, aux invités végétariens.

Il réfléchissait maintenant, en proie à l'oisiveté, si légère avant la guerre, si variée, sonore comme une coupe vide et sans fêlure. Pendant la guerre aussi, il avait subi la règle militaire de la fainéantise, la fainéantise sauf le froid, la boue, le risque, le guet, même un peu le combat. Entraîné au loisir par sa vie de jeune homme voluptueux, il avait impunément vu dépérir de mutisme, de solitude et d'impuissance, autour de lui, des compagnons vulnérables et frais.

Il avait assisté aux ravages qu'opérait, sur des êtres intelligents, la disette de papier imprimé, comparable à la privation d'un toxique quotidien. Alors que, contenté d'une lettre brève, d'une carte postale, d'un colis savamment bourré, il retombait dans le silence et la contemplation comme un chat dans un jardin nocturne, des hommes, dits supérieurs, lui montraient leur délabrement d'affamés. Ainsi il avait appris à renforcer d'orgueil sa patience, qui planait sur deux ou trois idées, sur deux ou trois souvenirs tenaces, hauts en couleur comme les souvenirs des enfants, et sur l'incapacité d'imaginer sa propre mort.

À maintes reprises, pendant la guerre, en sortant d'un long sommeil sans rêves ou d'un repos à chaque minute rompu, il lui était arrivé de s'éveiller hors du présent, dépouillé de son passé le plus récent, rendu à l'enfance, — rendu à Léa. Edmée surgissait un peu après, nette, bien construite, et la résurrection de son image, non moins que son abolition momentanée, mettait Chéri de bonne humeur. « Ça m'en ferait deux », constatait-il. Rien ne lui venait de Léa, il ne lui écrivait pas. Mais il recevait des cartes postales que signaient les doigts déformés de la mère Aldonza, des cigares choisis par la baronne de la Berche. Il rêva longtemps sur une longue écharpe de laine douce, à cause de sa couleur bleue comme un regard et du très vague parfum qui se levait d'elle aux heures de chaleur et de sommeil. Il aima cette écharpe, se serra contre elle dans l'ombre, puis elle perdit son parfum, sa fraîche nuance de prunelles bleues, et il n'y pensa plus.

Il ne s'inquiéta pas de Léa pendant quatre ans. De vieilles vigies, le cas échéant, eussent enregistré et transmis des événements qu'il n'imaginait guère. Qu'y avait-il de commun entre Léa et la maladie, Léa et le changement ?

En 1918, les mots : « le nouvel appartement de Léa », échappés à la baronne de la Berche, le frappèrent d'incrédulité.

— Elle a déménagé ?

— D'où sors-tu ? répliqua la baronne. Tout le monde le sait. Une belle opération, fichtre, la vente de son hôtel à des Américains ! J'ai vu son nouvel appartement. C'est petit, mais c'est douillet. Quand on s'assoit, on ne peut plus se lever, là-dedans.

Chéri s'accrocha à ces deux mots : « petit, mais douillet ». À court d'invention, il bâtit péniblement un décor rose, y jeta la vaste nef d'or et d'acier, le grand lit gréé de dentelles, et il suspendit à quelque nuée volante le Chaplin au téton de nacre.

Desmond cherchant un commanditaire pour son dancing, Chéri eut un mouvement d'inquiétude et de vigilance : « Le bougre, il va taper Léa, l'embringuer dans une affaire... Je vais la prévenir par téléphone. » Il n'en fit rien cependant. Car il est plus aventuré de téléphoner à une amie délaissée que de tendre la main, dans la rue, à un ennemi intimidé qui quête votre regard.

Il attendait encore, après le jour de la surprise devant la glace, après ce délit d'exaltation, de rougeur, de désordre. Il laissa passer le temps, et n'aggrava pas, en la précisant par des paroles, la certitude d'une complicité encore presque chaste entre sa femme et l'homme qui chantait « *Ay Mari !...* ». Car il se sentait plus léger, et il oublia pendant plusieurs jours de consulter inutilement son bracelet-montre, ainsi qu'il faisait à l'approche du crépuscule. Il prit l'habitude de s'asseoir au jardin dans un fauteuil de paille, comme s'il arrivait de voyage dans un jardin d'hôtel, et il regarda, étonné, la nuit proche anéantir le bleu des aconits, lui substituer un bleu dans lequel la forme des fleurs fondait, cependant que le vert des feuillages persistait en masses distinctes. La bordure de mignardises roses tournait au violet putride, puis sombrait rapidement, et les étoiles de juillet, jaunes, s'allumaient entre les branches du frêne panaché.

Il goûta chez lui un plaisir de passant assis dans un square, et il ne se demanda pas pour combien de temps il se reposait là, renversé, les mains pendantes. Parfois il pensait à ce qu'il nommait la scène du miroir, à l'atmosphère de la chambre bleue, secrètement troublée par le passage, le geste, la fuite d'un homme. Il se disait tout bas, avec une stupidité méthodique et machinale : « Voici un point acquis. C'est ce qu'on nomme un point-t-acquis », en faisant sonner le *t* de la liaison.

Au début de juillet, il essaya une nouvelle automobile découverte, qu'il nommait sa bagnole de villes d'eaux. Il emmena Filipesco, et Desmond, sur les routes que la sécheresse blanchissait, mais il revenait chaque soir vers Paris, fendant l'air rayé de chaud et de frais et qui abdiquait ses parfums à mesure que la ville approchait.

Un jour, il emmena la baronne de la Berche, virile compagne qui touchait de l'index, aux barrières d'octroi, son petit feutre bien enfoncé. Il la trouva commode, avare de paroles, attentive aux cabarets ombragés de glycine, aux débits villageois qui sentent la cave et le sable mouillé de vin. Immobiles, muets, ils couvrirent quelque trois cents kilomètres, et ne desserrèrent les dents que pour fumer et se repaître. Le lendemain, Chéri invitait en peu de mots Camille de la Berche : « On les met, baronne ? » et l'emmenait derechef.

La bonne voiture fonça sur les campagnes vertes, revint le soir vers Paris comme un jouet au bout d'un fil. Ce soir-là, Chéri, sans quitter de l'œil la route, distinguait à sa droite le profil de la vieille femme à figure d'homme, noble comme un vieux cocher de bonne maison. Il s'étonnait de la trouver respectable parce qu'elle était simple, et il devinait confusément, seul pour la première fois avec elle hors d'une cité, qu'une femme chargée d'une monstruosité sexuelle ne la porte pas sans bravoure et sans une certaine grandeur de condamnée.

Celle-ci ne se servait plus de sa méchanceté, depuis la guerre. L'hôpital l'avait remise en sa place, c'est-à-dire parmi les mâles, parmi les mâles juste assez jeunes, juste assez domptés par la douleur pour qu'elle pût, au milieu d'eux, vivre sereine, oubliant sa féminité avortée.

À la dérobée, Chéri regardait le grand nez de sa compagne, la lèvre grisonnante et poilue, les petits yeux paysans qui erraient, indifférents, sur les blés mûrs et les prés fauchés.

Pour la première fois, il se sentit porté vers la vieille Camille par un mouvement qui ressemblait à l'amitié, à la comparaison émue : « Elle est seule. Quand elle n'est plus avec ses soldats et avec ma mère, elle est seule. Elle aussi... Malgré sa pipe et son verre, elle est seule. »

Ils s'arrêtèrent en revenant vers Paris, à une « hostellerie » où la glace manquait, où des rosiers frits mouraient liés à des fûts de colonnes et à des fonts baptismaux anciens égaillés sur la pelouse. Un bois proche préservait de la brise ce lieu poudreux et un petit nuage, chauffé au cerise, se tenait immobile dans le haut du ciel.

La baronne vida, sur l'oreille d'un chèvre-pieds de marbre, sa courte pipe en racine de bruyère.

— Fera chaud sur Paris, cette nuit.

Chéri acquiesça du geste, et leva la tête vers le nuage cerise. Sur ses joues blanches, sur son menton frappé d'une fossette descendirent des reflets roses, distribués comme les touches de poudre rouge qui veloutent un visage de théâtre.

— Oui, dit-il.

— Oh ! tu sais, si ça te tente, ne rentrons que demain matin. Moi, le temps d'acheter un savon et une brosse à dents... Et on téléphonerait à ta femme. Demain matin, on mettrait les voiles sur les 4 heures, à la fraîche...

Chéri se leva avec une précipitation irréfléchie.

— Non, non. Je ne peux pas.

— Tu ne peux pas ? Allons !...

Il vit rire, à ses pieds, les petits yeux d'homme, et les grosses épaules tressaillantes.

— Je ne croyais pas que ça te tenait encore tant que ça, dit-elle. Mais du moment que ça te tient...

— Quoi ?

Elle s'était remise sur ses pieds, pesante et robuste, et elle lui envoya une forte claque sur l'épaule.

— Oui, oui. Tu vas circuler dans la journée, mais tu rentres à la cagna tous les soirs. Ah ! tu es bien tenu !

Il la regarda froidement. Il l'aimait déjà moins.

— On ne peut rien vous cacher, baronne. Je vous avance la voiture et en moins de 2 heures nous sommes chez vous.

Chéri n'oublia jamais leur retour nocturne, le rouge triste qui s'attarda longtemps sur l'ouest, l'odeur d'herbages, les papillons plumeux prisonniers dans le rayon des phares. Bloc noir épaissi par la nuit, la baronne veillait à son côté. Il conduisait prudemment ; l'air frais de la course devenait, quand il ralentissait aux tournants, un air chaud. Il se fiait à sa vue perçante, à ses membres attentifs, mais il pensait, malgré lui, à la vieille dame massive et étrangère, immobile contre son flanc droit, et il lui arriva d'éprouver une sorte de frayeur, une irritation des nerfs qui le mena à deux doigts d'une charrette sans lanterne. C'est à cet instant qu'une grosse main se posa légèrement sur son avant-bras.

— Fais attention, petit.

Il n'attendait, certes, ni le geste ni la douceur de l'accent. Mais rien ne justifia l'émotion qui les suivit, et ce nœud, ce fruit dur dans sa gorge. « Je suis idiot, je suis idiot », se répétait-il. Il avança moins vite et il s'amusa des rayons brisés, des zigzags d'or et des plumes de paon qui pendant quelques instants dansèrent, autour des lanternes, dans les larmes qui emplissaient ses yeux.

« Elle m'a dit que ça me tenait, que j'étais bien tenu. Si elle nous voyait, Edmée et moi... Depuis combien de jours dormons-nous comme des frères ? » Il essaya de compter : trois semaines, peut-être davantage ?... « Ce qu'il y a de plus rigolo là-dedans, c'est qu'Edmée ne réclame rien, et qu'elle est souriante au réveil. » En lui-même, il employait toujours le mot « rigolo » quand il voulait esquiver le mot « triste ». « Un vieux ménage, quoi, un vieux ménage... Madame et son médecin en chef, Monsieur et... son auto. Tout de même, la vieille Camille, elle a dit que j'étais tenu. Tenu. Tenu. Si jamais je la remmène, celle-là... »

Il la remmena, car juillet se mit à brûler Paris. Mais ni Edmée ni Chéri ne se plaignaient de la canicule. Chéri rentrait le soir, courtois, distrait, le dessus des mains et le bas du visage au brou de noix. Il se promenait nu entre la salle de bains et le boudoir d'Edmée.

— Vous avez dû cuire aujourd'hui, pauvres gens de Paname ! raillait Chéri.

Un peu pâlie et fondue, Edmée redressait son joli dos d'esclave, niait sa fatigue :

— Eh bien, pas tant que ça, figure-toi. Il y avait plutôt plus d'air qu'hier. Mon bureau est frais, là-bas, tu sais. Et puis on n'a pas eu le temps d'y penser. Mon petit vingt-deux qui allait si bien...

— Ah oui ?

— Oui. Le Dr Arnaud n'a pas bonne impression.

Elle n'hésitait jamais à jeter le nom du médecin en chef en avant, comme on engage une pièce décisive sur l'échiquier. Mais Chéri ne sourcillait pas. Alors Edmée suivait du regard l'homme nu, sa nudité verdie délicatement par le reflet des rideaux bleus. Il passait et repassait devant elle, offert, blanc, entraînant sa zone de parfum, et déjà hors de portée. La confiance même de ce corps nu, incomparable, hautain, reléguait Edmée dans une immobilité faiblement vindicative. Ce corps nu, elle ne l'eût réclamé à présent que d'une voix où l'accent, le cri de l'urgence manquaient, une voix humaine de compagne adoucie. Un bras velu d'or fin, une bouche ardente sous le poil d'or la retenaient maintenant, et elle contemplait Chéri, jalouse, sage, rassurée comme un amant qui convoite une vierge inaccessible à tous.

Ils parlaient encore de villégiatures, de départs, par répliques légères et conventionnelles.

— La guerre n'a pas assez changé Deauville, et quelle cohue... soupirait Chéri.

— On ne peut plus manger nulle part, et la réorganisation de l'industrie hôtelière est une tâche formidable ! affirmait Edmée.

Vers le 14 juillet, Charlotte Peloux annonça, en déjeunant, la réussite d'une « affaire de couvertures », et se lamenta bien haut que Léa eût touché la moitié du bénéfice. Chéri, étonné, leva la tête.

— Tu la vois donc ?

Charlotte Peloux baigna son fils d'un amoureux regard de vieux porto, et appela sa belle-fille en témoignage :

— Il a de ces mots... de ces mots... des mots de gazé. N'est-ce pas ? Des mots de gazé. C'en est inquiétant, des fois. Je n'ai jamais cessé de voir Léa, mon chéri. Pourquoi aurais-je cessé de la voir ?

— Pourquoi ? répéta Edmée.

Il regardait les deux femmes, et trouvait à leur bienveillance une étrange saveur.

— C'est que tu ne me parlais jamais d'elle... commença-t-il avec naïveté.

— Moi ! aboya Charlotte. Écoute, non, écoute... Edmée, vous l'entendez ? Enfin, c'est tout à la louange du sentiment qu'il vous porte. Il a si bien oublié tout ce qui n'est pas vous...

Edmée sourit sans répondre, pencha la tête et remonta, en la pinçant entre deux doigts, la dentelle qui bornait le décolletage de sa robe. Son geste guida le regard de Chéri vers son corsage, et il vit qu'au travers du linon jaune paraissaient, comme deux meurtrissures égales, les pointes de ses seins et leur halo mauve. Il frémit et comprit à ce frémissement que ce gracieux corps, ses plus impudiques détails, sa grâce correcte, que toute cette jeune femme proche, déloyale, disponible, n'éveillait plus en lui qu'une répugnance précise. « Allons, allons ! » Mais il fouettait une bête inerte. Et il écoutait Charlotte, épanchée en ruisseaux nasillards :

— ... Encore avant-hier, je disais devant toi que voiture pour voiture, eh bien, j'aime mieux un taxi, un taxi, tu entends, que la Renault hors d'âge de Léa, et ce n'est pas avant-hier, non, c'est hier que je disais, en parlant de Léa, qu'à tant faire que d'avoir un domestique mâle quand on est une femme seule, autant le prendre beau garçon... Et Camille, donc, qui regrettait, devant toi, l'autre soir, d'avoir fait expédier à Léa une deuxième pièce de Quart-de-Chaume au lieu de la garder pour elle ?... À force de te faire des compliments sur ta fidélité, mon chéri, je vais te reprocher ton ingratitude. Léa méritait mieux de toi. Edmée sera la première à le reconnaître !

— La seconde, rectifia Edmée.

— Je n'ai rien entendu, dit Chéri.

Il se gorgeait de cerises de juillet, dures et rosées, et les lançait, sous le store baissé, aux moineaux du jardin qui fumait, trop irrigué, comme une source chaude. Edmée, immobile, prolongeait en elle-même les derniers mots de Chéri : « Je n'ai rien entendu. » Il n'avait certes pas menti, et pourtant sa désinvolture, sa fausse gaminerie à pincer des noyaux de cerises, à viser un passereau, l'œil gauche fermé, parlaient à Edmée un langage presque clair. « À quoi pensait-il, quand il n'entendait pas ? »

Avant la guerre, elle eût cherché une femme. Un mois plus tôt, au lendemain de la scène du miroir, elle eût craint des représailles, quelque cruauté de Peau-Rouge, un coup de dents au nez. Mais non... rien... il vivait, innocent, ambulant, tranquille dans sa liberté comme un prisonnier au fond de sa geôle, et chaste comme un animal amené des antipodes, qui ne cherche même pas de femelle sur notre hémisphère.

« Malade ?... » Il dormait assez, mangeait à sa guise, c'est-à-dire délicatement, flairant les viandes avec suspicion, amateur de fruits et d'œufs frais. Aucun tic nerveux ne fêlait le bel équilibre de ses traits, et il buvait plus d'eau que de champagne. « Non, il n'est pas malade. Et pourtant il a... quelque chose. Quelque chose que je devinerais, sans doute, si j'étais encore amoureuse de lui. Mais... » Elle redressa de nouveau la dentelle de son décolletage, aspira la chaleur, l'odeur qui montaient de sa gorge et vit paraître, en penchant la tête, les médailles jumelles, mauves et roses, de ses seins à travers l'étoffe. Elle rougit de sensualité et promit ce parfum, ces ombres mauves à l'homme roux, adroit et condescendant, qu'elle allait retrouver dans une heure.

« Elles parlaient de Léa, tous les jours, devant moi, et je n'ai pas entendu. Je l'ai oubliée. Mais oublier, qu'est-ce que c'est ? Si je pense à Léa, je la vois bien, je me souviens du son de sa voix, du parfum qu'elle vaporisait sur elle et qu'elle écrasait tout mouillé dans ses grandes mains... » Il serra les narines et remonta la bouche vers son nez, en une grimace de gourmandise.

— Fred, tu viens de faire une grimace abominable, tu ressemblais, trait pour trait, au renard qu'Angot a rapporté des tranchées...

Ils vivaient le temps le moins difficile de leur journée, après le réveil et le petit déjeuner. Ranimés par la douche, ils écoutaient avec gratitude tomber une pluie froide qui avançait de trois mois sur la saison, une pluie qui détachait les feuilles du faux automne parisien et couchait les pétunias. Ils ne se donnaient pas la peine de chercher, ce matin-là, une excuse à leur obstination citadine. Charlotte Peloux ne les avait-elle pas, la veille, tirés d'embarras en déclarant : « On est des parigots de race, nous ! Des vrais, des purs ! Nous et les concierges, on peut dire que nous avons vraiment goûté le premier été du Paris d'après-guerre ! »

— Fred, c'est de l'amour que tu as pour ce complet ? Tu ne le quittes plus. Il n'est pas frais, tu sais ?

Chéri fit un geste de la main, dans la direction de la voix d'Edmée, un geste qui demandait le silence et suppliait qu'on ne détournât pas son attention, vouée pour l'instant à une besogne exceptionnellement mentale.

« Je voudrais savoir si je l'ai oubliée. Mais qu'est-ce que c'est, oublier ? Depuis un an que je ne l'ai pas vue... » Il subit un petit choc d'éveil, un sursaut, et s'aperçut que sa mémoire supprimait la guerre. Puis il compta les années et tout fut muet, en lui, de stupeur, pendant un moment.

— Fred, je ne pourrai donc jamais obtenir que tu laisses ton rasoir dans la salle de bains au lieu de l'apporter ici ?

Il se retourna mollement. À peu près nu, encore humide, il montrait son torse argenté, çà et là, de plaques de talc.

— Quoi ?

La voix, qui lui semblait lointaine, se mit à rire.

— Fred, tu as l'air d'un gâteau mal sucré ! Un gâteau qui n'a pas bonne mine... L'an prochain, nous ne serons pas si bêtes que cette année. Nous aurons une propriété à la campagne...

— Tu veux une propriété ?

— Oui. Pas ce matin, tu penses...

Elle épinglait ses cheveux en désignant du menton le rideau de pluie qui coulait, sans vent ni tonnerre, d'un orage gris.

— Mais l'an prochain, par exemple... N'est-ce pas ?

— C'est une idée. Oui, c'est une idée.

Il se débarrassait d'elle, poliment, pour retourner à son étonnement. « J'ai cru que je ne l'avais pas vue depuis un an seulement. Je ne pensais pas à la guerre. Il y a donc un, deux, trois, quatre, cinq ans que je ne l'ai pas vue. Un, deux, trois, quatre... Mais alors, je l'avais donc oubliée ? Non, puisqu'elles en parlaient devant moi, ces femmes, sans que je saute et que je m'écrie : "Tiens, c'est vrai, au fait, et Léa ?" Cinq ans. Elle avait quel âge en 1914 ? »

Il compta encore, et buta contre un total invraisemblable. « Ça lui ferait à peu près soixante ans aujourd'hui ?... Quelle blague... »

— Il s'agirait, poursuivait Edmée, de ne pas se tromper dans notre choix. Une jolie région, tiens, c'est...

— La Normandie, acheva Chéri distraitement.

— Oui, la Normandie... Tu connais la Normandie ?

— Non... Pas précisément... c'est vert. Il y a des tilleuls... des pièces d'eau...

Il ferma les yeux, comme étourdi.

— Où ça ? Dans quel endroit de la Normandie ?

— Des pièces d'eau, de la crème, des fraises et des paons...

— Tu en sais des choses sur la Normandie ! Quel pays ! Il y a tout ça, et puis quoi encore ?

Il avait l'air de lire ce qu'il décrivait, penché sur le miroir rond où il vérifiait d'habitude, après sa toilette, le poli de ses joues et de son menton. Il continua, passif et hésitant :

— Des paons... La lune sur les parquets et un grand, grand tapis rouge jeté sur une allée...

Il n'acheva pas, oscilla légèrement et glissa sur le tapis. Le flanc du lit arrêta à mi-chemin sa chute, et il appuya contre les draps défaits une tête évanouie que le hâle, superposé à la pâleur, teignait d'un vert d'ivoire.

Presque aussi vite que lui, et sans cri, Edmée se jeta à terre, soutint d'une main la tête ballante, tendit, sous des narines que le sang quittait, un flacon ouvert, mais deux bras défaillants la repoussèrent :

— Laisse-moi... Tu vois bien que je suis en train de mourir.

Cependant il ne mourait pas, et sa main demeurait tiède entre les doigts d'Edmée. Il avait parlé dans un murmure, avec l'emphase et la suavité des suicidés très jeunes qui viennent en un moment de solliciter et d'éviter la mort.

Il entrouvrait les lèvres sur ses dents brillantes, et respirait d'un souffle égal. Mais il ne se hâtait pas de revivre tout à fait. Il se retranchait, derrière ses paupières et ses cils, au sein du domaine vert qu'il évoquait l'instant de sa syncope, un domaine plat, riche en fraisiers et en abeilles, en lunes d'eau ourlées de pierre chaude... Quand la force lui revint il garda les yeux clos, en pensant : « Si j'ouvre les yeux, Edmée va y voir tout ce que je regarde... »

Elle demeurait penchée, un genou plié. Elle lui portait une attention efficace, professionnelle. De sa main libre, elle atteignit un journal, s'en servit pour agiter l'air autour du front renversé. Elle chuchotait des paroles insignifiantes et nécessaires :

— C'est l'orage... Détends-toi... Non, ne te relève pas. Attends que je glisse l'oreiller sous toi...

Il se redressa, sourit, remercia d'une pression de main. Une envie de citrons, de vinaigre lui séchait la bouche. La sonnerie du téléphone détacha Edmée de lui.

— Oui... Oui... Quoi ? Je le sais bien qu'il est 10 heures ! Oui. Quoi ?

À la brièveté impérieuse des répliques, Chéri comprit qu'on téléphonait de l'hôpital.

— Oui, naturellement, je viens. Quoi ? Dans...

Elle évalua, d'un rapide regard, la résurrection de Chéri.

— Dans vingt-cinq minutes. Merci. À tout à l'heure.

Elle ouvrit largement les deux battants vitrés de la porte-fenêtre et quelques gouttes de la pluie paisible entrèrent dans la chambre, avec une fade odeur de rivière.

— Tu es mieux, Fred ? Qu'est-ce que tu as ressenti ? Rien au cœur, n'est-ce pas ? Tu dois perdre tes phosphates. Voilà le fruit de notre ridicule été. Mais, qu'est-ce que tu veux...

Elle regarda furtivement le téléphone comme elle eût regardé un témoin.

Chéri se mit debout sans effort apparent.

— File, mon petit. Tu seras en retard à ta boîte. Je vais tout à fait bien.

— Un grog léger ? Un peu de thé chaud ?

— Ne t'occupe pas de moi... Tu as été bien gentille. Oui, un peu de thé, demande-le en t'en allant. Et du citron.

Cinq minutes plus tard elle partait, après un regard où elle croyait ne laisser paraître que de la sollicitude, mais qui quêtait en vain une vérité, l'explication d'un état de choses inexplicable. Comme si le bruit d'une porte fermée eût coupé ses liens, Chéri s'étira, se sentit léger, froid et vide. Il s'élança vers la fenêtre, vit sa femme traverser le jardinet, tête baissée, sous la pluie. « Elle a un dos de coupable », décréta-t-il, « elle a toujours eu un dos de coupable. Par-devant, c'est une petite dame très bien. Mais son dos en raconte long. Mon évanouissement lui a fait perdre une bonne demi-heure. Mais revenons à nos moutons, comme dirait ma mère. Léa avait, quand je me suis marié, cinquante et un ans, au bas mot ! assure Mme Peloux. Elle aurait cinquante-huit ans, peut-être soixante... L'âge du général Courbat ? Allons !... C'est simplement rigolo ».

Il tâcha d'associer, à l'image d'une Léa de soixante ans, la moustache en crins blancs, les joues ravinées du général Courbat et ses aplombs d'antique cheval de fiacre.

« Tout ce qu'il y a de plus rigolo... »

L'arrivée de Mme Peloux trouva Chéri occupé à son divertissement, pâle, immobile devant le jardin ruisselant et mordillant une cigarette éteinte. Il ne sourcilla pas à l'entrée de sa mère.

— Vous voilà bien matinale, ma bonne mère, dit-il.

— Et toi levé du mauvais pied, il me semble, riposta-t-elle.

— Pure illusion. Y a-t-il des circonstances atténuantes à votre activité, au moins ?

Elle leva les yeux et les épaules vers le plafond. Un petit chapeau de cuir, sportif et gamin, descendait en visière sur son front.

— Mon pauvre petit, soupira-t-elle, si tu savais ce que j'entreprends en ce moment... Si tu savais quelle œuvre grandiose...

Il scrutait du regard, sur le visage de sa mère, les profonds sillons en guillemets autour de la bouche, la courte vague molle du double menton dont le flux et le reflux couvraient, puis découvraient le col du manteau imperméable. Il soupesait les poches mouvantes des paupières inférieures, en répétant pour lui-même : « Cinquante-huit... Soixante... »

— Sais-tu à quelle tâche je me voue, le sais-tu ?

Elle prit un temps, ouvrit plus grands ses grands yeux cernés d'un trait de crayon noir :

— Je ressuscite les thermes de Passy. Les thermes de Passy. Oui, naturellement, ça ne te dit rien, à toi. Les sources sont là, en dessous de la rue Raynouard, à deux pas. Elles dorment, elles ne demandent qu'à être réveillées. Des eaux extrêmement actives. Si nous savons nous y prendre, c'est la ruine d'Uriage, l'effondrement du Mont-Dore peut-être, — mais ce serait trop beau ! Je me suis déjà assuré le concours de vingt-sept médecins suisses. Le conseil municipal de Paris, travaillé par Edmée et par moi... C'est d'ailleurs pour ça que je viens, j'ai manqué ta femme de cinq minutes... Qu'est-ce que tu as ? Tu ne m'écoutes pas ?

Il s'entêtait à allumer sa cigarette humide. Il y renonça, la jeta sur le balcon où les grosses gouttes de pluie rejaillissaient comme des sauterelles, et toisa sa mère sérieusement.

— Je vous écoute, dit-il. Et même, je sais d'avance ce que vous voulez me dire. Je la connais, votre affaire. Elle s'appelle : combines, trucs, pots-de-vin, parts de fondateur, couvertures américaines, haricots secs, etc. Vous ne pensez tout de même pas que je suis sourd ou aveugle, depuis un an ? Vous êtes des méchantes et des vilaines, voilà tout. Je ne vous en veux pas.

Il se tut et s'assit, en tourmentant par habitude, au-dessus de sa mamelle droite, ses deux petites cicatrices jumelles. Il contemplait le jardin vert battu de pluie, et sur son visage détendu luttaient la lassitude et la jeunesse, celle-là creusant la joie, noircissant l'orbite, celle-ci intacte sur l'arc ravissant et la pulpe élastique des lèvres, sur l'aile duvetée de la narine, dans la noire abondance de la chevelure.

— Eh bien, dit enfin Charlotte Peloux, j'en entends ! La morale se niche où elle peut. J'ai donné le jour à un censeur.

Il ne sortit point de son mutisme ni de son immobilité.

— Et tu le juges, ce pauvre monde pourri, du haut de quoi ? De ton honnêteté, sans doute ?

Sanglée de cuir comme un reître, elle se montrait égale à elle-même et prête à combattre. Mais Chéri semblait en avoir fini avec toutes les batailles.

— De mon honnêteté... Peut-être. Si j'avais cherché le mot, je n'aurais pas trouvé celui-là. C'est vous qui me le fournissez. Va pour l'honnêteté.

Elle ne répondit rien, remettant à plus tard l'offensive. Elle se tut pour donner toute son attention à l'aspect singulier de son fils. Il tenait ses genoux écartés, ses coudes sur ses genoux, et croisait fortement les mains. Il regardait toujours le jardin ployé sous le fouet de la pluie, et il soupira au bout d'un moment sans détourner la tête :

— Vous croyez que c'est une vie ?

Elle ne faillit point à lui demander :

— Quelle vie ?

Il souleva et laissa retomber un de ses bras.

— Ma vie. La vôtre. Tout ça. Tout ce qu'on voit.

Mme Peloux eut un moment d'hésitation, puis jeta son manteau de cuir, alluma une cigarette et s'assit à son tour.

— Tu t'ennuies ?

Séduit par la douceur inusitée d'une voix qui se faisait aérienne et précautionneuse, il fut naturel et presque confiant.

— M'ennuyer ? Non, je ne m'ennuie pas. Pourquoi voulez-vous que je m'ennuie ? Je suis un peu... comment ? un peu soucieux, voilà tout.

— De quoi ?

— De tout. De moi, et même de vous.

— Tu m'en vois surprise.

— Moi aussi. Ces types... cette année... cette paix...

Il écartait les doigts, comme s'il les eût sentis poissés ou enlacés d'un cheveu trop long.

— Tu dis ça comme on disait : « cette guerre... ».

Elle lui posa une main sur l'épaule, et baissa le ton avec intelligence :

— Qu'est-ce que tu as ?

Il ne supporta pas le poids interrogateur de cette main, et se leva, s'agita, d'une manière incohérente.

— J'ai que tout le monde est des salauds. Non, supplia-t-il en voyant sur le visage maternel une hauteur apprêtée, non, ne recommencez pas. Non, les personnes présentes ne sont pas exceptées. Non, je ne comprends pas que nous vivons un temps magnifique, une aube comme ci et une résurrection comme ça. Non, je ne suis pas en colère, je ne vous aime pas moins, je n'ai pas mal au foie. Mais je crois bien que je suis à bout.

Il se promena en faisant craquer ses phalanges, et huma l'embrun douceâtre que la lourde pluie vaporisait en frappant le balcon. Charlotte Peloux jeta son chapeau et ses gants rouges, en donnant à son geste un caractère de pacification.

— Explique-toi, petit. Nous sommes tout seuls.

Elle lissait en arrière sa chevelure rouge de vieille dame, taillée garçonnièrement, et sa robe amadou la moulait comme une bâche épouse un tonnelet. « Une femme... Elle a été une femme... Cinquante-huit... soixante... », songeait Chéri. Elle tourna vers lui son bel œil velouté, plein d'une coquetterie maternelle dont il avait oublié depuis bien longtemps le féminin pouvoir. À l'attrait soudain du regard de sa mère, il entrevit le danger, la difficulté de l'explication où elle le menait. Mais il se sentait veule et désert, sollicité par ce qui lui manquait. L'espoir d'offenser, en outre, le poussa.

— Oui, répondit-il à lui-même. Vous avez les couvertures, les pâtes alimentaires, les Légions d'honneur.

Vous rigolez avec les séances de la Chambre et l'accident du fils Lenoir. Mme Caillaux vous passionne, et les thermes de Passy. Edmée, c'est son bazar à blessés et son médecin en chef. Desmond, il cuisine dans le dancing, le commerce des vins, le placement des poules. Filipesco, il carotte des cigares aux Américains et aux hôpitaux pour les revendre dans les boîtes de nuit. Jean de Touzac, il est dans les stocks, c'est tout dire... Quelle clique... Enfin...

— Tu oublies Landru, insinua Charlotte.

Il glissa vers elle un clin d'œil égayé, un muet compliment dédié à l'humour méchant qui rajeunissait la championne fanée.

— Landru, ça ne compte pas, c'est une affaire qui sent l'avant-guerre. C'est normal, Landru. Mais le reste... Enfin... Enfin bref tout le monde est des salauds, et... et ça ne me convient pas. Voilà.

— C'est bref en effet, mais pas très clair, dit Charlotte au bout d'un moment. Tu nous habilles bien. Remarque que je ne dis pas que tu aies tort. J'ai les qualités de mes défauts, moi, et rien ne me fait peur. Seulement, ça ne m'apprend pas où tu veux en venir.

Chéri se balança gauchement sur son siège. Il nouait ses sourcils entre ses yeux et ramenait en avant la peau de son front comme pour retenir un chapeau que le vent soulève.

— Où je veux en venir... Je ne sais pas, moi. Je voudrais que les gens ne soient pas des salauds, je veux dire pas uniquement des salauds... Ou bien je voudrais simplement ne pas m'en apercevoir.

Il exprimait une timidité, un besoin de composer avec son malaise, tels que Charlotte s'en égaya :

— Mais pourquoi t'en aperçois-tu ?

— Ah voilà... Justement, voilà.

Il lui sourit d'un sourire désarmé, et elle remarqua combien le visage de son fils devenait moins jeune dans le sourire. « On devrait tout le temps lui annoncer des malheurs », se dit-elle, « ou bien le mettre hors de lui. La gaieté ne l'embellit pas. » À son tour, elle laissa échapper, dans une bouffée de fumée, une naïveté ambiguë :

— Avant, tu ne t'en apercevais pas, de tout ça.

Il releva la tête d'un vif mouvement :

— Avant ? Avant quoi ?

— Avant la guerre, voyons.

— Ah ! oui... murmura-t-il, déçu. Non, avant la guerre, évidemment... Mais avant la guerre, je ne voyais pas tout ça du même œil.

— Pourquoi ?

Ce simple mot le laissa muet.

— Je te dis, railla Charlotte, que tu es devenu honnête !

— Vous ne voudriez pas admettre, par hasard, que je le suis simplement resté ?

— Non, non. Ne confondons pas !

Elle discutait, les joues rouges, avec une passion de devineresse.

— Ton genre de vie avant la guerre, tout de même, — je me mets à la place des gens qui n'ont pas les idées larges et qui ne voient les choses que du dehors, comprends-moi ! — ce genre d'existence-là, tout de même, ça a un nom !

— Si vous voulez, acquiesça Chéri. Et puis ?

— Eh bien, ça implique une... une manière de voir. Tu as vu l'existence du point de vue du gigolo.

— C'est bien possible, dit Chéri indifférent. Après ? Vous y voyez du mal ?

— Certainement non, protesta Charlotte avec une simplicité d'enfant. Mais, n'est-ce pas, il y a un temps pour tout.

— Oui...

Il soupira profondément, la tête levée vers le ciel masqué de nues et de pluie :

— Il y a un temps pour être jeune et un temps pour être moins jeune. Il y a un temps pour être heureux... Vous croyez que j'avais besoin de vous pour m'en apercevoir ?

Elle manifesta une agitation subite, alla et vint à travers la pièce, le fessier rond et serré dans sa robe, épaisse et preste comme une petite chienne engraissée, et revint se camper en face de son fils.

— Eh bien, mon chéri, te voilà bien embarqué, je le crains, pour une bêtise.

— Laquelle ?

— Oh ! il n'y en a pas tant. Le couvent. Ou une île déserte. Ou l'amour.

Chéri sourit d'étonnement.

— L'amour ? Vous voulez que... L'amour avec...

Il désignait, du menton, le boudoir d'Edmée, et le visage de Charlotte étincela :

— Qui te parle d'elle ?

Il rit, et reprit sa grossièreté par instinct de préservation :

— Vous, dans une minute vous allez m'offrir de l'Américaine !

D'un haut-le-corps théâtral elle se défendit :

— De l'Américaine ? Vraiment ! Et pourquoi pas une femme en caoutchouc pour marins, aussi ?

Il approuva ce dédain chauvin de technicienne. Depuis son enfance il savait qu'une Française ne déchoit pas à cohabiter avec un étranger, pourvu qu'elle l'exploite ou qu'il la ruine. Il connaissait par cœur la liste des qualificatifs outrageants dont une courtisane autochtone flétrit, à Paris, l'étrangère dissolue. Mais il déclina l'offre, sans ironie, et Charlotte écarta ses petits bras, avança une lèvre de clinicien qui avoue son impuissance.

— Je ne te propose pas de travailler... risqua-t-elle avec pudeur.

Chéri chassa d'un tour d'épaules la suggestion importune.

— Travailler, répéta-t-il... Travailler, ça veut dire fréquenter des types... on ne travaille pas seul, à moins de peindre des cartes postales ou de coudre en chambre... Ma pauvre mère, vous ne savez pas que si les types me dégoûtent, les femmes ne m'inspirent pas mieux. La vérité, c'est que je ne peux plus voir les femmes non plus, acheva-t-il courageusement.

— Mon Dieu ! piaula Charlotte.

Elle joignait les mains comme devant un cheval tombé, mais son fils lui imposa durement le silence, d'un geste, et elle admira l'autorité virile de ce beau jeune homme qui venait d'avouer sa particulière impuissance.

— Chéri !... Mon petit garçon !...

Il tourna vers elle un doux regard vide, qui mendiait vaguement.

Elle plongea dans ces larges prunelles dont le blanc pur, les longs cils, la secrète émotion peut-être exagéraient l'éclat. Elle voulut descendre, par ces brèches magnifiques, jusqu'à un cœur obscur, qui avait commencé son battement jadis près de son propre cœur. Chéri semblait ne pas se défendre et se délecter d'être hypnotiquement violenté. Charlotte avait déjà vu son fils malade, irrité, sournois. Elle ne l'avait jamais vu malheureux. Elle en ressentit une exaltation singulière, l'enivrement qui jette une femme aux pieds d'un homme, à l'heure où elle rêve de changer l'inconnu désespéré en inconnu inférieur, c'est-à-dire de lui faire oublier son désespoir.

— Écoute, Chéri... murmura-t-elle très bas. Écoute... Tu devrais... Attends, voyons, laisse-moi au moins parler...

Il l'interrompit d'un furieux hochement de tête, et elle cessa d'insister. Elle rompit le long échange de leurs regards, reprit son manteau, coiffa son petit chapeau de cuir et s'en alla vers la porte. Mais en passant près de la table elle s'arrêta et prit le téléphone avec négligence.

— Tu permets, Chéri ?

Il consentit d'un signe, et elle se mit à nasiller comme une clarinette :

— Allô..., allô... Allô... Passy, vingt-neuf deux fois. Deux fois, Mademoiselle. Allô... c'est toi, Léa ? Mais bien sûr, c'est moi. Quel temps, hein... Ne m'en parle pas ! Oui, très bien. Tout le monde très bien. Qu'est-ce que tu fais aujourd'hui ? Tu ne bouges pas ? Ah ! je te reconnais là, grande sybarite ! Moi, oh ! tu sais, je ne m'appartiens plus... Oh ! mais non, il ne s'agit plus de ça, c'est bien autre chose ! Une réalisation grandiose... Ah ! non, pas par téléphone !... À n'importe quelle heure tu es chez toi ? Bon. C'est bien commode. Merci. Au revoir, ma Léa !

Elle reposa l'appareil et ne montra plus que son dos convexe. En s'éloignant elle aspirait, puis rejetait des jets de fumée bleue, et elle disparut en même temps que son nuage, comme un enchanteur qui a rempli sa mission.

IL monta sans hâte l'unique étage qui conduisait à l'appartement de Léa. La rue Raynouard à 6 heures, après la pluie, résonnait de cris d'oiseaux et d'appels d'enfants comme un jardin de pensionnat. Le vestibule à glaces épaisses, l'escalier poncé, le tapis bleu, la cage d'ascenseur fleurie d'autant de laque et d'or qu'une chaise à porteurs, il vit tout d'un œil froid qui n'admettait pas même la surprise. Sur le palier il subit l'instant indolore, détaché de tout, qui leurre le patient à la porte du dentiste. Il faillit s'en retourner, mais la pensée que peut-être il se croirait obligé de revenir lui déplut, et il sonna d'un doigt assuré. Une jeune servante ouvrit sans hâte, brune, coiffée d'un papillon de linge fin sur ses cheveux coupés, et Chéri, devant un visage inconnu, perdit sa dernière chance d'émotion.

— Madame est là ?

La jeune servante l'admirait, indécise :

— Je ne sais pas, Monsieur... Monsieur est attendu ?

— Naturellement, dit-il avec sa dureté d'autrefois.

Elle le laissa debout et disparut. Dans l'ombre, il dépêchait autour de lui ses yeux éblouis par l'obscurité et son flair irritable. Aucun blond parfum n'errait, et quelque résine banale grésillait dans un brûle-parfum électrique. Chéri s'ennuya comme un homme qui s'est trompé d'étage. Mais un grand rire innocent, sur une gamme grave et descendante, résonna étouffé derrière une tenture et précipita l'intrus dans une tourmente de souvenirs.

— Si Monsieur veut passer dans le salon...

Il suivit le papillon blanc en se répétant : « Léa n'est pas seule... Elle rit... Elle n'est pas seule... Pourvu que ce ne soit pas ma mère... » Un jour teint de rose l'accueillit au-delà d'une porte, et il attendit, debout, que l'univers annoncé par cette aube se rouvrît enfin.

Une femme écrivait, le dos tourné, assise devant un bonheur-du-jour. Chéri distingua un large dos, le bourrelet grenu de la nuque au-dessous de gros cheveux gris vigoureux, taillés comme ceux de sa mère. « Allons bon, elle n'est pas seule. Qu'est-ce que c'est que cette bonne femme-là ? »

— Mets-moi aussi par écrit l'adresse, Léa, et le nom du masseur. Moi, tu sais, les noms...

Une femme en noir, assise, venait de parler, et Chéri sentit en lui-même un remous précurseur.

« Alors... où est Léa ? »

La dame au poil gris se retourna, et Chéri reçut en plein visage le choc de ses yeux bleus.

— Eh ! mon Dieu, petit, c'est toi ?

Il avança comme en songe, baisa une main.

— Monsieur Frédéric Peloux, la princesse Cheniaguine.

Chéri baisa une autre main, s'assit.

— C'est ?... questionna la dame en noir, en le désignant avec autant de liberté que s'il eût été sourd.

Le grand rire innocent résonna de nouveau, et Chéri chercha la source de ce rire, là, ici, ailleurs, partout ailleurs que dans la gorge de la femme au poil gris...

— Mais non, ce n'est pas ! Ou ce n'est plus, pour mieux dire ! Valérie, voyons, qu'est-ce que tu vas chercher ?

Elle n'était pas monstrueuse, mais vaste, et chargée d'un plantureux développement de toutes les parties de son corps. Ses bras, comme de rondes cuisses, s'écartaient de ses hanches, soulevés près de l'aisselle par leur épaisseur charnue. La jupe unie, la longue veste impersonnelle entrouverte sur du linge à jabot, annonçaient l'abdication, la rétraction normales de la féminité, et une sorte de dignité sans sexe.

Léa se tenait debout entre Chéri et la fenêtre, et sa masse consistante, presque cubique, ne le consterna point d'abord. Lorsqu'elle bougea pour atteindre un siège, elle dévoila ses traits, et il se mit à l'implorer mentalement comme il eût imploré un fou muni d'armes. Rouge, d'un rouge un peu blet, elle dédaignait à présent la poudre, et riait d'une bouche pleine d'or. Une saine vieille femme, en somme, à bajoues larges et à menton doublé, capable de porter son fardeau de chair, libre d'étais et d'entraves.

— Et donc, petit, d'où sors-tu comme ça ? Tu n'as pas bien bonne mine, on dirait ?

Elle tendait à Chéri une boîte de cigarettes, en lui riant de ses yeux bleus qui avaient rapetissé, et il s'épouvanta de la trouver si simple, joviale comme un vieil homme. Elle l'appelait « petit », et il détournait son regard comme si elle eût dit une inconvenance. Mais il s'exhorta à patienter, avec l'informe espoir que cette première image allait céder la place à une rémission lumineuse.

Les deux femmes le contemplaient, paisibles, et ne lui ménageaient ni la bienveillance ni la curiosité.

— Il a un peu de Hernandez, dit Valérie Cheniaguine.

— Oh ! je ne trouve pas, protesta Léa. Peut-être, il y a une dizaine d'années... et encore ! Hernandez avait la mâchoire plus forte.

— Qui est-ce ? demanda Chéri avec effort.

— Un Péruvien qui s'est tué en auto, il y a quelque chose comme six mois, dit Léa. Il était avec Maximilienne. Elle a eu bien du chagrin.

— N'empêche qu'elle s'en est consolée, dit Valérie.

— Comme tout le monde, dit Léa. Tu ne voudrais tout de même pas qu'elle en soit morte ?

Elle rit de nouveau et ses gais yeux bleus disparurent, fermés par la large joue que plissait le rire. Chéri détourna la tête vers la dame en noir, une brune robuste, ordinaire et féline comme mille et mille Méridionales, et si minutieusement vêtue en femme de bon ton qu'elle en semblait déguisée. Valérie portait l'uniforme qui fut longtemps celui des princesses étrangères et de leurs gouvernantes, un costume tailleur noir médiocrement coupé, étroit aux emmanchures, et la chemisette de batiste blanche, très fine, un peu bridée à la hauteur des seins. Les boutons de perles, le collier célèbre, le col droit beleiné, tout était, comme le nom légitime de Valérie, princier. Princièrement, elle montrait aussi des bas de qualité moyenne, des chaussures faites pour la marche et des gants coûteux, brodés de noir et de blanc.

Elle regardait Chéri comme un meuble, avec attention et sans courtoisie. Elle reprit à voix haute sa comparaison critique :

— Oui, je t'assure, il a quelque chose de Hernandez. Mais, à entendre Maximilienne, Hernandez n'a jamais existé, maintenant qu'elle s'est assuré son fameux Amérigo. Et pourtant ! Et pourtant ! Je parle en connaissance de cause. Je l'ai vu, moi, Amérigo. J'en arrive, de Deauville. Et je les ai vus, tous deux.

— Non ? Raconte !

Léa s'assit, comblant tout un fauteuil. Elle avait un geste nouveau de la tête pour rejeter en arrière sa drue chevelure grise, et à chaque coup de tête, Chéri voyait danser brièvement le bas de son visage pareil à celui de Louis XVI. Elle donnait ostensiblement son attention à Valérie, mais Chéri surprit à plusieurs reprises un trébuchement du petit œil bleu rétréci, qui cherchait celui du visiteur inattendu.

— Voilà, conta Valérie. Elle l'avait caché, dans une villa loin de Deauville, au diable vert. Mais ça ne faisait pas l'affaire d'Amérigo, vous me comprenez, Monsieur ! qui en a fait reproche à Maximilienne. Elle s'en est piquée, elle a dit : « Ah ! c'est comme ça ? Tu veux qu'on te voie ? Eh bien, on te verra ! » Et elle a téléphoné pour une table, le lendemain soir au *Normandy*. Une heure après tout le monde le savait, et moi je retenais une table aussi, avec Becq d'Ambez et Zahita. Et nous nous disions : « On va donc la voir, cette merveille ! » À 9 heures tapant, voilà Maximilienne tout en blanc et perles, et Amérigo... Ah ! ma chère, quelle déception ! Grand, oui, c'est entendu, plutôt même trop grand. Tu connais mon opinion sur les hommes trop grands : j'en suis encore à attendre qu'on m'en montre un, un seul ! bien bâti. Les yeux, oui, les yeux, je ne conteste pas les yeux. Mais d'ici à là, tiens, tu vois, d'ici à là, quelque chose dans la joue de trop rond, de bébête, l'oreille attachée un peu bas... Enfin une déception !... Et de la raideur dans le dos.

— Tu exagères, dit Léa. La joue, quoi, la joue, ce n'est pas grave. Et d'ici à là, tiens, vraiment c'est beau, c'est noble, les sourcils, le haut du nez, les yeux, c'est beau ! Je te passe le menton, qui s'empâtera vite. Et les pieds trop petits, la chose la plus ridicule pour un garçon si grand.

— Ça, je ne suis pas de ton avis. Mais j'ai bien vu que la cuisse est trop longue, par rapport au bas de la jambe, d'ici à là.

Elles discutaient posément, pesant et détaillant les hauts et les bas quartiers de la bête de luxe.

« Des connaisseuses en viande sur pied », pensa Chéri. « Elles auraient fait du bon travail à l'Intendance. »

— Comme proportion, continuait Léa, on ne fera jamais rien qui atteigne Chéri... Tu vois, Chéri, que tu arrives bien. Rougis, allons ! Valérie, si tu peux te rappeler Chéri il y a seulement six, sept ans...

— Mais certainement, je m'en souviens. Et Monsieur n'a pas tellement changé après tout... Tu en étais bien fière !

— Non, dit Léa.

— Tu n'en étais pas fière ?

— Non, dit Léa tranquillement. Je l'aimais.

Elle tourna d'une pièce son corps considérable et reposa sur Chéri son gai regard, pur de toute arrière-pensée.

— C'est vrai que je t'aimais. Et bien, encore.

Il baissa les yeux, stupide de honte devant ces deux femmes dont la plus grosse affirmait, sereine, qu'ils avaient été amants. Mais en même temps le son de la voix de Léa, presque mâle, voluptueux, assiégeait sa mémoire d'un tourment à peine tolérable.

— Tu vois, Valérie, comme un homme a l'air bête, quand on lui rappelle quelque chose d'un amour qui n'existe plus ? Petit imbécile, moi ça ne me gêne pas de rappeler ça. J'aime bien mon passé. J'aime bien mon présent. Je n'ai pas honte de ce que j'ai eu, je n'ai pas de chagrin de ce que je n'ai plus. J'ai tort, petit ?

Il se récria comme un homme dont on a écrasé l'orteil :

— Mais non, voyons ! Au contraire !

— C'est gentil que vous soyez restés bons amis, dit Valérie.

Chéri attendit que Léa expliquât qu'il entrait chez elle pour la première fois depuis cinq années, mais elle ne fit que rire bonnement, et cligner d'un air entendu. L'agitation croissait en lui, il ne sut comment protester, comment crier très haut qu'il ne revendiquait pas l'amitié de cette énorme femme coiffée en vieux violoncelliste, et que s'il avait su, il n'aurait jamais gravi l'étage, jamais franchi le seuil, foulé le tapis, croulé dans la bergère à coussin de plume, au fond de laquelle il gisait maintenant sans force, et muet...

— Eh bien, je m'en vais, dit Valérie. Je ne veux pas attendre l'heure de l'embouteillage du métro, tu penses.

Elle se leva, affronta la grande lumière clémente à son visage romain, si fortement construit que la soixantaine proche ne l'atteignait guère, rehaussé à l'ancienne mode d'une poudre blanche en couche égale sur les joues, et sur les lèvres d'un rouge presque noir, onctueux.

— Tu rentres ? demanda Léa.

— Bien sûr. Qu'est-ce qu'elle peut fabriquer toute seule, ma petite rosse !

— Tu es toujours contente de ton nouvel appartement ?

— Un rêve ! Surtout depuis les barreaux aux fenêtres. Et j'ai fait mettre un grillage en acier sur un vasistas dans l'office, un qui m'avait échappé. Avec mon double appel électrique, et mes avertisseurs... Ouf ! Ce n'est pas trop tôt que je me sente un peu tranquille.

— Et ton hôtel ?

— Bouclé ! À vendre. Et la galerie de tableaux aux garde-meubles. Mon petit entresol est un amour pour ses dix-huit cents francs. Et plus de gueules d'assassins autour de moi. Hein, les deux valets de pied ?... J'en ai encore le frisson.

— Tu as vu ça bien en noir, écoute.

— Il faut y avoir passé pour se rendre compte, ma bonne amie. Monsieur, enchantée... Reste donc, Léa.

Elle les enveloppa tous deux de son regard velouté de barbare et partit. Chéri la vit s'éloigner, gagner l'issue, et n'osa pas prendre le même chemin. Il resta immobile, presque supprimé par la conversation de ces deux femmes qui avaient parlé de lui au passé, comme d'un mort. Mais déjà Léa revenait et s'esclaffait :

— Princesse Cheniaguine ! Soixante millions ! Et veuve ! Et elle n'est pas contente ! Si c'est ça le plaisir de vivre, vrai, non, tu sais !...

Sa main claqua sur sa cuisse comme sur une croupe de cavale.

— Qu'est-ce qu'elle a ?

— La frousse. Seulement la frousse. C'est une femme qui ne sait pas porter l'argent. Cheniaguine lui a tout laissé. Mais on peut dire qu'il lui a fait plus de mal en lui donnant qu'en lui prenant. Tu l'as entendue ?

Elle se laissa aller au creux d'une bergère douillette, et Chéri haït le soupir mou du coussin sous le vaste séant. Elle passa le bout de son doigt dans la gorge d'une moulure de son fauteuil, souffla sur une trace poudreuse et se rembrunit :

— Ah ! ça n'est plus ce que c'était, même comme service. Hein ?

Il se sentait pâle, et la peau raidie autour de la bouche, ainsi que par un grand froid. Il retenait un terrible élan de rancune et de supplication, le besoin de crier : « Cesse ! Reparais ! Jette cette mascarade ! Tu es bien quelque part là-dessous, puisque je t'entends parler ! Éclos ! Surgis toute neuve, les cheveux rougis de ce matin, poudrée de frais ; reprends ton long corset, ta robe bleue à fin jabot, ton parfum de prairie que je quête en vain dans ta nouvelle maison... Quitte tout cela, viens-t'en, à travers Passy mouillé, ses oiseaux et ses chiens, jusqu'à l'avenue Bugeaud, où sûrement Ernest fait les cuivres de ta grille... » Il ferma les yeux, à bout de forces.

— Toi, mon petit, je m'en vais te dire une bonne chose : tu devrais faire analyser tes urines. Ta couleur de teint, et un pincement autour des lèvres, je connais ça : tu ne soignes pas ton rein.

Chéri rouvrit les yeux, les emplit du placide désastre installé devant lui, et dit héroïquement :

— Tu crois ? C'est bien possible.

— Dis que c'est certain. Et puis tu n'es pas assez gras... On a beau dire que les bons coqs sont maigres, il te manque dix livres, bien pesé.

— Passe-les-moi, dit-il en souriant.

Mais il sentait sa joue singulièrement raide et rebelle au sourire comme si sa peau eût vieilli.

Léa éclata de son rire heureux, le même rire qui saluait, autrefois, une impertinence notoire du « nourrisson méchant ». Chéri goûta, au son grave et rond de ce rire, un plaisir qu'il n'eût pas supporté longtemps.

— Ça ! Je le pourrais sans me faire tort ! J'en ai pris, hein ? Tiens, là... Et là... Crois-tu !

Elle alluma une cigarette, souffla par les narines un double jet de fumée et haussa les épaules :

— C'est l'âge !

Le mot s'envola de ses lèvres avec une légèreté qui rendit à Chéri une sorte d'espoir extravagant : « Oui, elle plaisante... Elle va tout d'un coup m'apparaître... » Il attacha sur elle un regard qu'elle sembla, un moment, comprendre :

— J'ai changé, hein, petit ? Ça n'a pas d'importance heureusement. Tandis que toi, tu m'as l'air je ne sais comment... Battu de l'oiseau, comme nous disions autrefois. Hein ?

Il n'aimait pas ce « hein ? » nouveau et saccadé, qui ponctuait les phrases de Léa. Mais il se raidissait à chaque interrogation, et maîtrisait chaque fois un élan dont il ne voulait discerner ni le motif ni le but.

— Je ne te demande pas si tu as des ennuis dans ton intérieur. D'abord ça ne me regarde pas, et ensuite ta femme je la connais comme si je l'avais faite.

Il l'écoutait parler, mais sans application. Il remarquait surtout que lorsqu'elle quittait le sourire et le rire, elle cessait d'appartenir à un sexe défini. En dépit des énormes seins et de la fesse écrasante, elle pénétrait, de par l'âge, dans une virilité de tout repos.

— Et je la sais très capable, ta femme, de rendre un homme heureux.

Il ne put s'empêcher de trahir un rire intérieur, et Léa se reprit promptement :

— J'ai dit : un homme. Je n'ai pas dit : n'importe quel homme. Te voilà chez moi, et sans avertissement, tu ne viens pas, j'imagine, pour mes beaux yeux, hein ?

Elle les appuyait sur Chéri, ses « beaux yeux », rapetissés, traversés en tous sens de fibrilles rouges, narquois, pas méchants ni bons, avisés et luisants, certes, mais... Mais où leur humidité saine qui baignait d'azur leur blanche marge, où leur contour bombé comme le fruit, comme le sein, comme l'hémisphère, et bleu comme une contrée arrosée par maint fleuve ?...

Il dit en bouffonnant :

— Pouh !... Détective, va !...

Et il s'étonna de se trouver assis négligemment, les jambes croisées, à la manière d'un beau jeune homme qui ne se tient pas très bien. Car en lui-même il contemplait son double éperdu, agenouillé, les bras agités et la poitrine offerte, et criant des cris incohérents.

— Je ne suis pas plus bête qu'une autre. Mais avoue que tu ne m'as pas rendu, aujourd'hui, la besogne difficile ?

Elle se rengorgea, répandant son second menton sur son col, et le double agenouillé pencha la tête comme frappé à mort.

— Tu as tout à fait la dégaine de quelqu'un qui souffre du mal de l'époque. Laisse-moi parler !... Tu es comme les camarades, tu cherches ton paradis, hein, le paradis qu'on vous devait, après la guerre ? Votre victoire, votre jeunesse, vos belles femmes... On vous devait tout, on vous a tout promis, ma foi c'était bien juste... Et vous trouvez quoi ? Une bonne vie ordinaire. Alors vous faites de la nostalgie, de la langueur, de la déception, de la neurasthénie... Je me trompe ?

— Non, dit Chéri...

Car il pensait qu'il eût donné un doigt de sa main pour qu'elle se tût.

Léa lui frappa l'épaule, y laissa sa main à grosses bagues, et comme il inclinait un peu la tête, sa joue perçut la chaleur de cette lourde main.

— Ah ! continua Léa en élevant la voix, tu n'es pas le seul, va ! Combien en ai-je vu, depuis la fin de la guerre, des gars de ton espèce...

— Où donc ? interrompit Chéri.

La soudaineté de l'interruption, son caractère agressif suspendirent le lyrisme bénisseur de Léa. Elle retira sa main.

— Mais il n'en manque pas, mon petit. Es-tu orgueilleux, quand même ! Tu pensais qu'il n'y avait que toi, à trouver au temps de paix le goût de trop-peu ? Détrompe-toi !

Elle rit tout bas, hocha ses cheveux gris badins autour d'un important sourire de juge gourmet :

— Es-tu orgueilleux, à toujours te vouloir seul de ton espèce !

Elle s'écarta d'un pas, affûta son regard, et acheva, peut-être vindicative :

— Tu n'as été unique que... pendant un temps.

Chéri retrouva la féminité sous l'insulte vague et choisie, et se redressa, tout heureux de souffrir moins. Mais déjà Léa redevenait bonne.

— Mais ce n'est pas pour t'entendre dire ça que tu es venu ici. Tu t'es décidé tout d'un coup ?

— Oui, dit Chéri.

Il eût voulu que ce oui fût, entre elle et lui, la dernière parole. Timide, il errait, du regard, tout autour de Léa. Il cueillit, dans une assiette, un gâteau sec en forme de tuile courbe, puis le reposa, persuadé qu'une cendre siliceuse de brique rose, s'il y mordait, allait lui emplir la bouche. Léa remarqua son geste, et la manière pénible dont il avala sa salive.

— Oh ! Oh ! nous avons des nerfs ? Et un menton de chat maigre, et un pli sous l'œil. C'est du beau.

Il ferma les yeux, et consentit lâchement à l'entendre sans la voir.

— Écoute, petit, je connais un bistrot, avenue des Gobelins...

Il releva les yeux sur elle, plein de l'espoir qu'elle devenait folle et qu'ainsi il pourrait lui pardonner ensemble sa déchéance physique et ses errements de vieille dame.

— Oui, je connais un bistrot... Laisse-moi parler ! Seulement il faut se dépêcher, avant que les Clermont-Tonnerre et les Corpechot l'aient décrété chic et qu'on remplace la bonne femme par un chef. C'est la bonne femme elle-même qui cuisine, et, mon petit...

Elle réunit ses doigts sur sa bouche en baiser et Chéri détourna son regard vers la fenêtre, où l'ombre d'une branche fouettait le rayon de soleil à temps égaux, comme une herbe que bat l'onde régulière d'un ruisseau.

— Quelle drôle de conversation... risqua-t-il d'une voix fausse.

— Elle n'est pas plus drôle que ta présence chez moi, répliqua vertement Léa.

De la main, il fit signe qu'il voulait la paix, seulement la paix, et peu de paroles, et même le silence... Il sentait en cette femme âgée des forces fraîches, un appétit élastique devant lesquels il battait en retraite. Déjà le sang prompt de Léa montait, violet, à son cou grenu et à ses oreilles. « Elle a un cou de vieille poule », constata Chéri avec un pâle plaisir féroce d'autrefois.

— C'est vrai, ça ! jeta Léa échauffée. Tu t'amènes ici d'un air Fantomas, et je cherche le moyen d'arranger les choses, moi qui te connais, tout de même, assez bien...

Il lui sourit avec découragement. « Et comment me connaîtrait-elle ? De plus malins qu'elle, et même que moi... »

— Une certaine espèce de vague à l'âme, mon petit, et de désillusion, c'est une question d'estomac. Oui, oui, tu ris !

Il ne riait pas, mais elle put croire qu'il riait.

— Le romantisme, la neurasthénie, le dégoût de la vie : estomac. Tout ça, estomac. Et même l'amour ! Si on voulait être sincère, on avouerait qu'il y a l'amour bien nourri, et l'amour mal nourri. Et le reste, c'est de la littérature. Si je savais écrire, ou parler, mon petit, j'en dirais, là-dessus... Oh ! naturellement je n'inventerais rien, mais enfin je saurais de quoi je parle. Ça changerait des écrivains d'aujourd'hui.

Quelque chose de pire que cette philosophie culinaire décomposait Chéri : un apprêt, un faux naturel, une gaillardise presque étudiée. Il soupçonna que Léa jouait la jovialité, l'épicuréisme, de même qu'un gros acteur, au théâtre, joue les « rondeurs » parce qu'il prend du ventre. Comme par défi, elle frotta son nez vernissé, vermeil de couperose, du dos de l'index, et éventa son torse en s'aidant des deux panneaux de sa longue veste. Ce faisant, elle comparaissait devant Chéri avec un excès de complaisance, et même elle peigna d'une main sa dure chevelure grise qu'elle secoua.

— Ça me va, les cheveux courts ?

Il ne daigna répondre que d'une négation muette, ainsi qu'on écarte un argument oiseux...

— Tu disais donc qu'avenue des Gobelins, il y a un bistrot... ?

À son tour, elle répondit, intelligemment : « Non », et il vit au battement de ses narines qu'il l'avait un peu, enfin, irritée. Le guet animal ressuscitait en lui, l'allégeait, tendait derechef ses instincts, épouvantés jusque-là et épars. Il projeta de communiquer, à travers l'impudente chair, les frisons grisonnants et la bonne humeur prébendière, avec la créature cachée à laquelle il revenait comme au lieu de son crime. Une

divination fouisseuse le maintenait autour du trésor caché. « Comment cela lui est-il arrivé, d'être vieille ? Tout d'un coup, un matin ? Ou peu à peu ? Et cette graisse, ce poids dont gémissent les fauteuils ? Est-ce un chagrin qui l'a changée ainsi, et désexuée ? Quel chagrin ? Est-ce à cause de moi ? »

Mais il n'interrogeait que lui, et tout bas.

« Elle est fâchée. Elle est sur le chemin de me comprendre. Elle va me dire... »

Il la vit se lever, marcher, rassembler des papiers sur le tablier abattu du bonheur-du-jour. Il nota qu'elle se tenait plus droite qu'au moment où il était entré, et sous le regard qui la suivait elle se redressa encore. Il accepta qu'elle fût véritablement énorme, et sans galbe visible de l'aisselle à la hanche. Avant de se retourner vers Chéri, elle resserra sur son cou, malgré la chaleur, une écharpe de soie blanche. Il l'entendit respirer profondément, puis elle revint à lui, sur un rythme aisé de bête pesante, et elle lui sourit.

— Je te reçois bien mal, il me semble. Ce n'est pas poli que d'accueillir quelqu'un en lui donnant des conseils, surtout des conseils inutiles.

D'un pli de l'écharpe blanche surgit, serpenta et resplendit au jour un sautoir de perles, que Chéri reconnut.

Captives sous la peau de la perle, tissu immatériel, les sept couleurs d'Iris jouaient comme une secrète ignition aux flancs de chaque sphère précieuse. Chéri reconnaissait la perle frappée d'une fossette, la perle un peu ovoïde, la perle la plus grosse qui se signalait par un rose unique.

« Elles, elles n'ont pas changé ! Elles et moi, nous n'avons pas changé. »

— Et tu as toujours tes perles, dit-il.

Elle s'étonna de la sotte phrase, et parut la vouloir interpréter en langage clair.

— Oui, la guerre me les a laissées. Tu penses que j'aurais pu, ou dû les vendre ? Pourquoi les aurais-je vendues ?

— Ou « pour qui » ? plaisanta-t-il d'un ton las.

Elle ne retint pas un regard vers le bonheur-du-jour et les papiers éparpillés, et Chéri à son tour traduisit ce regard, lui assigna comme terme et comme objet quelque portrait-carte jaunâtre, quelque visage effaré de petit militaire imberbe... En lui-même il contempla l'image qu'il inventait, avec une hauteur dédaigneuse. « Cela ne me concerne pas. » Un moment après, il ajoutait : « Mais qu'est-ce qui me concerne, ici ? »

Le trouble qu'il avait apporté se propageait hors de lui, à la faveur du couchant, des cris d'hirondelles chasseresses, des flèches de braise traversant les rideaux. Cette couleur de rose incandescente, il se souvint que Léa l'entraînait partout, comme la mer emmène avec elle, quand elle reflue, le parfum terrestre des foins et des troupeaux.

Ils ne parlèrent pas pendant un temps, secourus par une chanson fraîche d'enfant qu'ils eurent l'air d'écouter. Léa ne s'était pas assise. Droite, massive, elle portait plus haut son menton irrémédiable, et une sorte de malaise se traduisait dans le battement fréquent de ses paupières.

— Je te retarde ? Tu as à sortir ? Tu veux t'habiller ?

La question fut brusque et obligea Léa à regarder Chéri.

— M'habiller ? Et en quoi, Seigneur, veux-tu que je m'habille ? Je suis habillée, définitivement.

Elle rit d'un rire incomparable, qui commençait haut et descendait par bonds égaux jusqu'à une grave région musicale réservée aux sanglots et à la plainte amoureuse. Chéri leva inconsciemment la main pour une supplication.

— Habillée pour la vie, je te dis ! Ce que c'est commode ! Des blouses, du beau linge, cet uniforme par là-dessus, me voilà parée. Prête pour dîner chez Montagné aussi bien que chez M. Bobette, prête pour le ciné, pour le bridge et pour la promenade au Bois.

— Et l'amour que tu oublies ?

— Oh ! petit !

Elle rougit franchement sous sa rougeur constante d'arthritique, et Chéri, après le lâche plaisir d'avoir prononcé quelques mots outrageants, fut saisi de honte et de regrets devant ce réflexe de jeune femme.

— C'est pour blaguer, dit-il gauchement. Je te scandalise ?

— Même pas. Mais tu sais que je n'ai jamais aimé un certain genre de choses pas propres et de plaisanteries pas drôles.

Elle s'appliquait à parler d'une voix calme, mais son visage la révélait blessée, et sur sa face épaissie s'agitait un désordre qui peut-être était la pudeur.

« Mon Dieu, si elle s'avise de pleurer... » Il imagina la catastrophe, les larmes sur ces joues creusées d'un seul ravin profond près de la bouche, et les paupières ensanglantées par le sel des larmes... Il se hâta :

— Mais non, voyons ! Mais quelle idée ! Je n'ai pas voulu... voyons, Léa...

Au mouvement qu'elle fit, il s'aperçut qu'il ne l'avait pas encore appelée par son nom. Fière, comme autrefois, de son empire sur elle-même, elle l'interrompit avec douceur :

— Je ne t'en veux pas, petit. Mais pour le peu d'instants que tu passes ici, ne me laisse rien de vilain.

Il ne fut touché ni de la douceur, ni des paroles auxquelles il trouva une délicatesse hors de propos.

« Ou elle ment, ou elle est devenue telle qu'elle se montre. La paix, la pureté, et quoi encore ? Ça lui va comme un anneau dans le nez. La paix du cœur, la boustifaille, le ciné... Elle ment, elle ment, elle ment ! Elle veut me faire croire que c'est commode, et même agréable, de devenir une vieille femme... À d'autres ! À d'autres elle peut raconter les bobards de la bonne vie et du bistrot à cuisine régionale, mais à moi ! À moi qui suis né dans les belles de cinquante ans, les massages électriques et les pommades fondantes ! À moi qui les ai vues, toutes mes fées maquillées, combattre pour une ride, s'entre-dévorer pour un gigolo ! »

— Je n'ai plus l'habitude, figure-toi, de ta façon de te taire. À te voir assis là, il me semble à chaque instant que tu as quelque chose à me dire.

Debout, séparée de Chéri par un guéridon et le service à porto, elle ne se défendait pas contre une sévère surveillance qui lui pesait ; mais certains signes à peine visibles frémissaient sur elle, et Chéri discernait l'effort musculaire qui, entre les pans de la longue veste, essayait de ravaler le poids du ventre épanoui.

« Combien de fois l'a-t-elle remis, quitté, remis courageusement, son long corset, avant de l'abandonner tout à fait ?... Combien de matins a-t-elle varié la nuance de sa poudre de riz, frotté sa joue d'un rouge nouveau, massé son cou avec le cold-cream et le morceau de glace noué dans un mouchoir, avant de se résigner à ce cuir vernissé qui reluit sur ses joues ?... »

Il se pouvait qu'elle ne frémît, imperceptiblement, que d'impatience, mais de ce frémissement il attendait, avec une inconscience rigide, un miracle d'éclosion, la métamorphose...

— Pourquoi ne dis-tu rien ? insista Léa.

Elle perdait par degrés son calme en dépit de son immobilité résolue. Elle jouait, d'une main, avec sa chaîne de grosses perles, nouait et dénouait leur nacre éternelle, lumineuse et comme voilée d'une humidité indicible, autour de ses grands doigts flétris et soignés.

« Peut-être a-t-elle seulement peur de moi », rêvait Chéri... « Un homme qui se tait, comme je fais, c'est toujours un peu un fou. Elle pense à la peur de Valérie Cheniaguine. Si j'étendais le bras, est-ce qu'elle crierait à l'assassin ? Ma pauvre Nounoune... »

Il craignit de prononcer ce nom à haute voix et parla pour se préserver d'une sincérité, fût-elle éphémère.

— Qu'est-ce que tu vas penser de moi ? dit-il.

SEULE une vieille femme, assise devant une menthe verte, troublait, par une toux grasse, la paix de ce lieu où la rumeur de la place de l'Opéra s'endormait, assourdie comme par un air épais, rebelle aux remous sonores. Chéri demanda un barbotage et s'essuya la racine des cheveux, d'une manière précautionneuse qui lui venait de loin, d'une époque où il entendait, garçonnet, une musique féminine de voix échangeant des sentences, avec une gravité biblique : « Si tu veux du lait de concombres où il y ait du vrai concombre, fabrique-le toi-même... Ne frotte pas ta sueur sur ta figure quand tu es en nage, la sueur rentre dans la peau et la consume... »

Le silence, le vide du bar créaient l'illusion de la fraîcheur, et Chéri ne vit pas tout de suite un couple, étroitement penché au-dessus d'une table, perdu dans un chuchotement insaisissable. Il remarqua au bout d'un moment l'homme et la femme inconnus, à cause de leur murmure qui filtrait quelques consonnes sifflantes, à cause aussi de l'excès d'expression qui rendait évidents leurs visages, deux visages de chasseurs misérables, surmenés et patients.

Il aspira deux gorgées de barbotage glacé, renversa la tête contre la panne jaune de la banquette, et sentit fondre avec délices la roideur mentale qui l'épuisait depuis quinze jours. Son présent pesant n'avait pas franchi, en même temps que lui, le seuil du bar démodé, rougeâtre, à guirlandes d'or et rosaces, paré d'une cheminée de province, et où la dame du lavabo, entrevue dans son domaine de faïence, penchant ses cheveux blancs sous une lampe verte, reprisait du linge en comptant ses fils.

Un passant entra, ne viola point le salon jaune, but debout près du comptoir comme par discrétion, et sortit sans avoir parlé. L'odeur dentifrice de la menthe offensait seule les narines de Chéri, qui fronça les sourcils vers la vieille femme indistincte. Sous un chapeau noir mou, pétri, il entrevit une figure ancienne, rehaussée çà et là de fard, de rides, de kohol, de bouffissures, le tout distribué en désordre, ainsi qu'on jette dans une poche, pêle-mêle, les clefs, le mouchoir et les sous. Un vieux visage bas, en somme, et ordinaire dans la bassesse, à peine caractérisé par l'indifférence des sauvages et des prisonniers. Elle toussa, ouvrit son sac à main, se moucha vaguement, et reposa sur la table de marbre le réticule noirâtre qui ressemblait à son chapeau, taillé dans le même taffetas noir malaxé et hors d'usage.

Chéri suivit ses gestes avec une répugnance exagérée, car il souffrait, hors de raison, de tout ce qui était féminin et vieux, depuis quinze jours. Il songea à s'en aller à cause du réticule vautré sur la table, voulut détourner son regard et n'en fit rien, retenu par une petite arabesque scintillante, une lumière imprévue attachée aux plis du sac. Sa curiosité l'étonna, mais trente secondes plus tard il regardait encore le point scintillant, et il avait absolument cessé de penser à quoi que ce fût. Il émergea de son hébétude par un sursaut victorieux, involontaire, qui lui rendit le libre jeu de sa respiration et de sa pensée :

« Je sais ! Ce sont deux “L” entrelacés ! »

Il goûta un moment de doux repos, quelque chose qui ressemblait à la sécurité d'une arrivée. Il oublia véritablement la nuque aux cheveux tondus, le poil gris et vigoureux, et la grande veste impersonnelle boutonnée sur un estomac dilaté, et le rire innocent en notes de contralto, tout ce qui le suivait si fidèlement et lui ôtait, depuis quinze jours, l'envie de manger et la liberté d'être seul.

« C'est trop beau pour que ça dure », pensa-t-il. En effet, il reprit courageusement sa place dans la réalité, regarda de nouveau l'offensant objet, et se récita sans faute :

« Les deux initiales en petits brillants que Léa avait dessinées pour la bourse de daim d'abord, pour le service en écaille blonde après, et pour le papier à lettres ! »

Il n'admit pas un instant que le monogramme du sac pût se rapporter à un autre nom, il sourit ironiquement :

« À d'autres ! On ne m'en raconte pas, à moi, sur ce genre de hasards. Je rencontre ce sac-là ce soir, par hasard, demain ma femme aura engagé un ancien valet de chambre de Léa, toujours par hasard, et après je ne pourrai plus entrer au restaurant, dans un cinéma ou dans un bureau de tabac, sans que je trouve Léa à tous les tournants. C'est ma faute, je n'ai rien à dire, je n'avais qu'à la laisser tranquille. »

Il déposa des petits billets près de son verre et se leva avant d'appeler le barman. Il tourna le dos à la vieille femme en se glissant entre les deux tables, ravala son ventre comme un matou qui passe sous une porte, dépensa une telle force de contention et d'adresse qu'il effleura, du bord de son veston, le verre de menthe verte, dit « pardon » à mi-voix, s'élança vers la porte vitrée, vers l'orée respirable, et s'entendit, avec horreur et sans le moindre étonnement, appeler :

— Chéri !

Acceptant le choc trop prévu, il se retourna, ne reconnut rien, dans la vieille écroulée, qui portât un nom dans sa mémoire ; mais il n'essaya pas de s'évader une seconde fois, sachant bien que tout allait s'éclaircir.

— Tu ne me reconnais pas ? Non ? Et comment est-ce que tu me reconnaîtrais ? Cette guerre, ça a vieilli plus de femmes que ça n'a tué d'hommes, on peut le dire. Et encore je ne peux pas me plaindre, moi, je ne risquais pas d'y perdre quelqu'un, à la guerre... Hein, Chéri...

Elle rit, et il la reconnut, en s'apercevant qu'il avait pris pour décrépitude en elle ce qui était surtout misère, et profonde insouciance. Redressée et riante, elle ne paraissait pas plus que ses soixante ans probables, et sa main, qui quêta celle de Chéri, n'était point celle d'une grand-mère tremblotante.

— La Copine !... murmura Chéri, sur un ton presque admiratif.

— Tu es donc content de me voir ?

— Oh ! oui...

Il ne mentait pas, se rassurait par degrés et pensait : « Ce n'est qu'elle... La pauvre Copine... J'ai eu peur... »

— Tu prends quelque chose, Copine ?

— Rien qu'un whisky-soda, mon bel enfant. Es-tu resté beau, tout de même !

Il avala l'amer compliment, qu'elle lui jetait du bord pacifié de la vieillesse.

— Et décoré, encore, ajouta-t-elle par politesse pure. Oh ! je le savais, tu sais ! Nous l'avons toutes su.

Ce pluriel ambigu n'arracha pas un sourire à Chéri, et la Copine crut l'avoir choqué.

— Quand je dis nous, je parle de celles qui étaient tes véritables amies, Camille de la Berche, Léa, Rita, moi... Tu penses, ce n'est pas Charlotte qui me l'aurait raconté. Je n'existe pas pour elle. Mais on peut affirmer qu'elle n'existe pas pour moi.

Elle étendit au-dessus de la table une main pâle, qui avait oublié la lumière du jour.

— Tu comprends, Charlotte, elle ne sera plus pour moi désormais que la femme qui a réussi à faire arrêter, pendant vingt-quatre heures, la pauvre petite Rita... La pauvre Rita, qui n'a jamais su un mot d'allemand. Est-ce que c'était sa faute, à Rita, si elle était suisse, je te demande ?

— Je sais, je sais, je connais l'histoire, interrompit Chéri précipitamment.

La Copine leva sur lui son vaste œil sombre et huileux, plein d'une complicité invétérée et d'une compassion qui se trompait toujours.

— Pauvre gosse, soupira-t-elle. Je te comprends. Excuse-moi. Ah ! tu l'as eu, ton calvaire !...

Il l'interrogea du regard, déshabitué des superlatifs qui assuraient, au vocabulaire de la Copine, une richesse funèbre, et il craignait qu'elle ne lui parlât de la guerre. Mais elle ne pensait pas à la guerre. Peut-être n'y avait-elle jamais pensé, car le souci de la guerre ne contamine que deux générations successives. Elle s'expliqua :

— Oui, je dis que c'est un calvaire qu'une mère pareille, pour un fils comme toi, un enfant qui a vécu sans reproche, avant son mariage et après ! Un enfant tranquille et tout, qui n'a pas passé par trente-six mains et qui a su conserver son patrimoine intact !

Elle hochait la tête et il la retrouvait peu à peu, chargée d'un grand visage ruiné de reine banale, d'une vieillesse sans noblesse et sans maladies qui avait traversé et délaissé impunément l'opium, clément à qui en est indigne.

— Tu ne fumes plus ? demanda brusquement Chéri.

Elle leva sa main blanche et mal soignée.

— Penses-tu ! Ces bêtises-là, c'est bon quand on n'est pas seule. Du temps que j'épatais les gosses, oui... Tu t'en rappelles, quand tu venais la nuit ? Ah ! tu aimais bien ça... « Ma Copine, que tu me disais, encore une petite pipe, bien tassée ! »

Il reçut sans broncher cette humble flatterie de vieille servante, qui mentait pour mieux aduler. Il sourit d'un air entendu et chercha dans l'ombre du chapeau flétri, sur un cou cravaté de tulle noir, un collier de grosses perles légères...

Il buvait, à petites gorgées machinales, le whisky qu'on lui avait servi par erreur. L'alcool qu'il n'aimait pas lui donnait ce soir du plaisir, de la facilité à sourire, effaçait sous ses doigts l'âpreté des surfaces non polies et des étoffes, et il écoutait avec bonté cette vieille femme pour qui le présent n'existait pas. Ils se rejoignaient par-dessus une époque superflue, par-dessus de jeunes morts importuns, et la Copine jetait vers Chéri une passerelle de noms qui étaient ceux de vieillards invulnérables, de vieillardes redressées pour la lutte ou pétrifiées sous leur aspect définitif et qui ne changeraient plus jamais. Elle contait minutieusement un déboire de 1913, un dol antérieur au mois d'août 1914, et quelque chose vacilla dans sa voix lorsqu'elle parla d'une Loupiote morte — « la semaine de ton mariage, mon petit ! tu vois cette coïncidence ? la fatalité a la main sur nous, va ! » — après quatre ans d'une amitié pure et paisible...

— On s'engueulait à journée faite, mon petit, mais seulement devant des tiers. Parce que tu comprends, pour les tiers, ça leur donnait l'idée que nous étions un ménage. Sans les engueulades, qui est-ce qui l'aurait cru ? Alors, on s'en disait... comme par la bouche de l'enfer ! et les tiers rigolaient : « Ah ! quelles passionnées ! » Mon petit, je vais t'en raconter une que tu en resteras assis : tu sais bien, le prétendu testament de Massau...

— Quel Massau ? murmurait Chéri plein de langueur.

— Allons, tu ne connais que lui ! Le testament qu'il avait — soi-disant ! — remis aux mains de Louise MacMillar... C'était en 1909, et au moment que je te parle, je faisais partie de la bande à Gérault, sa bande de « chiens fidèles », nous étions cinq qu'il nourrissait à Nice, tous les soirs à la *Belle-Meunière*, allons, on ne voyait que toi sur la Promenade, tout en blanc comme un bébé anglais, et Léa tout en blanc aussi... Ah ! quel couple ! Merveille sortie des mains du Créateur ! Gérault taquinait Léa : « T'es trop *jeûne*, ma fille, pis t'es trop fière, je t'embaucherai dans quinze-vingt ans... » Et il a fallu qu'un pareil homme quitte cette terre... Ses funérailles ont été arrosées de vraies larmes, versées par tout un peuple... Et donc que je te finisse l'histoire du testament...

Un flux d'incidents, une marée de regrets rompus et de résurrections anodines, barattés avec une habileté de voceratrice, baignaient Chéri. Il se penchait vers la Copine, qui se penchait symétriquement vers lui, baissait le ton aux passages dramatiques, jetait un cri soudain ou un rire, et il vit dans une glace combien ils ressemblaient tous deux au couple chuchotant qui leur avait cédé la place. Il se leva, poussé par le besoin de changer leur apparence, et le barman imita son mouvement, mais de loin, comme fait le chien discret quand son maître met fin à une visite.

— Ah oui... dit la Copine. Eh bien, je te raconterai le reste une autre fois.

— Après la prochaine guerre, plaisanta Chéri. Dis-moi, ces deux lettres-là... Oui, ce chiffre en petits brillants... Ce n'est pas le tien, Copine ?

Il désignait le sac noir du bout de l'index, avançant le doigt et reculant le corps comme si le sac eût été vivant.

— Rien ne t'échappe, admira la Copine. Mais oui. Elle me l'a donné, figure-toi. Elle m'a dit : « C'est trop femme pour moi, à présent, ces bibelots-là. » Elle dit :

« Qu'est-ce que tu veux que je fiche de ces outils à glace et à poudre, avec ma figure de gros gendarme ? » Elle me fait rire...

Chéri poussa vers la Copine, pour l'interrompre, la monnaie d'un billet de 100 F :

— Pour ton taxi, Copine.

Ils débouchèrent sur le trottoir par la sortie de service, et l'éclairage diminué révéla à Chéri que la nuit s'avançait.

— Tu n'as pas ton auto ?

— Mon auto ? non. Je marche, ça me fait du bien.

— Ta femme est à la campagne ?

— Non. Son hôpital la retient à Paris.

La Copine hocha son chapeau invertébré.

— Je sais. C'est un grand cœur de femme. Elle est proposée pour la croix, je l'ai appris par la baronne.

— Quoi ?...

— Tiens, arrête-moi celui-là, mon petit, celui qui est fermé... Et Charlotte s'est bien démenée, elle connaît des personnes du giron de Clemenceau. Ça rachètera un peu l'histoire de Rita... un peu, pas beaucoup. Elle est noire comme la figure du péché, Charlotte, mon petit !

Il l'enfourna dans un taxi où elle se confondit avec l'ombre et cessa d'exister. Il douta de l'avoir rencontrée dès qu'elle ne parla plus, et il regarda autour de lui, en respirant longuement la poussière d'une nuit qui préparait un jour torride. Il crut, comme on le croit en songe, qu'il allait s'éveiller chez lui, parmi les jardins arrosés tous les soirs, l'odeur du chèvrefeuille d'Espagne et les cris des oiseaux, contre la hanche à peine renflée de sa jeune femme... Mais la voix de la Copine s'éleva du fond de la voiture :

— Deux cent quatorze, avenue de Villiers ! Retiens mon adresse, Chéri ! Et tu sais que je dîne souvent à la *Girafe*, avenue de Wagram, si des fois tu me cherchais... N'est-ce pas, si des fois tu me cherchais...

« Elle en a de bonnes », pensait Chéri en allongeant le pas. « La chercher ? Merci. Une autre fois je ferai un détour, si je la vois. »

Refroidi, reposé, il marchait sans effort, et ne quitta les quais qu'à la place de l'Alma, d'où il regagna en taxi l'avenue Henri-Martin. Un feu sourd, cuivré, teignait déjà l'est et évoquait un coucher d'astre, plutôt qu'une aube d'été. Aucun nuage ne barrait le ciel, mais une nue minérale, arrêtée par sa pesanteur, couvrait Paris et prendrait tout à l'heure les couleurs de l'incendie, la sombre ardeur des métaux rougis.

Car la canicule sèvre les grandes villes, et leurs abords, au lever du jour, des roses mouillés, des mauves floraux et des bleus de rosée qui baignent les espaces où le végétal en foule respire.

Rien ne bougea dans l'hôtel quand Chéri tourna la clef minuscule dans la serrure. Le vestibule dallé sentait encore un peu le dîner de la veille et les branches de seringa coupées, en buissons dans des vases blancs, hauts à y cacher un homme, chargeaient l'air d'un poison irrespirable. Un chat gris inconnu s'évada, prit du champ sur la courte allée et considéra l'intrus avec froideur.

— Petit greffier, viens, appela Chéri à voix basse.

Le chat le toisa sans reculer d'une manière insultante, et Chéri se souvint qu'aucune bête, chien, cheval ou chat, ne lui avait accordé de sympathie. Il entendit, par-delà quinze années, la voix éraillée d'Aldonza, qui prophétisait : « Ceux que les bêtes n'aiment pas, c'est des maudits ! » Mais comme le chat, bien éveillé maintenant, roulait de ses deux pattes de devant un petit marron vert, Chéri sourit et monta vers la chambre.

Elle était bleue et sombre comme une nuit de théâtre, et l'aube s'arrêtait à son balcon, fleuri de roses disciplinées et de pélargoniums à entraves de raphia. Edmée dormait, ses bras et ses pieds nus hors de la couverture légère, couchée sur le flanc et la tête inclinée, un doigt passé dans son collier de perles, et pareille, dans le demi-jour, à une femme pensive plus qu'à une femme endormie. Sa chevelure crêpelée empiétait sur sa joue, et Chéri n'entendait pas son souffle.

« Elle se repose », pensa Chéri. « Elle rêve au Dr Arnaud, ou à la Légion d'honneur, ou à la Royal Dutch. Elle est jolie. Qu'elle est jolie ! Va, encore deux, trois heures de sommeil, et puis tu iras le retrouver, ton Dr Arnaud. Ça n'est pas bien grave. Vous vous retrouverez avenue d'Italie, dans la bonne boîte qui pue le phénol. Tu lui diras "oui, Docteur, non, Docteur", comme une petite fille. Vous aurez l'air bien sérieux, vous jonglerez avec des trente-sept quatre et des trente-huit neuf, et il tiendra dans sa grosse main au coaltar ta petite patte au phénosalyl. Tu en as de la chance, ma petite fille, d'avoir un roman dans ta vie ! Ce n'est pas moi qui te l'ôterai, va... Je voudrais bien, moi aussi... »

Edmée s'éveilla soudain, d'un mouvement si vif que Chéri ressentit la suffocation d'un homme à qui on coupe impoliment la parole.

— C'est toi ! c'est toi !... Comment, c'est toi ?

— Si tu en attendais un autre, je te fais mes excuses, dit Chéri en lui souriant.

— Oh ! c'est intelligent...

Elle s'assit, rejeta ses cheveux en arrière.

— Quelle heure est-il ? tu te lèves ? Ah ! non, tu n'es pas encore couché... tu rentres... Oh ! Fred !... Qu'est-ce que tu as encore fait ?

— « Encore » est un compliment... Si tu savais ce que j'ai fait...

Elle n'en était plus au temps où elle suppliait, les mains sur les oreilles : « Non ! non ! ne dis rien ! ne raconte pas ! » Mais Chéri, plus vite qu'elle, s'écartait de l'époque innocente et malicieuse des grandes larmes, des tourments qui jetaient dans ses bras, au petit jour, une jeune femme qu'il entraînait avec lui dans un sommeil de champions réconciliés. Plus de caprices... Plus de trahisons... Plus rien que cette chasteté inavouable...

Il jeta loin de lui ses chaussettes poussiéreuses, offrit à sa femme un visage pâle, habitué à tout dissimuler sauf sa volonté de dissimulation, s'assit sur la couche de lin fin et de dentelle :

— Sens-moi ! dit-il. Hein ?... J'ai bu du whisky.

Elle rapprocha leurs deux belles bouches, posa ses mains sur les épaules de son mari.

— Du whisky... répéta-t-elle, rêveuse... Du whisky... Pourquoi ?

Une plus simple eût demandé « avec qui » et Chéri nota cette finesse. Il montra qu'il savait jouer le jeu, en répondant :

— Avec une copine. Et veux-tu toute la vérité ?

Elle sourit, éclairée par la lumière levante qui s'enhardissait, touchait le bord du lit, puis le miroir, puis un cadre, puis l'or d'un poisson tournoyant dans une sphère de cristal emplie d'eau :

— Pas toute, Fred, pas toute ! Une vérité louche, une vérité pour heure indue...

Cependant elle réfléchissait, certaine à peu près que ni l'amour, ni le bas plaisir, n'entraînaient Chéri loin d'elle. Elle abandonnait aux bras de Chéri un corps consentant, mais il sentait sur son épaule une étroite main dure, raidie de circonspection.

— La vérité, reprit-il, c'est que je ne sais pas son nom. Mais je lui ai donné... attends... 83 F.

— Comme ça, tout de suite ? La première fois que tu la rencontrais ? C'est princier.

Elle feignit de bâiller, coula mollement au creux du lit, comme si elle n'attendait aucune réponse, et il eut brièvement pitié d'elle, jusqu'à ce qu'un vif rayon horizontal sculptât mieux la forme presque nue qui gisait près de lui ; alors sa pitié disparut.

« Elle, elle est belle. Ce n'est pas juste. »

Renversée, elle entrouvrait pour lui les yeux et les lèvres. Il vit briller le regard explicite, borné, si peu féminin, que la femme dédie au donneur de plaisir, et il fut offensé dans sa chasteté inavouable. Il répliqua, de haut en bas, par un autre regard, insociable, compliqué, le regard de l'homme qui se refuse. Il ne voulait pas reculer et leva seulement la tête vers le jour doré, le jardin mouillé d'arrosage, les merles qui brodaient une arabesque vocale sur le cri sec et multiplié des passereaux. Edmée put voir, sur sa joue bleue de barbe renaissante, les traces d'une longue fatigue, et d'un amaigrissement sensible. Elle remarqua les nobles mains douteuses, les ongles que le savon n'avait pas purifiés depuis la veille, et le stigmate bistré, en forme de fer de lance, qui creusait la paupière inférieure et remontait jusqu'à l'angle interne de l'œil. Elle jugea que ce beau garçon sans faux col ni souliers portait toutes les déchéances physiques d'un homme qu'on a arrêté et qui a passé la nuit en prison. Il n'était pas enlaidi, mais diminué, selon un laminage mystérieux dont le spectacle rendit à Edmée l'autorité. Elle délaissa toute invite voluptueuse, s'assit, posa une main sur le front de Chéri :

— Malade ?

Lentement, il détacha du jardin son attention, revint à Edmée :

— Quoi ?... mais non, je n'ai rien, que sommeil. Tellement sommeil que je n'arrive pas à me coucher, figure-toi...

Il sourit, découvrit l'envers pâli de ses lèvres et des gencives, sèches, sans salive. Mais surtout il révéla en souriant une tristesse qui ne quêtait nul remède, et modeste comme un mal de pauvre. Edmée faillit l'interroger catégoriquement, puis se ravisa.

— Couche-toi, ordonna-t-elle, en lui faisant place.

— Me coucher ? Et l'eau ? Je suis sale que c'en est un rêve !

Il eut encore la force de saisir une carafe, d'y boire au goulot et de jeter son veston, puis il tomba comme un mur sur le lit et ne bougea plus, sapé par le sommeil.

Edmée contempla un long moment l'étranger à demi vêtu qu'un narcotisme retenait auprès d'elle. Sa vigilance allait de la lèvre bleuie à la paupière creuse, et de la main abandonnée au front scellé sur un seul secret. Elle se maîtrisait comme si le dormeur eût pu la surprendre, et composait son visage. Elle se leva doucement, et avant d'aveugler de rideaux la fenêtre éblouissante, elle jeta sur le corps étendu une couverture de soie qui, voilant son désordre de cambrioleur assommé, laissa resplendir la belle face rigide, et elle tendit soigneusement l'étoffe sur une main pendante, avec un peu de pieux dégoût, comme elle eût caché une arme qui a peut-être servi.

Il ne tressaillit pas, retiré pour quelques instants en un gîte inexpugnable ; d'ailleurs l'hôpital avait enseigné à Edmée des gestes professionnels, non point doux mais assurés, qui atteignent un point visé sans avertir ni effleurer la zone environnante. Elle ne se recoucha pas, et goûta, assise, demi-nue, la fraîcheur inespérée de l'heure où le soleil éveillait le vent. Les longs rideaux respiraient et versaient, selon la brise, plus ou moins de sombre azur sur le sommeil de Chéri.

Edmée ne pensait pas, en le regardant, aux blessés, ni aux morts dont elle avait joint les mains paysannes sur les gros draps de coton. Nul blessé travaillé de cauchemars, nul mort ne ressemblait à Chéri que le sommeil, le repos, le silence douaient d'une inhumanité unique.

L'extrême beauté ne suscite point de sympathie, n'appartient à aucune patrie, et le temps ne touchait à celle-ci que pour la rendre plus sévère. L'intelligence, chargée d'amender, en la dégradant à petits coups, la splendeur humaine, respectait en Chéri un admirable édifice consacré à l'instinct. Que pouvaient l'amour, ses machiavélismes, son abnégation intéressée et ses violences, contre ce porteur inviolable de lumière et sa majesté d'illettré ?

Pourvue de patience, et souvent subtile, Edmée ne prenait pas garde que l'appétit féminin de posséder tend à émasculer toute vivante conquête et peut réduire un mâle, magnifique et inférieur, à un emploi de courtisane. Sa sagesse de petit peuple neuf entendait ne pas renoncer aux richesses — l'argent, la paix, le despotisme domestique, le mariage — conquises en si peu d'années et dont la guerre doublait la saveur.

Elle regardait le corps fourbu, clos et comme déserté.

« C'est Chéri, se répétait-elle, voilà, c'est Chéri... Que c'est peu, Chéri !... » Elle leva l'épaule, elle ajouta : « C'est ça, leur Chéri... » En s'excitant à mépriser l'homme renversé. Elle rassembla en sa mémoire des nuits conjugales, des matins tout languissants de plaisir et de soleil, et n'en fit, à ce mort somptueux sous la soie fleurie et l'aile rafraîchissante des rideaux, qu'un froid hommage vindicatif, car il la dédaignait progressivement. Elle porta la main à son sein petit et pointu, placé bas sur son torse mince, elle pressa ce fruit élastique comme pour prendre à témoin de l'injuste abandon le point le plus tentant de son jeune corps.

« Ce qu'il lui faut, à Chéri, c'est sans doute autre chose... Ce qu'il lui faut... »

Mais elle s'essayait vainement au mépris. Une femme même perd le goût et le pouvoir de mépriser un homme qui souffre en toute indépendance.

Edmée se sentit soudain rassasiée du spectacle que l'ombre des rideaux, la pâleur du dormeur et le lit blanc teignaient aux couleurs romantiques de la nuit et de la mort. Elle se leva d'un jet, dispose, forte, mais rebelle à toute offensive passionnée autour du lit désordonné, autour du traître, de l'absent réfugié dans son sommeil, dans son mal offensant et muet. Elle n'était ni irritée ni chagrine, et son sang ne battit plus fort dans sa gorge, ne monta à sa joue couleur de perle, qu'à l'image rousse et sanguine de l'homme qu'elle appelait « mon cher maître » et « chef » sur un ton de badinage sérieux. La main épaisse et douce, le rire d'Arnaud et les étincelles que le soleil ou la lampe de la salle d'opération allumait dans sa moustache rouge, et la blouse blanche endossée, enlevée dans l'hôpital même, ainsi que le vêtement intime qui ne dépasse pas un seuil voluptueux... Edmée se leva comme pour la danse :

« Ça, oui ça !... »

Elle agita sa tête et sa chevelure par un mouvement de cavale, et gagna la salle de bains sans se retourner.

D'INVENTION pauvre et de proportions banales, la salle à manger demandait son luxe à une tenture jaune semée de pourpre et de vert. Les stucages blancs et gris des parois rejetaient trop de clarté aux convives, déjà dépouillés de toute ombre par la lumière qui tombait, sans ménagement, du plafond.

Une constellation de cristal bougeait à chaque mouvement de la robe d'Edmée. Mme Peloux avait gardé, pour le dîner familial, son costume tailleur boutonné de cuir, et Camille de la Berche son voile d'infirmière, sous lequel elle ressemblait fidèlement au Dante, en plus velu. À cause de la chaleur, les femmes se taisaient, et Chéri se taisait par habitude. Le bain chaud, la douche froide triomphaient de sa fatigue, mais la puissante lumière, ricochant sur sa pommette, dénonçait la dépression de la joue, et il tenait les yeux baissés, afin que l'ombre de ses cils couvrît sa paupière inférieure.

— Chéri a seize ans, ce soir, assena hors de propos la basse profonde de la baronne.

Personne ne lui répondit, et Chéri salua d'une petite inclinaison du buste.

— Il y a bien longtemps, continua la baronne, que je ne lui ai pas vu l'ovale de la figure si mince.

Edmée fronça imperceptiblement les sourcils.

— Moi, si. Simplement pendant la guerre.

— C'est vrai, c'est vrai, approuva en petit fifre Charlotte Peloux. Qu'il était défait, mon Dieu, en 1916, à Vesoul ! Ma petite Edmée, ajouta-t-elle sans transition, j'ai vu qui vous savez, aujourd'hui, et *tout* va très bien...

Edmée rougit d'une manière docile qui ne lui seyait pas et Chéri leva les yeux :

— Tu as vu qui ? Et qu'est-ce qui va bien ?

— La pension de Trousselier, mon petit amputé du bras droit. Il est sorti de l'hôpital le 20 juin... Ta mère s'occupe de lui à la Guerre.

Elle n'avait pas cherché sa réponse, et elle reposait sur lui la couleur dorée de ses calmes prunelles, pourtant il savait qu'elle mentait.

« C'est de son ruban rouge qu'il s'agit. Après tout, pauvre gosse, c'est bien son tour... »

Elle lui mentait devant ces deux femmes qui savaient qu'elle mentait...

« Et si j'envoyais la carafe au milieu de tout ça ? »

Mais il ne bougea pas. Dans quelle passion eût-il puisé le sursaut qui dresse le corps, dirige la main ?

— Abzac nous quitte dans une semaine, reprit Mme de la Berche.

— Ce n'est pas sûr, repartit Edmée avec quelque vivacité. Le Dr Arnaud n'est pas d'avis qu'on le laisse s'échapper comme ça sur sa jambe neuve... Vous le voyez, libre de commettre toutes les imprudences, et les possibilités de gangrène... Le Dr Arnaud sait trop bien que des imprudences analogues, pendant toute la durée de la guerre...

Chéri la regardait, et elle suspendit sa phrase sans motif. Elle maniait comme un éventail une rose à tige feuillue. Elle refusa d'un signe le plat qu'on passait et s'accouda. Vêtue de blanc, l'épaule nue, elle n'était pas exempte, même dans l'immobilité, de cette satisfaction intime, de cette considération de soi qui la classaient. Quelque chose d'outrageant rayonnait à travers son suave contour. Une indiscrète lueur décelait celle qui veut parvenir et qui n'a connu encore que le succès.

« Edmée, jugea Chéri, c'est une femme qui n'aurait jamais dû avoir plus de vingt ans. Voilà qu'elle commence à ressembler à sa mère. »

L'instant d'après, la ressemblance avait disparu. Rien d'évident ne rappelait Marie-Laure en Edmée. De la beauté d'empoisonneuse, rousse, blanche, impudente, dont Marie-Laure s'était servie pendant sa carrière comme d'un piège, Edmée ne se réclamait que par un seul signe : l'impudence. Attentive à ne choquer personne, elle choquait pourtant à la manière d'une parure trop neuve, ou d'un coursier de second ordre, les êtres que leur nature ou leur absence d'éducation rapprochait de la subtilité originelle. Les domestiques et Chéri redoutaient ce qu'en Edmée ils pressentaient plus bas qu'eux.

Autorisée par Edmée qui allumait une cigarette, la baronne de la Berche grilla longuement la pointe d'un cigare et fuma avec volupté. Le voile blanc à croix rouge retombait sur ses viriles épaules et elle était pareille aux hommes graves qui coiffent, à la fin des réveillons, des bonnets phrygiens, des fanchons d'ouvreuse et des shakos en papier mousseline. Charlotte défit les boutons de cuir tressé de sa jaquette, attira à elle la boîte d'abdullas, et le maître d'hôtel, respectueux des us de l'intimité, roula à portée de Chéri une petite table de prestidigitateur, pleine de secrets, de doubles fonds à bascule et de liqueurs dans des fioles d'argent. Puis il quitta la salle et le mur jaune perdit son ombre longue de vieil Italien à visage de buis, coiffé de cheveux blancs.

— Il a vraiment de la branche, ce Giacomo, dit la baronne de la Berche. Et je m'y connais.

Mme Peloux haussa les épaules, geste qui depuis longtemps n'émouvait plus ses seins. Sa gorge chargeait une blouse de soie blanche à jabot ; sa courte chevelure teinte, encore foisonnante, brûlait d'un rouge sombre au-dessus de ses grands yeux funestes et de son beau front de conventionnel.

— Il a la branche qu'ont tous les vieux Italiens à cheveux blancs. Tous camériers du pape, à les voir, et ils te font le menu en latin, et puis tu ouvres une porte, et tu les trouves en train de violer une petite fille de sept ans.

Chéri accueillit cette virulence comme une averse opportune. La méchanceté maternelle rouvrait les nuées, ramenait un air respirable. Il aimait, depuis peu, la retrouver pareille à la Charlotte d'autrefois qui, du haut de son balcon, traitait de « femme à trois francs » une gracieuse passante, et qui, à une question de Chéri : « Tu la connais ? » répliquait : « Non, mais ! il faudrait peut-être que je la connaisse, cette traînée ! » Confusément, il prenait goût depuis peu à la vitalité supérieure de Charlotte, confusément il la préférait aux deux autres créatures présentes, mais il ne sut pas que cette préférence, cette partialité s'appelaient peut-être amour filial. Il rit, applaudit Mme Peloux d'être encore, d'une façon éclatante, celle qu'il avait connue, haïe, redoutée, insultée. Un instant, Mme Peloux prit aux yeux de son fils son caractère authentique, c'est-à-dire qu'il l'estima à sa valeur, l'apprécia fougueuse, dévoratrice, calculatrice et imprudente tout ensemble comme un grand financier, capable de délectation dans la malignité comme un humoriste. « Un fléau, quoi », se dit-il, « mais pas plus. Un fléau, mais pas une étrangère... » Il reconnut, mordant en pointes le front de conventionnel, les pointes d'un noir bleuté qui, sur son propre front, rendaient évidents la blancheur de la peau et le noir bleu des cheveux.

« C'est ma mère », pensa-t-il. « Personne ne m'a jamais dit que je lui ressemble, et je lui ressemble. » L'« étrangère » en face de lui brillait d'un éclat de perle, blanc et voilé... Chéri entendit le nom de la duchesse de Camastra, jeté par la voix profonde de la baronne, et il vit sur le visage de l'étrangère s'allumer et mourir une férocité fugitive, comme le serpent de feu qui ranime soudain dans la cendre la forme d'un sarment consumé. Mais elle n'ouvrit pas la bouche et ne se mêla pas au concert de malédictions militaires dont la baronne chargeait une rivale ès clinique.

— Ils ont là-dedans une histoire d'antralgésine, il paraît... Deux morts en deux jours sous la seringue. Je ne les vois pas blancs ! dit Mme de la Berche avec un rire cordial.

— Vous rêvez, rectifia sèchement Edmée. C'est une vieille histoire de Janson de Sailly qu'on réédite.

— On ne prête qu'aux riches, soupira Charlotte avec mansuétude. Chéri, tu as sommeil ?

Il fondait de fatigue, et il admirait la résistance de ces trois femmes que le labeur, l'été parisien, le mouvement et la parole ne mettaient pas hors de combat.

— La chaleur, dit-il laconiquement.

Le regard d'Edmée croisa le sien, mais elle ne fit aucun commentaire et ne le démentit point.

— Pou-pou-pou... chantonna Charlotte. La chaleur... Mais certainement. Pou-pou-pou...

Son regard appuyé sur celui de Chéri débordait de complicité, de tendre chantage. Comme d'habitude, elle savait tout. Chuchotements d'office, rapports de concierges... Peut-être que Léa elle-même, pour le plaisir de mentir femininement, de triompher une dernière fois, racontait à Charlotte... La baronne de la Berche laissa échapper un petit ricanement chevalin, et l'ombre de son grand nez d'ecclésiastique couvrit le bas de son visage.

— Nom de Dieu ! jura Chéri.

Sa chaise tomba derrière lui, et Edmée se mit debout aussitôt, prompte, attentive. Elle n'exprimait pas le moindre étonnement. Charlotte Peloux et la baronne de la Berche se mirent aussi sur la défensive, mais à l'ancienne mode, les mains à la jupe comme pour se trousser et fuir. Chéri, appuyé des deux poings à la table, haletait, et tournait la tête de droite et de gauche, comme une bête prise dans un filet.

— Vous, d'abord, vous... bégaya-t-il.

Il tendit le bras vers Charlotte, qui en avait vu bien d'autres et que la menace filiale, devant témoins, galvanisa.

— Quoi ? quoi ? quoi ? aboya-t-elle à petits coups. M'insulter ? un petit malheureux, un petit malheureux qui, si je voulais parler...

Les cristaux vibraient au son de sa voix perçante, mais une voix plus aiguë lui coupa la parole :

— Laissez-le ! cria Edmée.

Le silence sembla assourdissant après trois clameurs si brèves, et Chéri, rendu à sa dignité physique, se secoua, sourit, couvert d'une pâleur verte.

— Je vous demande pardon, Mame Peloux, dit-il avec enjouement.

Déjà elle le bénissait de l'œil et du geste, en championne que la fin du round trouve apaisée.

— Ah ! tu l'as, le sang vif !

— C'est un guerrier, dit la baronne en serrant la main d'Edmée. Je te dis au revoir. Chéri, ma cagna m'attend.

Elle refusa une place dans l'automobile de Charlotte et voulut rentrer à pied chez elle. Le long de l'avenue Henri-Martin, sa haute taille, son voile blanc d'infirmière et le feu de son cigare enlevaient, la nuit, le courage aux pires rôdeurs. Edmée suivit les deux vieilles femmes jusqu'au seuil, courtoisie exceptionnelle qui permit à Chéri de mesurer la défiance de sa femme, et sa pacifique diplomatie.

Il but, à lentes gorgées, un verre d'eau froide et réfléchit, debout, sous une cataracte de lumière, en savourant son terrible isolement.

« Elle m'a défendu, répétait-il. Elle m'a défendu sans amour. Elle m'a défendu comme elle défend le jardin contre les merles, sa provision de sucre contre les infirmières pillardes, son vin contre les valets. Elle sait, sans doute, que je suis allé rue Raynouard, que j'en suis revenu, et que je n'y suis pas retourné. Elle ne m'en a pas dit un mot, et peut-être que cela lui est indifférent. Elle m'a défendu, parce qu'il ne fallait pas que ma mère parlât... Elle m'a défendu sans amour. »

Il entendit dans le jardin la voix d'Edmée. De loin, elle tâtait l'humeur de Chéri.

— Tu veux monter tout de suite, Fred ? Tu ne te sens pas souffrant ?

Elle tendit la tête par la porte entrebâillée, et il rit amèrement, en lui-même :

« Elle est si prudente... »

Elle vit son sourire et s'enhardit.

— Viens, Fred. Je crois que je suis presque aussi lasse que toi. La preuve, c'est ce que je me suis laissée aller tout à l'heure... mais je viens de m'excuser auprès de ta mère.

Elle éteignit une partie de la cruelle lumière et recueillit sur la nappe des roses qu'elle plongea dans l'eau. Son corps, ses mains, les roses, sa tête penchée dans une brume de cheveux dont la chaleur effaçait un peu la crêpelure, tout, en elle, pouvait enchanter un homme.

« Je dis un homme, — je ne dis pas n'importe quel homme », répéta insidieusement la voix de Léa aux oreilles de Chéri...

« Je peux tout lui faire », pensait-il en suivant Edmée des yeux. « Elle ne se plaindra pas, elle ne divorcera pas, je n'ai rien à craindre d'elle, même pas l'amour. Il ne tiendrait vraiment qu'à moi d'être bien tranquille. »

Mais, en même temps, il reculait avec une répugnance indicible devant l'idée de vivre, apparié, dans un domaine qui n'était pas régi par l'amour. Son enfance de bâtard, sa longue adolescence en tutelle lui avaient enseigné qu'en un monde qui passe pour effréné règne un code presque aussi étroit qu'un préjugé bourgeois. Chéri y avait appris que l'amour s'occupe d'argent, de trahisons, de crimes et de lâches consentements. Mais il était maintenant en chemin d'oublier les vieux statuts et de repousser les tacites condescendances. Aussi laissa-t-il glisser la douce main posée sur sa manche. Et comme il marchait aux côtés d'Edmée vers la chambre qui n'entendrait ni reproches, ni baisers, il se sentit pénétré de honte, et il rougit de leur bonne entente monstrueuse.

IL se trouva dehors, et vêtu pour la rue, sans presque avoir su qu'il revêtait un imperméable léger, coiffait un chapeau mou. Il laissait derrière lui le hall embrumé de fumée suspendue, le fort parfum des femmes et des fleurs, l'odeur cyanhydrique du cherry. Il laissait Edmée, le Dr Arnaud, des Filipesco, des Atkins et des Kelekian, deux jeunes filles du monde, qui pour avoir bénévolement conduit des camions pendant la guerre, n'aimaient plus que le cigare, l'automobile et les camaraderies de garages. Il abandonnait Desmond flanqué d'un marchand de biens et d'un sous-secrétaire d'État au ministère du Commerce, un amputé-poète, et Charlotte Peloux. Un jeune ménage mondain, sans doute particulièrement informé, avait dîné d'un air prude et gourmand, avec des mines entendues, une avidité scandalisée et naïve qui semblait attendre que Chéri dansât tout nu, ou que Charlotte et le sous-secrétaire d'État s'accouplassent sur le tapis du hall.

Chéri s'en allait conscient de s'être stoïquement comporté, sans autre faute qu'une perte subite du présent, une désaffection gênante au cours du repas. Encore cette stupeur n'avait duré qu'un moment, incalculable comme les songes. Maintenant, il s'éloignait de tous les étrangers qui peuplaient sa maison, et son pas sur le sable faisait un doux bruit de pattes légères. La couleur grise et argentée de son vêtement le rendait pareil au brouillard descendu sur le Bois, et deux ou trois promeneurs nocturnes envièrent ce jeune homme pressé qui n'allait nulle part.

L'image de sa maison pleine le pourchassait. Il entendait encore le son des voix, il emportait le souvenir des visages et des rires, et surtout de la forme des bouches. Un homme âgé avait parlé de guerre, une femme de politique. Il se rappelait aussi l'entente nouvelle qui reliait Desmond à Edmée et l'intérêt que sa femme prenait à un lotissement... « Desmond... quel mari pour ma femme... » Et puis, la danse... Charlotte Peloux accessible au tango... Chéri hâta le pas.

Une nuit de précoce automne, humide, enveloppait de brume la pleine lune. Un grand halo laiteux, environné d'un pâle arc-en-ciel, remplaçait l'astre et s'éteignait par moments, étouffé sous des bouffées de nues courantes. L'odeur de septembre naissait des feuilles tombées pendant la canicule.

« Il fait doux », pensa Chéri.

Un banc accueillit sa lassitude, mais il ne s'arrêta pas longtemps, rejoint par une compagne invisible à laquelle il refusa, sur le banc, sa place. Une compagne qui portait cheveux gris, longue veste, et résonnait d'une gaieté inexorable... Chéri tourna la tête vers les jardins de la Muette, comme s'il pouvait entendre, de si loin, les cymbales du jazz-band.

L'heure n'était pas venue de regagner la chambre bleue où peut-être les deux jeunes filles du meilleur monde fumaient encore de bons cigares, assises en amazone sur le velours bleu du lit, et amusaient le marchand de biens avec des anecdotes de ravitailleuses.

« Ah, une bonne chambre d'hôtel, une bonne chambre rose, bien banale et bien rose... » Mais ne perdrait-elle pas sa banalité au moment où, la lampe éteinte, la nuit totale autoriserait l'entrée, pesante et badine, de la longue veste impersonnelle et des drus cheveux gris ? Il sourit à l'intruse, car il avait franchi l'étape de la peur : « Là ou ailleurs..., *elle* sera aussi fidèle. Mais je ne veux plus habiter avec ces gens. »

Jour par jour, heure par heure, il devenait méprisant, et rigoriste. Déjà il jugeait sévèrement les héros des faits divers, et les jeunes veuves de la guerre qui réclamaient, comme le brûlé l'eau fraîche, des maris neufs. Son intransigeance atteignait le domaine de l'argent, sans qu'il se rendît compte d'un changement aussi grave. « Pendant le dîner, cette combine des bateaux de cuirs bruts... Quelle dégoûtation ! Ils parlent de ça tout haut... » Mais pour rien au monde il n'eût révélé, par une protestation publique, qu'il devenait celui qui n'a plus, avec ses semblables, de commune mesure. Prudent, il taisait cela comme le reste. Accusée par lui de liquider bizarrement quelques tonnes de sucre, Charlotte Peloux ne lui avait-elle pas rappelé, en quelques mots explicites, le temps où Chéri demandait, sur le ton d'une désinvolte réquisition : « Léa, passe-moi donc cinq louis que j'aille chercher des cigarettes... »

« Ah ! » soupira-t-il, « elles ne comprendront jamais rien, ces femmes... Ce n'était pas la même chose... »

Ainsi il rêvait, tête nue et les cheveux humides, presque inconsistant dans le brouillard. Une ombre féminine passa près de lui en courant. Le rythme de la course, la morsure grinçante des pieds sur le gravier décelaient la hâte, l'angoisse, et l'ombre de femme se jeta sur une ombre d'homme qui venait à sa rencontre, s'abattit sur elle, poitrine à poitrine, comme traversée d'une balle.

« Ces deux-là se cachent », pensa Chéri. « Qui trompent-ils ? Tout le monde trompe. Mais moi... » Il n'acheva pas, mais il se leva sur un mouvement de répugnance qui signifiait profondément : « Moi, je suis pur. » Une confuse lumière, sur des régions stagnantes et jusque-là insensibles, commençait à lui enseigner que pureté et solitude sont un seul et même malheur.

La nuit avançant, il sentit le froid. À veiller longuement et sans but, il apprenait que les phases de la nuit varient sa saveur, et que minuit est une heure tiède si on la compare à celle qui précède immédiatement l'aube.

« L'hiver viendra vite », pensa-t-il en allongeant le pas. « Ce n'est pas trop tôt qu'on en finisse avec cet été interminable. L'hiver prochain, je veux... Voyons, l'hiver prochain... » Son effort prospecteur plia presque aussitôt, et il s'arrêta, tête baissée, comme un cheval qui voit de loin la côte.

« L'hiver prochain, il y aura encore ma femme, ma mère, la mère La Berche, Chose, Machin et Truc. Il y aura tout ce monde... Et il n'y aura plus jamais pour moi... »

Il s'arrêta pour regarder marcher, sur le Bois, une horde de nues basses, d'un rose insaisissable, qu'un coup de vent abattait, empoignait par leur chevelure de brouillards, tordait, traînait sur les pelouses avant de les ravir jusqu'à la lune... Chéri contemplait familièrement les féeries lumineuses de la nuit que ceux qui dorment croient noire.

L'apparition, mi-voilée, d'une plate et large lune parmi des fumées véloces qu'elle semblait chasser et fendre, ne le détourna pas d'une divagation arithmétique : il fit le compte en années, en mois, jours et heures, d'un précieux temps, à jamais perdu.

« Si, le jour où je suis allé la revoir, avant la guerre, je l'avais gardée, c'étaient trois, quatre ans de bons, des centaines, des centaines de jours et de nuits, gagnés, mis en réserve pour l'amour... » Un si grand mot ne le fit pas broncher.

« Des centaines de jours, une vie, — la vie. La vie comme avant, la vie avec ma pire ennemie, comme elle disait... Ma pire ennemie qui me pardonnait tout et ne me passait rien... » Il pressait son passé, exprimait un reste de suc sur son désert présent, ressuscitait, inventait au besoin sa princière adolescence modelée, conduite par deux grandes mains robustes de femme, amoureuses, prêtes à châtier. Longue adolescence orientale, protégée, où la volupté passait comme un silence dans un chant... Luxe, caprices, cruautés d'enfant, fidélité qui s'ignorait... Il renversa la tête vers le halo de nacre qui emplissait le haut du ciel et cria tout bas : « Tout est foutu ! J'ai trente ans ! »

Il se hâta vers sa demeure, en s'invectivant sur le rythme vif de son pas : « Imbécile ! Le pire, ce n'est pas son âge à elle, c'est le mien. Pour elle, tout est probablement fini, mais pour moi... »

Il ouvrit sans bruit sa maison enfin silencieuse et y retrouva, le cœur sur les lèvres, le relent de ceux qui avaient bu, mangé et dansé là. Le miroir du vestibule, à l'envers de la porte, le remit en face du jeune homme amaigri qui avait la pommette dure, une belle lèvre triste un peu bleuie de poil noir renaissant, un grand œil tragique et réticent, — le jeune homme enfin qui avait inexplicablement cessé d'avoir vingt-quatre ans.

« Pour moi », acheva Chéri, « je crois bien que tout est dit. »

— TU comprends, ce qu'il me faudrait, c'est un coin tranquille... Un rien, une garçonnière, un pied-à-terre...

— Je ne suis pas une enfant, reprocha la Copine.

Elle leva vers le plafond à guirlandes ses yeux inconsolables.

— Un peu de rêve, mon Dieu, un peu de roman et de caresses pour un pauvre cœur d'homme... Tu parles si je comprends ! Et tu n'as pas de préférence ?

Chéri fronça les sourcils.

— De préférence ? pour qui ?

— Tu ne me comprends pas, mon bel enfant... De préférence pour un quartier ?

— Ah... Non, je n'ai pas de préférence. Un coin tranquille.

La Copine hocha sa grande tête complice.

— Je vois, je vois. Quelque chose dans mon genre, dans le genre de mon appartement. Tu sais où je reste ?

— Oui...

— Non, tu n'en sais rien. J'étais sûre que tu ne le mettrais pas en écrit. Deux cent quatorze, avenue de Villiers. Ça n'est ni beau ni grand. Mais tu ne cherches pas une garçonnière pour être remarqué ?

— Non.

— Moi, j'ai trouvé la mienne grâce à une combine avec ma propriétaire. Un bijou de femme, par parenthèse, mariée ou tout comme. Un oiseau aux yeux de pervenche, mais la fatalité l'a marquée au front, et je lui ai déjà vu dans ses cartes qu'elle abusait de toutes choses et que...

— Oui. Tu m'as dit tout à l'heure que tu connaissais un pied-à-terre...

— Un pied-à-terre, oui, mais indigne de toi.

— Tu crois ?

— De toi... de vous !

La Copine enfouit son rire plein d'allusions dans un whisky dont l'odeur de harnais mouillé incommodait Chéri. Il supporta qu'elle plaisantât de bonnes fortunes imaginaires, car il voyait, sur son cou grenu, un fil de grosses perles creuses qu'il croyait reconnaître. Toute trace intacte du passé l'immobilisait sur une voie qu'il descendait insensiblement, et pendant ces haltes, il se reposait.

— Ah ! soupira la Copine, je voudrais la contempler au passage ! Quel couple !... Je ne la connais pas, mais je vous vois ensemble !... Naturellement, tu veux la meubler ?

— Qui ?

— Mais ta garçonnière, donc !

Perplexe, il regarda la Copine. Des meubles... Quels meubles ? Il n'avait songé qu'à une chose : posséder une retraite dont la porte s'ouvrirait, se refermerait pour lui seul, sur un lieu ignoré d'Edmée, de Charlotte, de tous...

— Tu la meubles en ancien, ou en moderne ? La belle Serrano avait tendu son rez-de-chaussée rien qu'en châles espagnols, mais c'est une excentricité. Il est vrai que tu es assez grand pour savoir ce que tu veux...

Il l'écoutait peu, requis par l'effort d'imaginer un futur logis, secret, étroit, chaud et noir. Cependant, il buvait du sirop de groseilles comme une jeune fille d'autrefois, dans le bar rougeâtre, démodé, invariable et pareil à lui-même depuis que Chéri, garçonnet, y avait sucé du bout d'une paille ses premiers barbotages... Le barman lui-même ne changeait pas, et si la femme assise en face de Chéri était une femme flétrie, du moins ne l'avait-il jamais connue belle, ni jeune...

« Ma mère, ma femme, les gens qu'elles voient, tout ce monde change, et vit pour changer... Ma mère peut devenir banquier et Edmée conseiller municipal. Mais moi... »

Il se hâta de revenir en pensée au refuge futur, situé dans un point inconnu de l'espace, mais qui serait secret, étroit, chaud et...

— Moi, c'est algérien, poursuivait la Copine. Ça ne se fait plus, mais ça m'est bien égal, d'autant que c'est des meubles prêtés. J'y ai mis des photos que tu connais sûrement, et puis le portrait de la Loupiote... Viens le visiter, tu me feras plaisir.

— Je veux bien. Allons !

Du seuil, il appela un taxi.

— Mais tu n'as donc jamais ton auto ? Pourquoi n'as-tu pas ton auto ? C'est tout de même extraordinaire que les personnes qui ont une auto n'ont jamais leur auto !

Elle rassemblait sa jupe noire fanée, pinçait le cordonnet de son face-à-main dans le fermoir de son sac, laissait tomber un gant, et subissait avec un sans-gêne nègre les regards des passants. À côté d'elle, Chéri reçut des sourires insultants et l'admiration condoléante d'une jeune femme qui s'écria : « Que de bien de perdu, Seigneur ! »

Patient, assoupi, il subit le bavardage de la vieille femme dans la voiture. Elle lui contait d'ailleurs de douces histoires, celle du petit chien de neuf cents grammes qui avait immobilisé le retour des courses de

1897, celle de la mère La Berche enlevant une jeune épousée, le jour du mariage, en 1893...

— C'est là. Ouvre-moi la portière qui est dure, Chéri. Je te préviens que le vestibule n'est pas clair, ni d'ailleurs, comme tu vois, l'entrée de la maison... Mais un rez-de-chaussée, n'est-ce pas... Reste là une seconde...

Debout dans l'obscurité, il attendait. Il écoutait un bruit de trousseau de clefs, une soufflerie de la créature âgée et poussive, sa voix de servante affairée.

— J'allume... Tu vas d'ailleurs te trouver dans un pays de connaissance. Bien entendu, j'ai l'électricité... Je te présente mon petit salon, qui est en même temps mon grand salon.

Il entra, loua sans la voir, par gentillesse, une pièce basse aux murs vaguement grenat, boucanée par la fumée d'innombrables cigares et cigarettes. D'instinct, il chercha la fenêtre aveuglée de volets et de rideaux...

— Tu n'y vois pas ? Tu n'es pas un vieil oiseau de nuit comme ta Copine... Attends, j'allume le plafond.

— Ne te donne pas la peine... Je ne fais qu'entrer et...

Tourné vers la paroi la plus éclairée, tapissée de petits cadres et de photographies percées de quatre punaises, il se tut, et la Copine se mit à rire.

— Quand je te le disais que tu serais en pays de connaissance ! J'étais sûre que ça te ferait plaisir. Tu ne l'as pas, celle-là ?

Celle-là, c'était un très grand portrait photographique, rehaussé de couleurs d'aquarelle presque éteintes. Des yeux bleus, une bouche riante, un chignon blond, un air de paisible triomphe armé... La taille haute dans un corselet premier Empire, et des jambes visibles sous la gaze, des jambes à n'en plus finir, renflées aux cuisses, minces au genou, des jambes... Et un chapeau de gommeuse, un chapeau qui n'avait qu'une seule aile relevée, tendue comme une seule voile au vent...

— Elle ne te l'avait pas donnée, celle-là, je le parie bien ? Une déesse, une fée, là-dessus ! Elle marche sur les nuées ! Et comme c'est bien elle tout de même ! Cette grande photo, c'est la plus belle à mon sens, mais je tiens tout autant aux autres, tiens, par exemple, cette petite-là qui est beaucoup plus récente, est-ce que ce n'est pas un plaisir des yeux ?

Un instantané, assujetti par une épingle rouillée, montrait une femme sombre sur un jardin clair...

« C'est la robe bleu marine et le chapeau avec des mouettes », se dit Chéri en lui-même.

— Moi, je suis pour les portraits flatteurs, continua la Copine. Un portrait comme celui-ci, voyons, en conscience, est-ce que ce n'est pas à joindre les mains et croire en Dieu ?

Un art bas et savonneux avait léché le suave « portrait-carte », allongé le cou, rétréci un peu la bouche du modèle. Mais le nez, aquilin juste assez, le nez délicieux et ses conquérantes narines, mais le pli chaste, le sillon de velours qui creusait sous le nez la lèvre supérieure, demeuraient intacts, authentiques, respectés du photographe même...

— Crois-tu qu'elle voulait tout brûler, sous prétexte qu'à présent ça n'intéresse plus personne de savoir comme elle a été ? Mon sang s'est révolté, j'ai jeté des cris d'enfer, elle me les a toutes données, le même jour qu'elle m'a fait cadeau du réticule à son chiffre...

— Qui c'est, ce type, là-dessus, avec elle ?

— Quoi ? Tu dis ? qu'est-ce qu'il y a ?... Attends que je pose mon chapeau...

— Je te demande qui c'est, le type, là... Un peu vite, allons...

— Mon Dieu, mais tu me bouscules... Là ? C'est Bacciocchi, voyons ! Naturellement, tu ne peux guère le reconnaître, il date de deux tours avant toi.

— Deux quoi ?

— Après Bacciocchi, elle a eu Septfons, et encore non, attends, Septfons, c'était avant... Septfons, Bacciocchi, Spéleïeff, et toi. Hein, ce pantalon à carreaux... C'est rigolo, ces modes d'hommes d'autrefois.

— Et cette photo-là, c'est de quand ?

Il s'écarta d'un pas, car la Copine penchait, près de lui, sa tête nue et des cheveux en nid de pie, feutrés, qui sentaient la perruque.

— Ça, c'est sa toilette des Drags en... en 1888 ou 9. Oui, l'année de l'Exposition. Là, mon petit, il faut tirer le chapeau. Des beautés comme ça, on n'en fait plus.

— Peuh... Je ne la trouve pas épatante...

La Copine joignit les mains. Sans chapeau elle vieillissait, la chevelure teinte d'un noir vert, au-dessus d'un front nu, en beurre jaune.

— Pas épatante ! Cette taille à serrer dans les dix doigts ! Ce cou de colombe ! Et regarde-moi la robe ! Toute en mousseline de soie ciel coulissée, mon petit, et des cordons de roses pompon cousus sur les coulissés, et le chapeau en pareil ! Et la petite aumônière en pareil aussi, on appelait ça une aumônière... Ah ! la beauté ! on n'a pas revu de débuts comme les siens, une aurore, un soleil de l'amour !

— Des débuts où ?

Elle poussa Chéri d'une molle bourrade.

— Allons !... Ce que tu me fais rire ! Ah ! les deuils de la vie doivent être bien roses, près de toi !...

Tourné vers la muraille, il cachait ainsi son visage rigide. Il parut attentif encore à quelques Léa, l'une respirant une rose artificielle, l'autre penchée sur un livre à fermoir gothique, et découvrant une nuque large, un col sans pli, rond et blanc, en fût de bouleau.

— Eh bien, je m'en vais, dit-il comme Valérie Cheniaguine.

— Comment, tu t'en vas ? Et ma salle à manger ? Et ma chambre à coucher ? donne un coup d'œil, mon bel enfant ? Rends-toi compte, pour ta garçonnière ?

— Ah ! oui... Écoute, pas aujourd'hui, parce que...

Il glissait vers le rempart de portraits un regard méfiant et baissait la voix.

— J'ai un rendez-vous. Mais je reviens... demain. Probablement demain, avant le dîner.

— Bon. Alors, je peux marcher ?

— Marcher ?

— Pour l'appartement ?

— Oui. C'est ça. Vois venir. Et merci.

« Ma parole, je me demande dans quel temps on vit... Les jeunes, les vieux, c'est à qui sera le plus dégoûtant... Deux "tours" avant moi... Et des débuts, dit cette vieille araignée, des débuts éblouissants !... Tout ça au grand jour, non, vraiment, quel monde... »

Il s'aperçut qu'il menait un train d'entraînement pédestre, et qu'il s'essoufflait. Aussi bien l'orage, lointain et qui n'éclaterait pas sur Paris, arrêtait la bise derrière une muraille violette, droite contre le ciel. Sur les fortifications, au long du boulevard Berthier, une foule clairsemée de Parisiens en espadrilles, d'enfants demi-nus en jerseys rouges, semblait attendre, sous les arbres dénudés par l'été, qu'une marée montante accourût de Levallois-Perret. Chéri s'assit sur un banc, sans prendre garde que ses forces, mystérieusement délabrées depuis qu'il les dispersait en veilles, depuis qu'il négligeait d'assouplir et d'alimenter son corps, devenaient promptes à le trahir.

« Deux tours ! vraiment ! deux tours avant moi ! Et après moi, combien ? Et en les additionnant tous, moi compris, combien de tours ? »

Il revoyait, aux côtés d'une Léa de bleu vêtue, de mouettes coiffée, un Spéleïeff haut et large, tout riant. Petit garçon, il se souvenait d'une Léa triste, rouge d'avoir pleuré, et qui lui caressait les cheveux en l'appelant « sale graine d'homme »...

L'amant de Léa... Le nouveau béguin de Léa... Mots traditionnels et sans portée, usuels comme les prédictions météorologiques, comme la cote d'Auteuil, comme les vols domestiques. « Tu viens, gosse ? » disait Spéleïeff à Chéri. « On va prendre un porto à Armenonville en attendant que Léa rejoigne, je ne peux pas la tirer du pieu, ce matin... »

« Elle a un nouveau petit Bacciocchi ravissant ! » annonçait Mme Peloux à son fils, alors âgé de quatorze ou quinze ans...

Mais, faisandé et frais tout ensemble, familier de l'amour, aveuglé par l'évidence de l'amour, Chéri parlait amour, en ce temps-là, à la manière des enfants qui ont appris d'un langage tous les mots, suaves ou sales, comme des sons purement musicaux et privés d'origine. Aucune image vivante et voluptueuse ne se levait dans l'ombre de ce grand Spéleïeff, à peine levé du lit de Léa. Et ce « petit Bacciocchi ravissant » quelle différence y avait-il entre lui et un « pékinois de toute beauté » ?

Portraits, lettres, récits tombés de la seule bouche qui eût été véridique, rien n'avait franchi, jamais, l'étroit éden où vivaient ensemble Léa et Chéri, pendant des années. Presque rien de Chéri ne datait d'avant Léa, comment se fût-il soucié de ce qui avait, avant lui, mûri, chagriné ou enrichi son amie ?

Un enfant blond, aux gros genoux, appuya ses bras croisés sur le banc, à côté de Chéri. Ils se regardèrent avec une expression identique de réserve offensée, car Chéri traitait tous les enfants en étrangers. Celui-ci laissa ses yeux d'un bleu pâle sur ceux de Chéri, un long temps, et Chéri vit monter, d'une petite bouche anémique jusqu'aux prunelles bleu de lin, une sorte de sourire indicible, plein de mépris. Puis l'enfant se détourna, reprit dans la poussière des jouets souillés, et se mit à jouer au pied du banc, en supprimant Chéri de ce monde, alors Chéri se leva et s'en alla.

Une demi-heure après il gisait dans une eau tiède, odorante, troublée d'un parfum laiteux, et il jouissait du luxe et du bien-être, de l'onctueux savon, des bruits adoucis de la maison, comme s'il les eût mérités par un très grand courage ou savourés pour la dernière fois.

Sa femme rentra, fredonnante, cessa de fredonner à sa vue et ne cacha pas assez son muet étonnement de rencontrer Chéri chez lui, en peignoir de bain. Il l'interrogea sans ironie :

— Je te gêne ?

— Pas du tout, Fred.

Elle quittait ses vêtements de la journée avec une liberté jeune, écartée de la pudeur et de l'impudeur, avec une hâte vers la nudité et l'eau, qui divertit Chéri. « Comme je l'avais oubliée », songeait-il en regardant le dos d'esclave, sinueux, aux vertèbres cachées, de la femme penchée qui dénouait son soulier.

Elle ne lui parlait pas, agissait en sécurité comme une femme qui se sent seule, et il revit l'enfant dans la poussière qui jouait tout à l'heure, à ses pieds, avec la volonté de ne le point voir.

— Dis-moi...

Edmée releva un front surpris, un doux corps demi-nu.

— Qu'est-ce que tu dirais si nous avions un enfant ?

— Fred !... À quoi penses-tu !

Ce fut presque un cri de terreur, et Edmée tenait maintenant d'une main un chiffon de linon serré contre sa gorge, tandis que son autre main attirait à tâtons le premier kimono venu. Chéri ne put s'empêcher de rire.

— Veux-tu mon revolver ?... Je ne t'attaque pas, tu sais.

— Pourquoi ris-tu ? demanda-t-elle tout bas. Tu ne devrais jamais rire...

— Je ris rarement. Mais explique-moi, — on est si tranquilles, voyons, nous deux — explique-moi... C'est si terrible, pour toi, cette idée que nous aurions pu, que nous pourrions avoir un enfant ?

— Oui, dit-elle cruellement, et sa franchise inattendue sembla la blesser elle-même.

Elle ne quitta pas du regard son mari renversé dans un fauteuil bas, et murmura nettement, afin qu'il entendît :

— Un enfant... Pour qu'il te ressemble... Deux fois toi, deux fois toi dans une seule existence de femme ?... Non... Oh ! non...

Il commença un geste auquel elle se trompa.

— Non, je t'en prie... C'est tout. Je ne dirai pas un mot de plus. Laissons tout en place. Nous n'avons qu'à faire un peu attention, et continuer... Je ne te demande rien.

— Ça t'arrange ?

Elle ne répondit que par un regard qui seyait à sa nudité de captive, un regard plein d'impuissance injurieuse et de misérable plainte. Sa joue poudrée de frais, sa bouche jeune et rougie, le léger halo brun autour des yeux bruns, l'apprêt discret et soigné de tout le visage accentuait par contraste le désordre de son corps, nu sauf le linge de soie froissée qu'elle serrait sur ses seins.

« Je ne peux plus la rendre heureuse », pensait Chéri, « mais je peux encore la faire souffrir. Elle ne m'est pas complètement infidèle. Tandis que moi, qui ne la trompe pas, je l'ai abandonnée. »

Détournée de lui, Edmée s'habillait. Elle avait repris sa liberté de mouvements, sa menteuse indulgence. Une robe d'un rose très pâle cachait maintenant la femme qui appuyait si fort son dernier voile sur sa gorge comme sur une blessure.

Elle avait recouvré son élastique volonté, le désir de vivre, de régir, la prodigieuse et femelle aptitude au bonheur. De nouveau Chéri la méprisa, mais vint un moment où la lumière du soir, traversant la robe légère, délimita une forme de jeune femme qui ne ressemblait plus à la blessée nue, une forme aspirée vers le ciel, énergique et ronde comme un serpent dressé.

« Je peux encore lui faire mal, mais comme elle guérit vite... Ici non plus, je ne suis ni nécessaire, ni attendu... Elle m'a dépassé, et s'en va ailleurs, je suis, dirait la vieille, son premier tour... À moi de l'imiter, si je pouvais. Mais je ne peux pas. Et encore, est-ce que je voudrais, si je pouvais ? Edmée n'a pas buté, elle, sur ce qu'on rencontre une fois seulement et dont on reste assommé... Spéleïeff disait qu'après une certaine chute qui ne leur a pourtant coûté aucun membre, il y a des chevaux qu'on tuerait devant l'obstacle plutôt que de les faire sauter... J'ai eu le mauvais obstacle... »

Il cherchait encore des comparaisons sportives, un peu brutales, qui eussent assimilé sa ruine et son mal à un accident. Mais sa nuit, qu'il commença trop tôt, et ses songes d'homme recru furent visités d'images suaves, de coulissés bleu de ciel et de réminiscences dues à la littérature impérissable qui franchit le seuil foulé des logis vénaux, vers et proses voués à la constance, aux amants que la mort ne saurait disjoindre, vers et proses où puisent, égaux en crédulité et en exaltation, les courtisanes usées et les adolescents...

ALORS, elle me dit : « Je sais d'où vient le coup, — c'est encore Charlotte qui m'a fait des histoires... » « C'est bien fait, je lui dis, tu n'as qu'à ne pas fréquenter Charlotte comme tu fais, et à ne pas tout lui confier. » Elle me répond : « Je suis plus habituée à Charlotte qu'à Spéleïeff, et depuis plus longtemps. Je t'assure que Charlotte, Neuilly, le bésigue et le petit me manqueraient plus que Spéleïeff, on ne se refait pas. » « N'empêche, je lui dis, que ça te coûte cher, ta confiance en Charlotte. » « Oh ! bien, qu'elle me dit, il faut bien payer ce qui est bon. » Tu la reconnais là, grande et généreuse toujours, mais pas dupe. Et là-dessus, elle s'en va passer sa robe pour les courses, elle me dit qu'elle allait aux courses avec un gigolo...

— Avec moi ! cria Chéri aigrement. Je le sais, peut-être ?

— Je ne le conteste pas. Je te répète les choses comme elles se sont passées. Une robe blanche, en soie de Chine blanche, exotique, avec une bordure en broderie chinoise véritable bleue, la même robe que tu lui vois ici sur la photo prise aux courses. Et rien ne m'ôtera de l'idée que l'épaule d'un homme qu'on voit derrière elle, c'est toi.

— Apporte-la-moi, ordonna Chéri.

La vieille femme se leva, retira les punaises rouillées qui fixaient au mur la photographie et l'apporta à

Chéri. Couché sur le divan algérien, il souleva sa tête décoiffée et ne jeta qu'un coup d'œil sur l'instantané qu'il lança à travers la pièce...

— Tu m'as jamais vu des cols qui bâillent par-derrière, et une jaquette pour aller aux courses ? Allez, allez, autre chose ! Celle-là ne m'amuse pas.

Elle fit entendre un « tt ! tt ! » de blâme timide, plia ses genoux raides pour ramasser le carton, et ouvrit la porte qui donnait accès sur le vestibule.

— Où vas-tu ? cria Chéri.

— L'eau de mon café bout, je l'entends. Je vais la verser.

— Bon. Mais reviens après !

Elle disparut dans un bruit de taffetas usé et de pantoufles sans talons. Seul, Chéri reposa sa nuque contre le coussin de moquette à dessins tunisiens. Une robe japonaise neuve et éclatante, brodée de glycines roses sur un fond couleur d'améthyste remplaçait son veston et son gilet. Une cigarette fumée trop longtemps lui séchait la lèvre et ses cheveux en éventail, touchant ses sourcils, couvraient à demi son front.

Aucune ambiguïté ne lui venait du vêtement féminin ni des fleurs brodées ; mais une souveraineté ignominieuse donnait à tous ses traits leur juste valeur. Il semblait brûler de nuire et de détruire, et la photographie lancée par sa main avait volé comme une lame. Des os délicats et durs remuaient dans ses joues selon la contraction rythmée des mâchoires. La lumière blanche et noire de ses yeux jouait dans l'ombre comme la crête du flot qui appelle et retient, la nuit, le rayon de la lune...

Mais quand il fut seul il appuya lourdement sa tête au coussin et il ferma les yeux.

— Seigneur ! s'exclama la Copine en rentrant, tu ne seras pas plus beau quand tu seras mort ! J'ai du café frais. En veux-tu ? Il a un arôme qui vous transporte aux îles bienheureuses...

— Oui. Deux morceaux.

Il lui parlait bref, et elle obéissait avec une douceur qui cachait peut-être un profond plaisir d'esclave.

— Tu n'as guère mangé, à dîner ?

— J'ai assez mangé.

Il but son café sans se lever, appuyé sur un coude. Une portière orientale, drapée en dais, descendait du plafond au-dessus du divan, abritant un Chéri d'ivoire, d'émail, de soie précieuse, couché sur une vieille laine rase pénétrée de poussière.

Sur une table de cuivre, la Copine disposa le café, une lampe à opium coiffée de son chapeau de verre, deux pipes, le pot de pâte, la tabatière d'argent pour la cocaïne, un flacon dont le bouchon solidement enfoncé ne maîtrisait pas tout à fait la froide et traîtresse expansion de l'éther. Elle y joignit un jeu de tarots, un étui à jeu de poker, une paire de lunettes, puis elle s'assit, avec une componction de garde-malade.

— Je t'ai déjà appris, gronda Chéri, que toute cette panoplie ne m'intéresse pas.

Elle protesta, de ses deux mains tendues, blanches à écœurer. Chez elle, elle adoptait, disait-elle, un « genre Charlotte de Corday », la chevelure lâche, de grands fichus de linon blanc croisés sur son deuil poussiéreux, et toute ressemblante, ensemble digne et déchue, à mainte héroïne de la Salpêtrière.

— Ça ne fait rien, Chéri. C'est en cas. Et je suis si contente de voir tout mon petit fourbi là, sous mes yeux, bien en ordre. L'arsenal du rêve ! Les munitions du délire, la porte des illusions !

Elle hochait sa longue tête, levait au plafond des yeux compatissants de grand-mère qui se ruine en joujoux. Mais son hôte ne touchait à aucun philtre. Une sorte d'honorabilité physique survivait en lui, et son dédain des drogues rejoignait son dégoût des maisons publiques.

Depuis un nombre de jours qu'il ne comptait pas, il entrait quotidiennement dans ce trou noir, où veillait cette Parque asservie. Il donnait de l'argent, sans bonne grâce et sans discussion, pour les repas, le café, les liqueurs de la Copine, et pour ses provisions personnelles de cigarettes, de glace, de fruits et de sirops. Il avait chargé son ilote d'acheter le somptueux vêtement japonais, des parfums, des savons fins. Moins cupide qu'enivrée de complicité, elle se vouait à Chéri avec un zèle où revivait son prosélytisme d'autrefois, le bénisseur et coupable empressement qui déshabillait et baignait la pucelle, cuisait la perle d'opium, versait l'alcool ou l'éther. Apostolat déçu, car l'hôte singulier n'amenait point de femelles, buvait des sirops, s'étendait sur le vieux divan et commandait seulement :

— Parle.

Elle parlait, et croyait parler à sa guise. Mais il gouvernait, tantôt brutal, tantôt subtil, un cours boueux et lent de souvenirs. Elle parlait comme une couturière à la journée, avec la continuité, la monotonie enivrante des femmes qui s'adonnent aux tâches longues et immobiles. Mais elle ne cousait jamais, et révélait ainsi son incurie aristocratique d'ancienne prostituée. Elle épinglait en parlant, un pli sur un trou ou sur une tache et reprenait un travail de tarots et de réussites. Elle se gantait pour moudre le café acheté par la femme de ménage, et maniait sans dégoût des cartes qu'obscurcissait un glacis de crasse.

Elle parlait et Chéri écoutait la voix anesthésiante, le bruit des pieds feutrés et traînants. Dans le gîte négligé, il reposait en robe magnifique. Sa gardienne ne se risquait pas à questionner. Il lui suffisait de reconnaître, dans l'abstention totale, la monomanie. Elle servait un mal mystérieux mais un mal. Elle convoqua, à tout hasard et comme par ponctualité, une très jolie jeune femme, enfantine et gaie professionnellement. Chéri ne la regarda ni plus ni moins qu'un petit chien et dit à la Copine :

— C'est fini, ces mondanités ?

Elle ne se fit pas tancer deux fois, et il n'eut jamais besoin de lui demander le secret. Un jour, elle fut sur le chemin d'une vérité banale et proposa à Chéri la compagnie d'une ou deux amies du bon temps, par exemple Léa... Il ne sourcilla point :

— Personne. Ou bien je me cherche une autre crémerie.

Une quinzaine passa, funèbre et réglée comme une vie religieuse, et qui ne pesa à l'un ni à l'autre des deux reclus. Pendant le jour, la Copine allait à ses frivolités de vieille femme, pokers et whiskies, tripots clandestins, parlotes empoisonnées, déjeuners provinciaux dans l'étouffante obscurité d'un cabaret limousin ou normand... Chéri arrivait avec la première ombre du soir, parfois trempé de pluie. Elle reconnaissait le claquement de la portière du taxi, et ne demandait plus : « Mais pourquoi n'as-tu jamais ton auto ? »

Il partait après minuit, généralement avant le jour. Pendant les longues stations sur le divan algérien, la Copine le vit quelquefois trébucher dans le sommeil, y rester pris comme au piège, le cou tordu sur l'épaule, immobile pour peu d'instants. Elle ne dormait qu'après son départ, ayant oublié le besoin du repos. Un petit matin qu'il reprenait, posément, pièce par pièce, le contenu de ses poches, — la clef et sa chaîne, le porte-billets, le petit revolver plat, le mouchoir, l'étui à cigarettes en or vert — elle osa questionner :

— Ta femme ne te cherche pas de raisons, quand tu rentres aussi tard ?

Chéri haussa ses longs sourcils au-dessus de ses yeux agrandis d'insomnie.

— Non. Pourquoi ? Elle sait bien que je ne fais rien de mal.

— C'est vrai qu'un enfant n'est pas plus raisonnable que tu l'es... Tu viens ce soir ?

— Je ne sais pas. Je verrai. Fais comme si je venais sûrement.

Il attachait encore un regard sur toutes les nuques blondes, tous les yeux bleus qui fleurissaient une paroi de son asile et s'en allait, pour revenir fidèlement quelque douze heures plus tard.

Quand il avait amené la Copine, par des détours qu'il croyait savants, à parler de Léa, il déblayait le récit des déchets libertins qui le retardaient. « Passe, passe... » Il prononçait à peine le mot dont seuls les *s* sifflants coupaient et fouaillaient le monologue. Il ne voulait entendre que des réminiscences sans venin, des glorifications purement descriptives... Il exigeait de la chroniqueuse un respect documentaire de la vérité, et la reprenait hargneusement. Il notait dans sa mémoire des dates, des couleurs, des noms d'étoffes, de localités, de couturiers.

— Qu'est-ce que c'est, de la popeline ? demandait-il à brûle-pourpoint.

— De la popeline ? C'est une étoffe soie et laine, sèche, tu sais, qui ne colle pas...

— Oui. Et du mohair ? Tu as dit : du mohair blanc.

— Le mohair, c'était un genre alpaga, en plus tombant, tu vois ? Léa craignait le linon en été, elle prétendait que c'était bon pour le linge de corps et les mouchoirs... Elle avait du linge de reine, tu t'en rappelles, et au moment de cette photo-là... oui, la belle aux grandes jambes... on n'était pas au linge plat comme aujourd'hui. C'était des ruchés et des ruchés, une écume, une neige, et des pantalons, mon petit, à vous donner le vertige, les côtés en chantilly blanc, le milieu en chantilly noir, tu vois l'effet !... Tu le vois ?

« Écœurant, pensait Chéri. Écœurant. Le milieu en chantilly noir. Une femme ne met pas des milieux en chantilly noir pour elle seule. Elle portait ça devant qui ? pour qui ? »

Il revoyait le geste de Léa quand il entrait dans la salle de bains ou dans le boudoir, le geste furtif de la gandoura recroisée. Il revoyait la chaste confiance du corps rosé, nu dans la baignoire, rassuré par l'eau laiteuse qu'une essence troublait...

« Mais pour d'autres, des pantalons en chantilly... »

Il rejeta à terre, d'un coup de pied, l'un des coussins de moquette bourré de foin.

— Tu as trop chaud, Chéri ?

— Non. Passe-moi un peu la photographie, la grande, encadrée... Tourne le truc de ta lampe de table. Encore... là !

Perdant sa prudence habituelle, il étudia de son œil perçant des détails qui lui furent nouveaux, presque rafraîchissants.

« Une ceinture haute, avec des camées... Jamais vu ça chez elle. Et des cothurnes à l'antique. Elle avait un maillot ? Non, naturellement, les doigts de pied sont nus. Écœurant... »

— Chez qui le portait-elle, ce costume ?

— Je ne sais plus bien... Une soirée de cercle, je crois... Ou chez Molier...

Il rendit le cadre, à bout de bras, dédaigneux et ennuyé en apparence. Il partit peu après, sous un ciel encore fermé, par une fin de nuit qui sentait la fumée de bois et le lavoir.

Il changeait sensiblement et ne s'en rendait guère compte. À manger et dormir peu, marcher et fumer beaucoup, il perdait du poids, troquait sa vigueur évidente contre une légèreté, un faux rajeunissement que la lumière du jour récusait. Chez lui, il vivait à sa guise, acceptait ou fuyait des convives, des passants qui ne savaient de lui que son nom, sa beauté peu à peu pétrifiée et comme corrigée par un ciseau accusateur, et son inconcevable aisance à les ignorer.

Il porta ainsi jusqu'aux derniers jours d'octobre son paisible et bureaucratique désespoir. L'hilarité le prit, un après-midi, à cause d'un mouvement de fuite involontaire qu'il surprit chez sa femme. Il s'éclaira soudain d'une gaieté d'immunisé : « Elle me croit fou, quelle chance ! »

Sa gaieté ne dura point, car il réfléchit que, du méchant ou du fou, l'avantage est pour le méchant. Effrayée par le fou, Edmée ne fût-elle pas demeurée là, mordant sa lèvre et refoulant ses larmes, afin de conquérir le méchant ?

« On ne me croit même plus méchant », pensa-t-il avec amertume. « C'est que je ne le suis plus. Ah ! quel mal m'a fait la femme que j'ai quittée... D'autres l'ont laissée pourtant, elle en a laissé d'autres... Comment vivent, à cette heure, Bacciocchi, par exemple, Septfons, Spéleïeff, tous les autres ?... Mais qu'ont de commun tous les autres et moi ?... Elle m'appelait "petit bourgeois" parce que je comptais les bouteilles dans sa cave. Petit bourgeois, homme fidèle, grand amoureux, voilà mes noms, voilà mes vrais noms, et elle, toute vernie de larmes à mon départ, c'est pourtant elle, Léa, qui me préfère la vieillesse, elle qui compte sur ses doigts, au coin du feu : "J'ai eu Chose, Machin, Chéri, Un tel..." Je croyais qu'elle était à moi, et je ne m'apercevais pas que j'étais seulement un de ses amants. De qui puis-je ne pas rougir, à présent ?... »

Rompu à une gymnastique d'impassibilité, il s'occupait à subir le capricieux ravage en possédé digne de son démon. Orgueilleux, l'œil sec, la main ferme tenant l'allumette enflammée, il surveillait de biais sa mère qu'il sentait attentive. Ayant allumé sa cigarette, il se serait, pour un peu, pavané devant un public invisible, il eût nargué « hein ? » ses tourmenteurs. Confuse, la force qui naît de la dissimulation et de la résistance se formait péniblement, au plus profond de lui-même, et il goûtait l'excès de son détachement, avec l'obscure prescience qu'un paroxysme peut s'utiliser et s'exploiter comme une accalmie, et que l'on trouve alors en lui le conseil que refuse la sérénité. Enfant, Chéri profitait souvent d'une colère réelle pour développer une irritation intéressée. Aujourd'hui, il se rapprochait déjà du point où, parvenu à une détresse formelle, il s'en remettait à elle du soin de tout conclure...

Un après-midi de septembre balayé de vent actif et de feuilles voguant horizontales, un après-midi de crevasses bleues dans le ciel et de gouttes d'eau éparses, appelait Chéri vers son noir abri, vers sa servante de noir vêtue avec un peu de blanc sur le poitrail, comme les chats des poubelles. Il se sentait léger, avide de confidences qui étaient comme l'arbouse douceâtres, et comme elle armées d'épines. Il se chantait par avance des mots, des phrases qui avaient une vertu mal définie : « Son chiffre brodé en cheveux, mon petit, en cheveux blonds de sa tête sur son linge... une œuvre des fées ! La masseuse lui ôtait les poils des mollets à la pince, un à un... »

Il quitta la fenêtre et se retourna. Charlotte, assise, contemplait son fils de bas en haut, et il vit, sur l'eau inapaisable des grands yeux, se former une lueur convexe, mobile, cristalline, prodigieuse, qui se détacha de la prunelle mordorée et que le feu de la joue congestionnée, sans doute, volatilisa... Chéri se sentit flatté et égayé : « Qu'elle est gentille ! Elle me pleure !... »

Il trouva, une heure après, sa vieille complice à son poste. Mais elle était coiffée d'une sorte de chapeau de curé, empaquetée d'un ciré noir, et elle tendit à Chéri un papier bleu qu'il écarta.

— Quoi ?... Je n'ai pas le temps. Explique ce qu'il y a dessus.

La Copine leva sur lui un regard perplexe :

— C'est ma mère.
— Ta mère ? Tu rigoles ?
Elle essaya d'être offensée.
— Je ne rigole pas du tout. Respect aux mânes. Elle est morte.
Elle ajouta en façon d'excuse :
— Elle avait quatre-vingt-trois ans.
— Mes compliments. Tu sors ?
— Non, je pars.
— Pour où ?
— Pour Tarascon, et de là j'ai un petit embranchement local qui me met...
— Combien de temps ?
— Quatre, cinq jours... au moins... Il y a le notaire à voir, à cause du testament, parce que ma sœur cadette...
Il éclata, les bras au ciel :
— Une sœur, à présent ! Pourquoi pas quatre enfants ?
Il entendit que sa propre voix criait sur un ton haut et imprévu, et il se maîtrisa.
— Bon, bien. Qu'est-ce que tu veux que j'y fasse, à tout ça ? Pars, pars...
— J'allais te laisser un mot, je prends sept heures trente.
— Prends sept heures trente.
— L'heure des obsèques n'est pas marquée sur la dépêche, ma sœur me parle seulement de la mise en bière, le climat est très chaud là-bas, on sera forcé de faire vite, il n'y a que les formalités qui me retiendraient. Avec les formalités, on n'est pas maître...
— Évidemment, évidemment.
Il marchait, de la porte au mur des photographies, du mur à la porte. Au passage, il heurtait un sac de voyage affaissé. La cafetière et les tasses fumaient sur la table.
— Je t'ai fait du café, à tout hasard...

— Merci.

Ils burent debout, comme dans une gare, et le froid des départs serrait la gorge de Chéri, qui grelottait secrètement des mâchoires.

— Alors au revoir, mon petit, dit la Copine. Tu penses que je me dépêcherai.

— Au revoir. Fais un bon voyage.

Ils se touchèrent la main, et elle n'osa pas l'embrasser.

— Tu ne restes pas ici un petit moment ?

Il regarda autour de lui avec agitation.

— Non. Non.

— Prends la clef ?

— Pourquoi faire ?

— Tu es chez toi, ici. Tu as tes habitudes. J'ai dit à Maria de venir à 5 heures faire une flambée et le café, tous les jours... Prends toujours ma clef ?

Il prit mollement une clef qu'il trouva énorme. Dehors, il eut envie de la jeter, ou de la reporter chez la concierge.

Enhardie, la vieille femme lui fit, entre le vestibule et le trottoir, les recommandations dont elle eût chargé un enfant de douze ans.

— L'électricité est à main gauche en entrant. La bouilloire est toujours sur le gaz dans la cuisine, il n'y a qu'une allumette à passer dessous... Ta robe japonaise, les ordres sont donnés à Maria, qu'elle soit pliée sur le coin du divan, et les cigarettes à leur place.

Chéri répondait « oui, oui » de la tête, de l'air insouciant et courageux qu'arborent les lycéens, le matin de la rentrée. Et lorsqu'il fut seul il ne se moqua pas de sa servante aux cheveux teints, qui cotait à leur prix les dernières prérogatives et les plaisirs d'un abandonné.

Il sortit, le matin suivant, d'un rêve indéchiffrable au sein duquel des passants s'empressaient et couraient tous dans le même sens. Il les connaissait tous, bien qu'il ne les vît que de dos. Il nommait au passage sa mère, Léa nue singulièrement et essoufflée. Desmond, la Copine, le fils Maudru... Edmée fut la seule à se retourner et à sourire d'un grinçant petit sourire de martre. « Mais c'est la martre que Ragut avait prise dans les Vosges ! » s'écriait Chéri dans son rêve, et cette découverte lui causait un plaisir démesuré. Puis il nommait et comptait encore ceux qui couraient dans le même sens, et se disait : « Il en manque un... Il en manque un... » Hors du songe déjà, en deçà du réveil encore, il lui fut révélé que le manquant n'était autre que lui-même : « Je vais y retourner... » Mais l'effort d'insecte englué qui tendit tous ses membres élargit entre ses paupières une barre bleue, et il émergea dans une réalité où il gaspillait ses forces et ses heures. Il étendit ses jambes, les baigna dans une région fraîche des draps : « Edmée est levée depuis longtemps. »

Sous la fenêtre, un jardin nouveau, d'anthémis jaunes et d'héliotropes, le surprit, il ne se souvenait que du jardin d'été, bleu et rose. Il sonna, et son coup de sonnette suscita une femme de chambre inconnue, qu'il interrogea :

— Où est Henriette ?

— Je la remplace, Monsieur.

— Depuis quand ?...

— Mais... depuis un mois...

Il fit : « ah ! » comme il eût dit « tout s'explique ».

— Où est Madame ?

— Madame vient, Monsieur, elle est prête à sortir.

Edmée entra en effet, vive, mais marquant sur le seuil un arrêt dont Chéri s'amusa intérieurement. Il se donna le plaisir d'inquiéter un peu plus sa femme, en s'écriant : « Mais c'est la martre de Ragut ! » et les beaux yeux vacillèrent une seconde sous les siens.

— Fred, je...

— Oui, tu sors. Je ne t'ai pas entendue te lever ?

Elle rougit très faiblement.

— Ça n'a rien d'extraordinaire, je dors si mal ces nuits-ci que j'ai fait mettre des draps au divan, dans le boudoir... Tu ne fais rien de spécial aujourd'hui, n'est-ce pas ?

— Si, dit-il sombrement.

— C'est grave ?

— Très grave.

Il prit un temps, et acheva d'un ton léger :

— Je vais me faire couper les cheveux.

— Mais tu déjeunes ?

— Non, je mangerai une côtelette dans Paris, j'ai pris rendez-vous chez Gustave à deux heures un quart. L'employé qui vient d'habitude est malade.

Le mensonge fleurissait sur sa bouche sans effort, courtois, puéril. Parce qu'il mentait, il retrouvait sa bouche d'enfant, arrondie en baiser et avancée coquettement. Edmée le regarda avec une sorte de complaisance masculine.

— Tu as bonne mine ce matin, Fred... Je me sauve.

— Tu prends sept heures trente ?

Elle le dévisagea, saisie, et partit si précipitamment qu'il en riait encore lorsqu'elle referma la porte du rez-de-chaussée.

« Ah ! ça fait du bien », soupira-t-il. « Comme on rit facilement quand on n'attend plus rien de personne... » Ainsi il inventait, en s'habillant, l'ascétisme, et la petite chanson fausse, à bouche fermée, qu'il fredonna, lui tint compagnie comme une nonne niaise.

Il descendit vers Paris qu'il avait oublié. La foule fit chanceler son équilibre paradoxal qui réclamait un vide de cristal et la routine de la douleur. Son image dans une glace, rue Royale, l'atteignit de face, et de la tête aux pieds, au moment où l'éclaircie de midi divisait des nuages pluvieux, et Chéri ne discuta pas avec cette image crue, nouvelle, dressée sur un fond de midinettes et de crieurs de journaux, flanquée de colliers de jade et de renards argentés. Il pensa que certain flottement intérieur, qu'il comparait au grain de plomb sautillant dans la balle de Celluloïd, provenait de l'inanition et il se réfugia dans un restaurant.

Le dos à la paroi vitrée, protégé du jour, il déjeuna d'huîtres fines, de poisson, de fruits. Des jeunes femmes proches, qui ne prenaient pas garde à sa présence, lui causèrent un agrément analogue à celui que donne un bouquet de violettes froides appliqué sur des paupières fermées. Mais l'arôme du café, soudain, rendit Chéri à l'urgence de se lever, d'aller au rendez-vous que lui assignait cet arôme de café frais. Avant d'obéir, il entra chez son coiffeur, tendit ses mains à la manucure et glissa, pendant que des paumes expertes substituaient leur volonté à la sienne, dans un moment d'inestimable repos.

L'énorme clef barrait sa poche. « Je n'irai pas, je n'irai pas... » À la cadence d'un tel refrain, ressassé, détergé de tout sens, il parvint sans peine à l'avenue de Villiers. Sa maladresse à tâtonner autour de la serrure, le grincement de la clef, accélérèrent un moment son cœur, mais une vivante tiédeur, dans le vestibule, apaisa tous ses nerfs.

Il avançait avec précaution, maître de cet empire de quelques pieds carrés qu'il possédait et ne connaissait pas. La femme de ménage stylée avait préparé, sur la table, l'inutile arsenal quotidien, et la braise mourait sous un velours de cendres chaudes, autour d'une cafetière de terre brune. Méthodiquement, Chéri retira de ses poches et rangea l'étui à cigarettes, la grosse clef, la petite clef, le revolver plat, le porte-billets, le mouchoir et la montre. Mais vêtu de la robe japonaise il ne s'étendit pas sur le divan. Il ouvrit des portes, scruta des placards, avec une curiosité silencieuse de chat. Un cabinet de toilette sommaire, féminin quand même, fit reculer sa singulière pruderie. La chambre à coucher, meublée surtout d'un lit, et tendue elle aussi de ce rouge triste qui s'installe autour des existences déclinantes, sentait le vieux garçon et l'eau de Cologne, et

Chéri revint au salon. Il alluma les deux appliques, le lustre à nœuds de ruban. Il écoutait les bruits faibles, expérimentait sur lui-même, seul pour la première fois dans le bas logis, le pouvoir de ceux, défunts ou passants, qui l'avaient peuplé. Il crut entendre et reconnaître un pas familier, son bruit de savates ou de pattes d'animal âgé, puis secoua la tête.

« Ce n'est pas elle. Elle ne sera là que dans huit jours. Et quand elle sera revenue, qu'aurai-je de plus dans ce monde ?... J'aurai... »

Il prêta mentalement l'oreille à la voix de la Copine, la voix usée de couche-dehors... « Et donc que je te finisse l'histoire de l'engueulade aux courses, entre Léa et le père Mortier. Le père Mortier croyait qu'avec de la publicité dans le *Gil Blas*, il aurait tout ce qu'il voudrait de Léa. Ah ! là, là, mes enfants, quel bec de gaz !... Elle s'amène à Longchamp, bleue comme un rêve, posée comme une image dans sa victoria attelée de deux chevaux pie... »

Il releva la tête vers la paroi où, devant lui, souriaient tant d'yeux bleus, se rengorgeaient tant de cous moelleux au-dessus de seins impassibles :

« J'aurai cela. J'aurai seulement cela. Il est vrai que c'est peut-être beaucoup. C'est une grande chance que je l'aie retrouvée, elle, sur ce mur. Mais après l'avoir retrouvée, je ne peux plus que la perdre. Je suis encore accroché, comme elle, à ces quelques clous rouillés, à ces épingles fichées de travers. Combien de temps cela tiendra-t-il ? Pas longtemps. Et puis, je me connais, je redoute une exigence plus grande. Je peux tout d'un coup crier : « Je la veux ! il me la faut ! tout de suite ! Alors, que ferai-je ?... »

Il poussa le divan vers le mur illustré et s'y coucha. Ainsi couché, celles des Léa qui avaient les yeux baissés semblaient s'occuper de lui. « Mais ce n'est qu'un air qu'elles ont, je le sais bien. Qu'est-ce que tu comptais donc me laisser après toi, ma Nounoune, quand tu m'as renvoyé ? Tu as fait de la grandeur d'âme à bon compte, tu savais ce que c'était qu'un Chéri, tu ne risquais pas grand-chose. Mais, toi de naître si longtemps avant moi, moi de t'aimer au-dessus des autres femmes, nous en avons été bien punis : te voilà finie et consolée que c'en est une honte, et moi... Moi, tandis que les gens disent : il y a eu la guerre, je peux dire : il y a eu Léa, la guerre... Je croyais que je ne songeais pas plus à l'une qu'à l'autre, c'est l'une et l'autre pourtant qui m'ont poussé hors de ce temps-ci. Désormais, je n'occuperai partout que la moitié d'une place... »

Il attira à lui la table, pour consulter sa montre.

« Cinq heures et demie. La vieille ne sera là que dans huit jours... Et c'est le premier jour. Et si elle mourait en route ?... »

Il s'agita un peu sur son divan, fuma, se versa une tasse de café tiède.

« Huit jours. Il ne faudrait tout de même pas trop m'en demander. Dans huit jours... quelle histoire me racontera-t-elle ? Je sais par cœur celle des Drags, celle de l'engueulade à Longchamp, celle de la rupture, — et quand je les aurai toutes entendues, tellement et tellement, qu'est-ce qui viendra après ?... Plus rien. Dans huit jours, cette vieille que j'attends déjà comme si elle devait me faire une piqûre, cette vieille sera là... et elle ne m'apportera rien. »

Il tourna vers le portrait préféré un mendiant regard. Déjà la ressemblante image ne lui inspirait plus qu'une rancune, une extase, une palpitation diminuées. Il se tournait de côté et d'autre sur le sommier de moquette, et il imitait, malgré lui, les contractions musculaires de l'homme qui veut sauter de haut et n'ose.

Il s'excita à gémir tout haut et à répéter : « Nounoune... Ma Nounoune... » pour se faire croire qu'il était exalté. Mais il se tut, honteux, car il savait bien qu'il n'avait pas besoin d'exaltation pour prendre le petit revolver plat sur la table. Sans se lever, il chercha une attitude favorable, finit par s'étendre sur son bras droit replié qui tenait l'arme, colla son oreille sur le canon enfoncé dans les coussins. Son bras commença tout de suite à s'engourdir et il sut que s'il ne se hâtait pas ses doigts fourmillants lui refuseraient l'obéissance. Il se hâta donc, poussa quelques plaintes étouffées de geindre à l'ouvrage, parce que son avant-bras droit, écrasé sous son corps, le gênait, et il ne connut plus rien de la vie au-delà d'un effort de l'index sur une petite saillie d'acier fileté.

Table des matières

Avant-propos VII

Chéri 1

La Fin de Chéri 145

Aubin Imprimeur
LIGUGÉ, POITIERS

Achevé d'imprimer en février 1996
pour le compte de France Loisirs
123, bd de Grenelle, 75015 Paris
N° d'édition 26613 / N° d'impression L 50737
Dépôt légal, février 1996
Imprimé en France